Un asunto espinoso

Misha Bell

♠ Mozaika Publications ♠

Publicado por Mozaika Publications, una marca de Mozaika LLC.
www.mozaikallc.com

Traducción de Isabel Peralta

Portada de Najla Qamber Designs
www.najlaqamberdesigns.com

ISBN-13: 978-1-63142-960-6
Print ISBN-13: 978-1-63142-961-3

Capítulo 1

Lucius

En el vestíbulo reina la cacofonía de los sacos de carne que lo abarrotan y yo ya estoy llegando tarde.

Me coloco mejor mis enormes auriculares y subo el volumen hasta que el sonido del heavy metal sofoca las exasperantes voces.

Sí. Así está un poco mejor, aunque lo que de verdad necesitaría serían un par de gafas que se sirviesen de la realidad virtual para filtrar y eliminar a la gente. Por desgracia, tales gafas todavía no existen.

En fin. Así es la vida, o *sic vita est* como habrían dicho los romanos.

Fingiendo que estoy solo, paso a grandes zancadas junto al mostrador de seguridad. Los guardas son lo bastante avispados para no pedirme mi identificación. Después de todo, soy el dueño de la empresa propietaria del edificio.

Cuando solo me queda la mitad del camino hacia mi ascensor, empiezo a albergar esperanzas de llegar a la reunión a tiempo. Gracias a mi reputación, todos se apartan y me dejan paso.

Un momento. He hablado demasiado pronto.

Hay un hombre en medio de mi camino. Un hombre cuyo nombre no recuerdo, pero estoy bastante seguro de que tiene el puesto de vicepresidente de algún departamento estúpido, como marketing.

¿Es que no se da cuenta de lo tarde que llego a la reunión de Novus Roma? Todo el mundo sabe que esa es mi máxima prioridad en este momento y por lo tanto, sagrada.

Este tipo parece no tener ni idea. Claramente, no está colocado en un puesto lo suficientemente arriba en la escala de la empresa para que le hayan llamado para asistir a la reunión. O es que *él* está colocado, en el otro sentido del término.

Por increíble que parezca, sus labios se mueven.

O sea: me está hablando.

Le dirijo mi versión patentada de la mirada de «eso no nos divierte» de la reina Victoria.

Sus labios continúan moviéndose.

Es por culpa de mierdas como esta que mi sueño es reemplazar a todos mis empleados por robots. Daría mil millones de dólares para hacerlo, o un par de años de mi vida. Y tal vez hasta mi poster de *Gladiator* firmado por Russell Crowe.

Me levanto el auricular derecho de la oreja.

—¿Qué?

—Hola, señor. Solo quería comentarle que nuestra última campaña fue espectacularmente bien y...

Dejo de escuchar en ese punto. Siempre soy capaz de saber lo que la gente me está diciendo en realidad. En este caso, es esto: *Dame un ascenso. Por favor, dame un ascenso. Sé que no me lo merezco, pero porfi, porfi, asciéndeme.*

La ironía es que acaba de cargarse sus posibilidades de obtener ese ascenso con su mala educación. Es decir, si resulta que a finales de año soy capaz de acordarme de su nombre...

Vuelvo a colocarme el auricular en su sitio.

—Discúlpame. Llego tarde.

Ignoro sus balbuceantes disculpas y avanzo decidido hacia el ascensor. Y esta vez, mi expresión es tal que ningún otro saco de carne se atreve a interrumpirme.

Me ruge el estómago en el camino.

Maldición. Tendría que haber comido algo.

Mi estómago vuelve a rugir, expresando que está de acuerdo con esa idea.

Lo odio, igual que cualquier otra cosa que me recuerde que soy un esclavo de la biología. En cuanto pueda descargar mi cerebro en un cuerpo robótico, pienso hacerlo, sin mirar atrás... pero por ahora, espero que en la reunión haya algo para picar.

Llego a mi ascensor y miro la hora en el móvil mientras espero que las puertas se abran lentamente.

Llego un minuto tarde. Espero que Eidith pueda suavizar las cosas con el tío de la inmobiliaria, como quiera que se llame... De hecho, dado lo mucho que deseo este terreno en particular, debería hacer un esfuerzo por recordar su nombre.

Abro la agenda del móvil, miro la invitación a la reunión y repito el estúpido nombre una y otra vez en mi cabeza.

Pues sí. Ahora ya lo tengo. Entro en el ascensor y pulso el botón de arriba. LXXXVIII.

Me suena el teléfono.

Lo miro con el ceño fruncido, hasta que veo que se trata de mi Nana. Cojo la llamada y clavo el dedo en el botón de «abrir puerta» para asegurarme de que el ascensor no se cierra. Mi abuela es la única persona cuyas llamadas siempre contesto, y no quiero perder la cobertura y preocuparla así de forma innecesaria.

—Lucius, mi pastelito, ¿cómo estás en esta hermosa mañana? —me pregunta, y puedo sentir su sonrisa con hoyuelos al otro lado de la línea.

—Hambriento y llegando tarde —le digo. Así no conseguiré evitar que me acusen de nuevo de sonar igual que el Grinch.

—No paro de decírtelo, y tú no me escuchas: necesitas una buena mujer que cuide de ti.

Por supuesto. Añadiré «encontrar una buena mujer» a mi lista de tareas pendientes, justo detrás de «meterme una bala en la cabeza».

—¿Qué tal tu espalda? —le pregunto en vez de responderle.

Nana se hizo una contractura abriendo un tarro de mermelada de melocotón la semana pasada, lo que me hizo despedir a su asistenta doméstica y reemplazarla por un fornido guardaespaldas. Su trabajo consiste en abrir todos los futuros tarros que haya en casa de Nana además de cuidar de ella.

—Oh, mucho mejor. —Con una risita, añade—: Resulta que Aleksy era masajista allí en Polonia.

Bebo un sorbo de mi botella de agua, pensativo, mientras proceso lo que acabo de escuchar. ¿El guardaespaldas ha manoseado a mi abuela? ¿Tendré que despedirlo o subirle el sueldo?

—Espera, ¿no me has dicho que llegabas tarde? —pregunta Nana.

—Un poco. No pasa nada.

—Vete —dice ella—. Llámame más tarde.

—Lo haré.

Ella cuelga y yo pulso con fuerza el botón de «cerrar puerta».

Las puertas van cerrándose despacio... muy, muy despacio. Esto es lo que consigues cuando eliges la estética sobre la funcionalidad. Las puertas son del estilo romano que yo prefiero, pero todos sus adornos hacen que se muevan más despacio que una tortuga que ha sido mordida por un caracol radioactivo.

Entonces, cuando solo queda una diminuta abertura, un pie delicado, con las uñas pintadas de rosa con purpurina y calzado con una sandalia, se cuela entre las dos puertas.

Un pie que está cerca de la perfección... y que con eso, se convierte un no deseado recordatorio de mi biología.

La persona a quien pertenece el pie es valiente. Si

esta puerta se hubiese diseñado teniendo en cuenta la eficiencia, esta maniobra le habría amputado el pie, y el ascensor habría seguido su camino como si nada hubiese ocurrido. Por suerte, el ingeniero que contraté para esto era claramente uno de esos veganos abrazaárboles, porque las puertas del ascensor se abren, tan lentamente como se cerraron.

Miro otra vez el reloj.

Ya voy cinco minutos tarde.

Joder, mierda, joder.

Vuelvo a centrar mi atención en el pie y me preparo para hacer pedazos a su propietaria.

Capítulo 2

Juno

ENTRO en el edificio y pongo en pausa mi audiolibro *Acontecimientos insignificantes en la vida de un cactus*. Hasta ahora, el libro es estupendo, pero para mi decepción, es sobre una chica humana y no sobre un cactus como el título parece implicar.

Al mirar el vestíbulo, mis ojos se agrandan. El sitio parece moderno por fuera, pero por dentro es igual que un museo de la Antigua Roma.

Me recoloco el vestido... aunque no es que eso me vaya a ayudar a encajar. Los trajes que veo por aquí probablemente cuesten más que un año de mi sueldo. Lo que es peor, el aire frío hace que se me erice la piel de los brazos, haciendo que me dé cuenta de que mi modelito, un vestido amarillo de verano que compré en las rebajas de TJMaxx, es un error a nivel práctico también, porque está haciendo poco por protegerme del demasiado entusiasta aire acondicionado. Mis sandalias tampoco son de gran ayuda.

Luego veo algo cerca que me hace sentir cierta calidez... al menos por dentro.

Es una pared entera cubierta de vegetación. Hay enredaderas, musgo y helechos, lo que es genial, pero también una representación de mi cosa favorita en el mundo entero: los cactus.

Incapaz de contenerme, me acerco a la pared, donde me encuentro cara a adorables espinas con un *Haworthia retusa*, también conocido como cactus estrella.

—Hola, pequeño cactus. Eres toda una estrella, ¿verdad? —murmuro con un suave susurro. La mayoría de la gente no lo entiende cuando les hablo a las plantas delante de ellos. De hecho, a menudo me recomiendan ir a un psiquiatra. Bajo más la voz—. ¿Tienes sed? ¿Hambre? ¿Frío?

En casa conozco a mi cactus-mascota, el Notita, tan bien que puedo imaginarme (y decir en voz alta) lo que él me respondería si viviésemos en un universo mejor, uno en el que los cactus *pudieran* hablar. Pero no me atrevería a responder por boca de este bomboncito, aunque nos conociésemos más, porque eso sería algo que comprenderían incluso menos personas que lo presenciaran. En vez de eso, me cercioro de que nadie me mira y luego meto el índice en la tierra junto a la maravillosa criatura.

Pues sí. Parece que está perfecta... no demasiado húmeda. Por supuesto, si consigo este trabajo, me traeré mi tensiómetro de confianza conmigo para asegurarme.

¡Por las espinas del saguaro! Casi se me olvida lo del trabajo, o para ser más específica, lo de la entrevista que va a empezar en unos minutos.

¿Cómo he podido ser tan despistada? Este no es mi típico cliente de baja facturación. El edificio pertenece a una gran empresa... lo que significa que si consigo el encargo, por fin lograré reunir el dinero que necesito para matricularme en la universidad.

Con la adrenalina a tope, corro hacia el mostrador de seguridad... y casi me estampo contra un hombre que lleva unos enormes auriculares.

Maldita sea. Ni siquiera se molesta en mirar a quien puede ir aplastando. Pero por otra parte, si un hombre *fuese* a embestirme, este no sería un mal espécimen al que designar para esa tarea. Es alto, de hombros anchos, con unos rasgos marcados y sombríos, una nariz romana, y unos ojos inteligentes del color del acero. Tiene unas cejas abundantes y gruesas y su cabello oscuro está cortado con un estilo mohicano de punta con el pelo más largo en el centro que me hace desear pasar los dedos por él. Hablando de pelo, me pregunto si esa sombra de barba me arañaría el muslo si él...

¡Ya está bien, Juno!

La entrevista.

A unos metros, un tipo trajeado detiene al desconocido. Su reacción no es bonita. Casi le suelta un rugido al tío del traje.

¡Vaya un cascarrabias! ¿Esto es lo que voy a tener que aguantar ahora que voy a tratar con una gran empresa? Al menos mi entrevista está concertada con una mujer, así que decididamente no con *este* personaje. No estoy segura de cuánto podría soportarle antes de empezar con el sarcasmo. Sin mencionar que su aspecto supondría toda una distracción durante una entrevista.

Hago un esfuerzo y aparto la vista del desconocido enervantemente atractivo. Tengo que centrarme en conseguir el puesto.

Acelero hasta el mostrador de seguridad y le doy mi carnet de conducir al tío que hay allí, explicando que he venido a una entrevista para la vacante de cuidadora de las plantas.

El guarda mira mi carnet y muestra una sonrisita.

—Juno, ¿eh? ¿Te pusieron tus padres el nombre por la película?

Si me dieran un cactus por cada vez que alguien me soltara esa mierda de broma, sería capaz de rivalizar con la flora del desierto de Mojave.

Le muestro una coqueta sonrisa.

—¿Te refieres a la película que estrenaron en 2007? Si esa es tu forma de decirme que parezco una adolescente, me lo tomaré como un cumplido.

Él vuelve a mirar mi carnet y suelta un silbido.

—¿Tienes treinta? Habría apostado que eras mucho más joven.

Alguien está en racha. Ese es el segundo comentario más habitual que escucho, gracias a mi problemilla de carencia de altura y a esas mejillas sonrosadas de angelito de las que todavía no me he desprendido. Si me comenta que parezco una chica sana y virginal, conseguiremos el triplete del mal. ¿O sería un cuarteto?

Oculto lo que estoy pensando tras una sonrisa de mil vatios y le miro, batiendo las pestañas.

—Gracias. Eres muy dulce. —Igual que el anticongelante.

—No hay problema. —Me acerca un pase de visitante pero lo aparta de mi alcance en el último segundo... algo que aunque no incidiese en mi falta de altura, odiaría igualmente—. No llevas armas ocultas encima, ¿verdad?

Meneo la cabeza con vehemencia y me obligo a mostrarle mi sonrisa más inocente. Resulta que sí las llevo, más o menos: en mi bolso hay una gata llamada Atonic, de carácter letal... al menos los escasos minutos del día en que no está catatónica.

Sí, ya sé... Me he traído un animal vivo a una entrevista importante. Pero me imagino que no pasará nada, porque hay una posibilidad del 99,999 por ciento de que la gata siga estando dormida durante todo el proceso. Estoy cuidándosela a Pearl, mi mejor amiga, que olvidó informarme de que su bebé peludo se convierte en una bestia cuando la dejas sola. Si mi querido Notita no hubiese sido un cactus, ya se habría reunido con el gran saguaro gigante en el desierto del cielo de los cactus. Por suerte, sin embargo, hasta el momento han sido solo mis muebles los que han sufrido el tratamiento de sus garras afiladas como cuchillas.

—Genial. —El guardia me vuelve a tender el pase

por fin, y yo preciso de gran cantidad de fuerza de voluntad para cogerlo con suavidad en vez de arrancárselo bruscamente.

¿Le pregunto dónde está el servicio?

Noo. Parece de los que hacen bromitas con los servicios que una podría necesitar, y si eso ocurriese, no creo que yo fuese capaz de seguir mostrándome educada. Solo tengo que asegurarme de localizar los lavabos de la planta en cuanto suba.

Le doy las gracias al guarda, me dirijo al torno más cercano y deslizo la tarjeta por el lector.

Una luz verde me indica que puedo pasar. Entro y entonces me doy cuenta de que me he olvidado de preguntarle al guarda qué ascensor tengo que tomar para ir al piso cuarenta y ocho.

Presa del pánico, miro a mi alrededor. A causa de mi dislexia, tareas sencillas como estas son estresantes. En concreto, tengo más dificultades a la hora de leer números. Si veo un número de teléfono sin el prefijo entre paréntesis y un guion después de los primeros tres números, se me empieza a fundir el cerebro.

¡Fiuu!

Hay solo dos bloques de ascensores y puedo entender fácilmente los números que explican a dónde ir. Creo. Estoy bastante segura de que el bloque de la izquierda es para los pisos del uno a veintinueve mientas que el otro conduce al resto del edificio... incluyendo el piso cuarenta y ocho.

Mientras me encamino hacia allá, veo cómo se

cierra la puerta del ascensor más cercano. Luego el siguiente. Y luego otro más.

Puaj. Por supuesto, se han ido todos sin mí. La posibilidad de que las cosas vayan mal debe ser directamente proporcional a lo mucho que deseo conseguir mi título universitario y por lo tanto, este trabajo.

Un momento. Veo que las puertas del ascensor más lejano solo están empezando a cerrarse.

Esta es mi oportunidad.

Corro todo lo que puedo y llego justo a tiempo para meter el pie en medio e impedir que se cierren del todo.

Mmm.

Estas puertas parecen distintas de las demás. Qué raro. Lo importante es que detectan mi pie y se abren. La alternativa sería tener que perder el pie, y le tengo mucho aprecio.

Cuando el ascensor vuelve a abrirse, veo a un hombre dentro.

El tío bueno gruñón de antes.

¡Ay, chica!

Si las miradas pudiesen matar, yo ya sería un cadáver devorado por un buitre y excretado como guano para servir de fertilizante a un diligente cactus.

Capítulo 3

Lucius

LAS PUERTAS se abren y yo veo a quién está unido el bonito pie: a una mujer menuda. Antes de que pueda yo pueda arremeter contra ella por atreverse a usar mi ascensor, ella revolotea hasta la pared del ascensor con botones. Se mueve demasiado deprisa para que pueda echarle una buena mirada, pero veo su reflejo en la pared con espejos.

Incapaz de contenerme, me la quedo mirando. Aunque esta mujer me haya retrasado, me suscita cierta curiosidad... la estúpida biología en acción una vez más. En defensa de mi biología diré que esta desconocida es el epítome de los estándares de belleza femenina de la antigua Roma. Suave y voluptuosa, con anchas caderas y pechos pequeños, con el cabello color del trigo y unos ojos grandes y almendrados de tonos miel. Me recuerda a algunas de las estatuas de mi villa. Diablos, hasta es igual de bajita que la mujer media de esa época.

Hablando de su estatura, eso me dificulta decir qué edad tiene. En base a su comportamiento insensato, apuesto a que tendrá veintipocos... o sea, la edad antes de que el cerebro se desarrolle por completo.

¿Por qué mirará tan fijamente los botones del ascensor?

Además, ¿no está murmurando algo?

Presa de la curiosidad morbosa, detengo la música y apago la función de cancelación del ruido de mis auriculares.

—¿Qué clase de idiota le pondría números romanos a esto? —La oigo musitar—. ¿Y por qué no están en filas ordenadas como en todos los ascensores?

Yo aprieto los dientes.

Ese «idiota» del que habla soy yo. Me encantan los números romanos, y todos saben que este es *mi* ascensor. En cuanto a que no estén alineados en columnas, esa fue idea del ingeniero.

Titubeante, ella pulsa el botón marcado con XLIV.

Nos detenemos de golpe.

Ella saca la cabeza por la puerta del ascensor, maldice entre dientes y pulsa XLVI.

De nuevo, este no parece ser la planta que busca, así que pulsa XLIX y después LVIII.

Después de dos paradas más, me quito los auriculares.

—¿Qué tienes, cinco años? —gruño.

Ella se vuelve hacia mí.

—¿Cómo?

—Estás apretando todos los botones —digo con tono gélido—. Igual que una cría.

Mientras la observo con no deseada fascinación, sus mejillas redondeadas se ponen rojas y resopla por la nariz.

Capítulo 4

Juno

—¿Acaso me estás llamando tonta? —le espeto. Cualquiera podría tener problemas con estos malditos botones, no solo alguien con dislexia.

Él señala directamente a los botones.

—Tonto es el que hace tonterías .

Yo aprieto los dientes, dolorosamente.

—Lo que eres es un gilipollas. Y has visto *Forrest Gump* demasiadas veces.

Sus labios se convierten en una línea recta.

—Esa película no fue el origen de la frase. Viene del latín: *Stultus est sicut stultus facit.*

Yo pongo los ojos en blanco.

—¿Qué clase de *stultus* pretencioso suelta citas en latín?

El acero de sus ojos es tan frío que apuesto que si intentase lamerle el globo ocular, se me quedaría la lengua pegada.

—No lo sé. Tal vez el «stultus» al que resulta que le

gusta todo lo relacionado con Roma, incluyendo sus números.

Me quedo totalmente boquiabierta.

—¿Tú tomaste esta decisión? —Hago un gesto con la mano hacia los botones del ascensor.

Él asiente.

¡Mierda! Probablemente me haya oído antes, lo que significa que he sido yo la que ha empezado con los insultos. En mi defensa diré que ha hecho una elección estúpida.

Suelto una bocanada de aire, frustrada.

—Si fueses tan experto con los números romanos, podrías haberme dicho cuál pulsar.

Él se cruza de brazos.

—No me lo has preguntado.

Vuelven a erizárseme los pelos de la nuca.

—¿Preguntarte a ti? Parecías capaz de arrancarme la cabeza de un mordisco solo por el hecho de existir.

—Eso es porque tú me has retrasado...

El ascensor se detiene de golpe y todas las luces se atenúan.

Los dos miramos a las puertas.

Que se quedan cerradas.

Él se gira hacia mí y entorna los ojos, con expresión acusadora.

—¿Y ahora qué has apretado?

—¿Yo? ¿Cómo? Si te estaba mirando a ti. Por desgracia.

Meneando la cabeza de forma exasperante, él se

acerca hasta el panel con los botones y yo tengo que apartarme de un salto para no ser arrollada.

—Probablemente hayas apretado demasiados antes —murmura él—. ¿Por qué íbamos a estar atascados si no?

¿Por qué es ilegal estrangular a la gente? Tan solo unos segundos con mis manos en su garganta me supondrían un buen ejercicio de relajación.

En vez de eso, clavo la mirada en su espalda, que está tapándome lo que está haciendo, si es que hace algo.

—El pobre ascensor probablemente se haya suicidado por culpa de todos esos números romanos. Solo sé que cuando alguien lee cosas como L y XL, piensan en tallas de camiseta para neandertales como tú. Y no me hagas hablar de ese botón XXX, que es una referencia clara al porno. Eso crea un entorno de trabajo hostil y...

—¿Puedes cerrar la boca para que yo pueda sacarnos de esto? —me corta.

Sus palabras hacen que sea consciente de la realidad de nuestra situación: llevamos más de un minuto parados y las puertas siguen cerradas.

¡Santo saguaro bendito!, ¿de verdad estoy aquí atrapada? ¿Con este tío? ¿Y qué pasará con mi entrevista?

—Ah, por fin, silencio —dice él con satisfacción, y se mueve a un lado, para que pueda ver cómo clava el dedo en el botón que reza «Ayuda».

—Es un milagro que eso no esté en latín —no puedo resistirme a comentar—. O en klingon.

—¿Hola? —dice él en el micro de debajo del botón, con la voz cargada de irritación.

No hay respuesta, ni siquiera un sonido de estática.

—¿Hay alguien ahí? —Su enfado está claramente alcanzando nuevas cotas—. Llego tarde a una reunión importante.

—Y yo llego tarde a una entrevista —intervengo, por si importa.

Él deja de hacer lo que estaba haciendo para mirarme con una espesa ceja arqueada.

—¿Una entrevista? ¿Para qué puesto?

Yo me pongo más tiesa.

—Estoy segura de que los tíos como tú no reparáis en eso, pero las plantas de este edificio no se cuidan solas.

Un momento. ¿Habré dicho demasiado? ¿Podría él torpedearme la entrevista... suponiendo que este desastre del ascensor no lo haya hecho ya? ¿En qué puesto trabajará este tío, por otra parte...? ¿En el de diseñador de ascensores ridículos? Eso no puede ser un puesto a tiempo completo, ¿verdad?

—Una abraza árboles —murmura entre dientes—. Eso me cuadra.

Menudo gilipollas. Jamás en mi vida he abrazado a ningún árbol. Estoy demasiado ocupada hablando con ellos.

Él vuelve a centrar su ceñuda atención en el botón

«Ayuda», aunque ahora mismo creo que deberían haberlo llamado «No ayuda».

—¿Hola? ¿Me oye alguien? —grita él—. ¡Responded ahora mismo o estáis despedidos!

Yo pongo los ojos en blanco.

—¿Es buena idea ser un capullo con las personas que pueden rescatarnos?

Él exhala un audible bocanada de aire.

—Da igual. El botón debe de estar averiado. No se atreverían a ignorarme.

Yo saco mi fiable móvil, un bonito y sencillo Nokia 3310.

—¿No vas demasiado de sobrado?

Él me mira las manos, incrédulo.

—Así que esa es la razón por la que se ha atascado el ascensor. Ha entrado por un agujero de gusano temporal y nos ha transportado a 2008.

Yo frunzo el ceño al ver que mi Nokia no tiene cobertura.

—Esta versión salió en 2017.

—Aun así parece más básico que un maniquí de esos que usan para hacer pruebas de tráfico. —Se saca orgullosamente un iPhone del bolsillo—. *Esta* es la pinta que tendría que tener un móvil.

Yo resoplo.

—Esa es exactamente la pinta que tiene la distracción constante. De todas maneras, si tu teléfono no tan inteligente, «de marca», fuese tan genial, tendría que tener algo de cobertura, ¿no?

Él mira su pantalla pero puedo decir que ya sabe la verdad: su queridísimo aparato tampoco la tiene.

Aun así, no me puedo resistir.

—¿Lo ves? Ese genio de teléfono tuyo es igual de inútil. Solo sirve para convertir a la gente en zombis pendientes de las redes sociales.

Él se guarda el dispositivo, con gesto de padre protector.

—Además de todas tus otras atractivas cualidades, ¿también eres tecnófoba?

Dudo sobre si tirarle mi Nokia a la cabeza, pero decido que no vale la pena tener que gastarme sesenta y cinco pavos en uno nuevo.

—Solo porque no quiero que me distraigan, eso no quiere decir que tenga fobia a la tecnología.

—De hecho, mi teléfono es genial bloqueando las distracciones. —Se pone los cascos en las orejas—. ¿Lo ves? —pulsa el play y escucho los débiles riffs del heavy metal.

—¡Qué maduro! —exclamo, marcando las palabras con los labios, porque no puede oírme.

—Lo siento —dice él con tono muy alto—. No puedo oír ninguna distracción.

Vale. Es igual. Al menos tiene buen gusto en música. Mi cactus y yo somos grandes fans de Metallica, que es lo que creo que él está escuchando.

Empiezo a pasearme arriba y abajo.

Estoy atascada y llego tarde. Si el ascensor no arranca por sí solo en los siguientes dos minutos, ya puedo despedirme del nuevo trabajo... y por extensión, del dinero de mi matrícula. No tener ese dinero significa no conseguir mi título de botánica, que ha sido mi sueño durante los últimos años.

Por los jugos del saguaro, esto es un asco, y uno bien gordo.

Miro de reojo al tío bueno... quiero decir, al gilipollas.

¿Qué pensaría él de alguien que tiene dislexia y quiere sacarse un título universitario? Probablemente, que necesitaría una universidad que emplease libros de pintar. En realidad, ni siquiera esos libros de pintar me ayudarían demasiado... parece que nunca puedo evitar salirme de esas estúpidas líneas.

Suspiro y aparto la vista, cada vez más preocupada. Aparte de lo de mis sueños, ¿qué pasa si el ascensor se queda atascado mucho rato?

El problema más inmediato son mis crecientes ganas de mear... pero paradójicamente, otra preocupación a largo plazo sería conseguir líquidos para beber.

Me pregunto... ¿si estás lo bastante sedienta, tu cuerpo reabsorbe el agua de tu vejiga? Otra cosa: ¿podría hacer un filtro en plan MacGyver para reciclar el agua de mi orina con lo que llevo encima ahora mismo? ¿Tal vez con pelo de gato?

Me estremezco, y solo en parte por culpa de esa locura de aire acondicionado que de alguna forma llega hasta mí incluso aquí dentro. A corto plazo, sería mucho mejor que pasásemos calor en vez de frío. Sudaría los líquidos y no necesitaría mear, aunque supongo que antes me moriría de sed. Lanzo una miradita de envidia al alto desconocido. Apuesto a que él tiene una vejiga del tamaño de un dirigible. También lleva una botella de acero inoxidable que probablemente esté llena de agua que casi seguro no piensa compartir.

También está el asunto de la comida. No llevo encima nada comestible aparte de una lata de comida para gatos... y en teoría, a la misma gata.

No. Antes me comería a este desconocido que a la pobre Atonic.

Como si me leyese la mente, al tío le ruge el estómago.

Mierda. Con lo grande y borde que es este tío, probablemente se comerá a la gata. Y después de eso, me comerá a mí... y no en el sentido divertido.

Estoy tan, tan jodida.

Capítulo 5

Lucius

¿POR QUÉ ESTARÁ DANDO tantas vueltas? ¿Estará intentando molestarme? Probablemente, y lo está consiguiendo... hasta el punto en que me escuecen los ojos de tanto verla ir arriba y abajo en este diminuto espacio.

Los cierro y me centro en los riffs de guitarra que suenan por mis auriculares, pero de algún modo, sigo percibiendo su presencia.

Probablemente por cómo se mueve su aroma.

Huele a sol y a hierba recién cortada.

Miro disimuladamente con los ojos semicerrados justo cuando ella saca un reproductor de CD de su bolso y lo conecta a unos auriculares con cable.

¿Un CD? ¿Debería decirle que eso es incluso anterior a la antigualla que ella llama teléfono?

No. Mejor no empezar. Podría unir cabos de lo discordante que es que yo esté tan metido a la vez en la tecnología y en la Antigua Roma, y soltarme que en vez de un iPhone, mi dispositivo de cálculo favorito tendría que ser un ábaco.

Vuelvo a mirarla con disimulo. Ella deja de pasearse y coloca con cuidado su enorme bolso en una esquina. Esa cosa parece pesada. Me pregunto qué llevará ahí dentro. ¿Un pequeño demonio o un payaso al estilo del de la peli *It*? ¿Un muñeco tipo Chucky?

Me froto los ojos, que cada vez me pican más. Otra posibilidad es que utilice el bolso como saco de dormir improvisado. Estoy bastante seguro de que es lo bastante pequeña como para caber ahí dentro.

Mientras vuelve a sus paseos, juguetea con los botones del CD.

Detengo mi propia música para oír lo que ella escucha.

Mmm. Solo es una voz de mujer hablando de algo.

¿Un audiolibro? ¿Todavía los hacen en CD?

Lo único positivo que puedo decir sobre mi compañera de atasco es que ha hecho un buen trabajo en distraerme del marrón de mi reunión de temas inmobiliarios.

Hasta ahora, es decir.

Joder. Si no consigo esas tierras, será un nuevo revés para Novus Roma. El primero fue cuando esos abraza árboles montaron un pollo sobre la deforestación en la ubicación original que yo había elegido.

Suspiro. Tal vez tendría que haberles explicado a esa gente cuánto oxígeno producirían los jardines verticales con los que planeo cubrir todos los rascacielos. O que habría plantado árboles nuevos en el Parque Central Inteligente una vez acabadas las obras. O que Novus Roma se esforzaría por tener una huella de carbón negativa, con coches eléctricos sin conductor como transporte público y placas solares cubriendo cada superficie.

Por desgracia, dar explicaciones no es una de mis mejores habilidades. Puedo ser un poquitín antisocial, lo que a veces me afecta negativamente en los negocios. En el lado positivo, si ocurriese un apocalipsis zombi y tuviese que quedarme solo en un bunker, estaría tan feliz como una perdiz puesta de Prozac.

Ella deja de pasearse, se estremece y empieza a dar bailecitos saltando de un pie al otro, mientras se frota los antebrazos.

¿Tendrá frío?

Probablemente. No lleva demasiada ropa, y su piel cremosa *está* cubierta de carne de gallina. Sus pezones también....

Un momento. ¿Qué es lo que estoy mirando? La puta biología ataca de nuevo. Tengo que ignorar la...

Las luces parpadean y luego se atenúan más.

Me quito de golpe los cascos, me acerco al botón de ayuda y vuelvo a pulsarlo con energía.

—¿Hola? Soy Lucius Warren. ¿Entiendes lo que eso significa?

Sin respuesta... a menos que el resoplido irónico de mi compañera cuente.

Gruñendo de frustración, bajo la vista hasta su

rostro y no puedo evitar notar lo azules que se le están poniendo los labios.

Decididamente se está congelando.

—Toma. —Me quito la chaqueta del traje—. Ponte esto.

Ella deja de dar bailecitos y parece tan estupefacta que pensarías que me he sacado el hígado por el ombligo y se lo estoy ofreciendo, todo lleno de sangre y asqueroso.

—Tu castañeteo de dientes es muy molesto —digo con frialdad—. Hazme un favor y póntela.

El hecho de que ocultará esos duros pezones es un extra.

Ella no coge la chaqueta, solo pestañea con sus bonitas pestañas.

Hablando de ojos, también lo hago yo, porque lo míos cada vez me pican más.

Ella sigue sin coger la puta chaqueta, solo se me queda mirando como si estuviésemos en un duelo de una peli de vaqueros. Molesto, me acerco a ella y se la pongo por los hombros.

Un gigantesco error.

Mis dedos rozan la piel suave como la seda de sus hombros desnudos, y una bola de fuego de endorfinas se dispara por mi sangre y corretea por todos mis otros apéndices antes de quedarse instalada en mi polla.

Maldición. Encima de todo lo demás, ahora estoy también empalmado.

Capítulo 6

Juno

¡SANTO SAGUARO BENDITO!

Sus fuertes dedos solo han rozado mi piel una fracción de segundo, pero estoy a punto de convertirme en un patético charco de deseo. Culpo al aroma de la chaqueta que me envuelve: limpio, con un toque de almendras, además de algo indefectiblemente masculino…

No hace falta decir que me siento calentita al instante, y no solo porque la chaqueta me llega hasta las rodillas. Una parte de esa calidez es un efecto secundario del horno de fundición que ha cobrado vida entre mis piernas sin saber por qué.

Él se aparta de mí y mis hombros ya echan de menos su contacto.

Un momento. ¿Pero en qué diablos estoy pensando? El frío debe de haberme fundido de verdad las neuronas.

Hablando de mis confusas neuronas... la forma en

que su camisa blanca se ajusta a su poderoso pecho no ayuda mucho.

Meto los brazos en las mangas de la chaqueta, porque ya puestos, ¿qué más da? y carraspeo.

—Gracias, Lucius. —En cuanto me escucho pronunciar su nombre en voz alta, me maravilla no haberlo descubierto antes.

Tiene toda la pinta de llamarse Lucius.

Él me mira entornando los ojos.

—¿Y cuál es tu nombre?

—Juno —digo, y me preparo para la conexión habitual con la película.

Por primera vez desde que nos hemos conocido, sus labios se agitan exhibiendo una sonrisa que revela un hoyuelo.

—¡Ah! Como Juno Sospita.

¡Guau! Quiero mudarme a vivir en ese hoyuelo. Yo pestañeo, confusa, y le espeto:

—¿Quién?

La sonrisa desaparece sin dejar rastro, haciéndome pensar que me la he imaginado. En su lugar aparece un ceño condescendiente.

—¿Juno la Salvadora? La reina de los dioses, hija de Saturno, esposa de Júpiter, madre de Vulcano, Marte...

—Oh, te refieres a la diosa romana —le interrumpo, sintiéndome una tonta—. Sí, lo sé todo sobre ella. Mis padres me pusieron ese nombre por ella... y por el mes de junio, que es cuando nací.

Aj, ¿por qué estoy balbuceando? A él le da igual cuando he nacido. Probablemente esté deseando que nunca lo hubiese hecho, a juzgar por la expresión de su cara.

—Para ser alguien que lleva su nombre, no pareces saber gran cosa —dice él—. Como el hecho de que le pusieron el nombre al mes por esa diosa, así que no llevas ese nombre por Juno *y* por junio, solo por Juno.

Aprieto los puños por dentro de las mangas de su enorme chaqueta.

—Ya lo sabía.

—Sí, claro —dice él, poniendo los ojos en blanco—. Vamos a fingir que sí.

—Tengo una idea mejor. —Me pongo los auriculares—. Yo voy a fingir que tú no estás aquí.

Con eso, vuelvo a escuchar mi audiolibro y a pasearme. También finjo no darme cuenta de que él sigue ahí de pie... una tarea difícil.

Él se frota los ojos como si le estuviesen molestando y luego se pone también sus cascos.

La llamada de mi vejiga se está haciendo más difícil de ignorar, pero no me queda otra que hacerlo. Porque, ¿qué otra alternativa hay? ¿Pedirle a él que se dé la vuelta y levantar la patita en una esquina, como un perro?

Él estornuda y me sobresalta.

Nos miramos a los ojos un segundo. Mmm. Sus pupilas grises están rojas y llorosas. ¿Estará a punto de echarse a llorar por la reunión que se ha perdido?

Él sube el volumen de su móvil con énfasis.

Vale.

Yo subo el mío también, y la indignación que siento

me ayuda a seguir paseándome un poco más. O sea, hasta que tengo la vejiga a punto de explotar igual que un globo en presencia de un niño de cinco años con un picahielos en la mano. No. Más bien igual que los precios de las propiedades inmobiliarias alrededor de 2006.

Unos minutos después, estoy segura de que mi cuerpo *no* sabe cómo utilizar el agua de mi vejiga. Tengo tanta sed que fantaseo con quitarle a Lucius su botella de agua y salir corriendo con ella. Lo que no funcionaría dentro de este diminuto ascensor.

Como para provocarme, él abre la mencionada botella y bebe un largo trago.

Ay. Tengo que cruzar las piernas para impedir hacerme pis encima de la envidia.

Él se quita los cascos con visible irritación.

—¿Por qué estás mirando así a mi botella?

Yo pongo mi audiolibro en pausa, furiosa.

—¿Así cómo?

Él señala mi bolso con un gesto.

—¿Es que no llevas tu propia agua en esa bolsa gigante?

—No —replico, a la defensiva. Esa cosa ya pesa bastante gracias a la gata, así que pensé que ya bebería algo después de la entrevista. No sabía que me iba a quedar atascada aquí dentro.

Él me fulmina con la mirada y luego me ofrece la botella.

Yo doy saltitos de un pie al otro y le digo que no con la cabeza.

—No pasa nada —añade él, con un poco más de cordialidad—. Bebe un poco.

—Estoy bien —le miento.

—Mira, si todavía no nos han sacado de aquí significa que le ha pasado algo muy grave al ascensor, así que puede que nos quedemos dentro un rato. —Él me tiende la botella.

Yo me echo para atrás, bailando de un pie al otro mientras lo hago.

—No creo que deba.

Él se toca el cuello de la camisa.

—¿Te dan miedo mis microbios?

Miedo, no. Más bien desearía fertilizar y regar sus microbios hasta que se hiciesen grandes y fuertes y luego lamerlos.

—No —se me quiebra la voz, y me aclaro la reseca garganta—. Gracias.

Él levanta una poblada ceja.

—¿Por qué diablos no?

Yo aprieto más fuerte los muslos.

—No es de tu incumbencia.

Él entorna los ojos.

—Espera un segundo. —Parece como si una bombilla gigante se hubiese iluminado como una supernova sobre su cabeza—. ¿No tendrá algo que ver con todo ese bailecito que te traes? —Él baja la voz—. ¿Necesitas ir?

Siento las orejas, el cuello y el rostro como si alguien me los hubiese frotado con espray de pimienta.

—No pienso hablar de mi vejiga *contigo*.

Él frunce el ceño y mira a su alrededor.

¿Qué es lo que busca? ¿Acaso espera que se materialice mágicamente un lavabo de señoras en medio del ascensor?

Vuelve a centrar su atención en mí y su gesto se oscurece.

—Vale. Entonces nos acabamos esta botella y luego puedes usarla para aliviarte.

No. De ninguna puta manera. No delante de él.

A lo que mi vejiga responde: *¿por favor? ¿Por amor de saguaro?*

Ay. No.

Me vuelvo e intento pensar en otra cosa, lo que sea. Arena. El Valle de la muerte. Galletitas saladas. Espera, esto me está dando aún más sed.

Maldición.

—Será peor si te lo haces en las bragas —dice Lucius, secamente.

Sí, infinitamente peor, me grita mi vejiga. *¡Y está a punto de ocurrir!*

No, no lo está. Puedo aguantarme. No tengo cinco años.

—O si no, también puedes hacerlo en tu bolso —dice Lucius amablemente—. Podría ser más fácil dadas tus cañerías.

Yo me encaro con él.

—¿Perdona? ¿Mis cañerías?

Él pestañea.

—¿De qué otra forma lo llamarías tú?

¡Brrr! ¿Me condenaría algún juzgado si asesinase a

este hombre? ¿Después de hacerle andar primero la plancha sobre mis meados?

—No hables de mis cañerías —digo con los dientes apretados—. Nunca más.

Aunque solo sea porque me esté haciendo pensar en las de los baños, empeorando con eso la desesperada situación de mi vejiga.

—Vale. —Él agita el agua de dentro de la botella—. Si tú no la quieres, me la terminaré yo mismo.

¡Ay! ¿Ha sido eso un espasmo de mi vejiga?

Le miro con los ojos entornados mientras Lucius bebe un sorbito con aire de burla. Y otro.

—Vale, tú ganas. —Me acerco a él pisando con furia el suelo, y le arrebato la botella de la mano. Mis dedos rozan su mano al hacerlo, y casi me meo en las bragas por el relámpago que me baja por el brazo. Lo ignoro y le clarifico—: Quiero decir que voy a beber un poco de agua, no lo otro.

—Claro. —Él sonríe con suficiencia—. Adelante, acábatela.

Yo bebo un trago con avidez, y por alguna razón, él mira fijamente mis labios.

Yo trago, y ¡guau! ¡Qué alivio!

Debía de estar más sedienta de lo que pensaba.

Cuando le tiendo la botella de vuelta, él levanta las manos.

—Quédatela. La vas a necesitar.

Yo pongo los ojos en blanco y coloco la botella en el suelo, al lado de mi bolso.

Vale, nada de volver a inclinarse. Eso casi me ha

hecho perder la batalla contra mi vejiga ahora mismo. La presión del agua que ha alcanzado mi estómago está empeorando mi ya de por sí difícil situación.

Unos minutos más y estaré acabada. Tal vez solo unos segundos.

Lucius enarca las cejas y me mira primero a mí y luego a la botella.

—Déjalo —le bufo—. No va a ocurrir.

—Algo ocurrirá. De una u otra manera, la naturaleza saldrá victoriosa... y tú o harás lo impensable o tendrás un accidente.

Yo cruzo las piernas y las aprieto, fuerte.

—De ninguna manera. —Lo que es un asco es lo muy posible que ese accidente está empezando a parecerme.

—Solo para que lo sepas —me dice—. Forzar demasiado tu vejiga puede derivar en sufrir debilidad de la vejiga. Sin mencionar que es malo para tus riñones. Oye, y creo que también puede causar cistitis o una infección del tracto urinario, además de...

—¿Tienes algún fetiche o algo? No vas a conseguir una lluvia dorada, da igual cuantos datos urológicos me cuentes.

Sus dientes blancos me deslumbran con una inesperada sonrisa.

—Entonces supongo que será mejor que le reces a Cloacina, la diosa romana de los baños. —Con esta perla de sabiduría, se vuelve a poner los auriculares y me da la espalda.

Joder. Ahora que la distracción de esa molesta

conversación ha desaparecido, mis ganas se convierten en todo mi mundo. Todo mi universo.

No creo que sea capaz de aguantarme mucho más.

Desesperada, pongo mi audiolibro como último recurso y luego practico técnicas de respiración de Lamaze con las piernas cruzadas.

También rezo, por si sirve de algo.

No sirve.

Hasta aquí hemos llegado.

El punto de no retorno.

O lo hago en la botella o me lo hago encima.

Miro la botella.

¿Podría mear disimuladamente en ella ahora mismo?

No. ¿Y si él se da la vuelta?

Carraspeo.

Él no me oye.

En realidad, eso es bueno para lo que viene después, pero ahora mismo resulta algo molesto.

Le toco en el hombro con el dedo.

Él se vuelve y se levanta uno de los auriculares.

—¿Qué?

Cojo aire.

—Tú ganas.

—¿Yo «gano»? —Él señala lo que próximamente será mi lavabo—. Esa es mi botella de agua favorita y no tengo ningún fetiche con las lluvias doradas. En todo caso...

—Vale, de acuerdo —digo entre dientes—. Yo

pierdo. Tú pierdes. Los dos perdemos. ¿Eso te parece mejor?

Él se encoge de hombros.

—Tengo unas reglas —digo.

Esas pobladas cejas suyas se levantan.

—Lo primero, tendrás que darte la vuelta. Luego subir el volumen de tu música lo máximo posible.

Los músculos de su mandíbula tiemblan.

—¿Eres consciente de que eso es precisamente lo que estaba haciendo antes de que me interrumpieras?

Yo cierro y abro los puños con fuerza, pero él no puede verlo gracias a las gigantescas mangas de su chaqueta.

—Me ha dado miedo que te volvieses antes de que acabara.

Él suspira, se da la vuelta con toda intención y se pone otra vez los auriculares.

—Ya está. Tócame en el hombro cuando pueda volverme.

Yo me arremango las mangas de mi/su chaqueta hasta los codos y me aseguro de que la pared hacia la que está mirando no refleje nada.

No lo hace.

Meto la mano en el bolsillo de mi bolso y saco una botellita de desinfectante de manos para después, poniendo cuidado en no despertar a la gata.

Mientras arrastro los pies en dirección a la botella siento como fuese yo la que estuviese caminando por la plancha.

¿Está esto a punto de ocurrir de verdad?

Si el suelo del ascensor se cayera o los cables se partieran en este preciso instante, tampoco me importaría tanto.

Abro el tapón de la botella. Por suerte, es una de esas de boca ancha, no una botella deportiva con una diminuta abertura.

En serio, ¿estoy haciendo esto de verdad?

Eso parece.

Me pongo de espaldas a Lucius, me agacho, me bajo las bragas y coloco la botella lo mejor que puedo.

Un momento. ¿Cuándo ha sido la última vez que he comido espárragos?

No.

Es demasiado tarde.

El dique se rompe, y probablemente el río resultante podría proporcionar electricidad a este ascensor durante todo un año.

Nunca seré capaz de superar esto.

Capítulo 7

Lucius

ESPERO Y ESPERO.

Y estornudo.

Y espero, frotándome los ojos, que me pican un montón.

¿Qué está llevándole tanto rato? Y por otra parte, ¿qué me importa eso?

Aun así, yo ya habría acabado dos veces. ¿Les costará a las mujeres más tiempo aliviarse que a los hombres? ¿Por eso siempre van al baño en grupitos, para poder matar todo ese tiempo extra con agradables charlas?

Contengo mi irritación. Dado el dolor de cabeza que me comprime las sienes y la sensación que me roe las tripas, está claro que el hambre me está afectando al cerebro. También puede que haya pillado un resfriado, porque noto un picor característico en la garganta y parece que mi nariz va a empezar a gotear. Además, siento como si a mis ojos les hiciera falta que les pasara un papel de lija, y vuelvo a notar como me están entrando ganas de estornudar. Es casi como si...

Un dedo diminuto se me clava entre los omóplatos.

Por fin.

Me vuelvo hacia ella, manteniendo un gesto neutral. Algo me dice que si sonrío, ella desatará su furia homicida.

—¿Te has desinfectado ese dedo antes de tocarme? —pregunto.

Ella asiente.

—Toma. —Sin mirarme a los ojos me tiende la botella cerrada.

Yo doy un paso atrás.

—No, gracias. Te la puedes quedar.

Sin pronunciar palabra, ella se acerca hacia su gigantesco bolso y deja la botella en el suelo.

Mis ganas de estornudar se intensifican. Lucho contra ellas todo lo que puedo, pero al final sucede. Me doy la vuelta y estornudo. Y vuelvo a estornudar.

¿Qué cojones?

Localizo un pañuelo de papel en mi bolsillo y consigo atrapar un tercer estornudo mientras ella dice alegremente:

«¡Que saguaro te bendiga!» por detrás de mí.

¿Saguaro, como el cactus?

Esa idea me distrae lo bastante para estar a punto de no llegar al cuarto estornudo con el pañuelo. Tengo los ojos del todo llorosos ahora mismo, y estoy empezando a notar como se me cierra la garganta. En serio, ¿qué cojones pasa?

—¿Estás bien? —me pregunta ella, con tono preocupado—. ¿Estás enfermo?

Antes de que pueda responderle, me ruge el estómago. Con fuerza.

—Oh, tienes hambre —dice ella.

Me vuelvo para fulminarla con la mirada.

—¿Es esa tu opinión médica? —La nariz y los ojos me están matando.

—Si yo fuera tú, me portaría más amablemente —dice ella—. Tengo comida.

Mi estómago vuelve a rugir más fuerte.

—¿Ah, sí?

—Bueno. —Ella dirige una miradita a su bolso—. En realidad es para una situación más desesperada. Por si estamos aquí unas horas más.

—¿Ah, sí?

Ella suelta un suspiro.

—Es comida para gatos.

Me quedo boquiabierto. ¿Acaba de decir comida *para gatos*?

—Bueno, no estoy diciendo que *quiera* comer comida para gatos —añade—. Pero si tengo que hacerlo, esta es de una marca orgánica y el ingrediente principal es el pollo. ¿Tan mala puede estar?

Gato. *Eso* es lo que me está pasando.

Señalo a Juno con un dedo acusador.

—Apártate de mí. Todo lo que puedas.

Sus fosas nasales se expanden.

—¿Qué?

Retrocedo hasta que estoy en la otra esquina.

—Soy tremendamente alérgico a los gatos. Debes de tener uno, y de llevar encima su pelo o su caspa.

Sus ojos se agrandan, y ella también retrocede. No es que eso sirva de mucho; seguimos estando a poco más de dos metros.

Ella dirige otra miradita a su bolso.

—¿Llevas un EpiPen encima?

Yo le digo que no con la cabeza.

—No sé si...

Dejo de hablar porque su bolso emite un sonido que me hiela la sangre.

Un real y auténtico *maullido*.

Capítulo 8

Juno

La cabeza de Atonic sale del bolso.

Vale, así que ya no hay gato encerrado. Literalmente.

Y Lucius es muy alérgico.

Está mirando fijamente a la gata como si no pudiese dar crédito a lo que ve.

—¿Es eso un...?

—Una gata, sí. Eso me temo —digo con aire de disculpa.

Lucius traslada su mirada de incredulidad hacia mí.

—¿Es que te han contratado para acabar con mi vida?

Vuelven a erizárseme los pelos de la nuca. Algo que me ocurre por defecto cuando trato con Lucius.

—¿Quién eres tú, un rey? ¿Un dictador? ¿Kenny de *South Park*?

Habiendo dicho esto, su muerte por culpa de un gato parecería algo natural, en lo que respecta a los asesinatos a sueldo. El crimen perfecto. ¿Y si esto sí *es* un intento de asesinato de verdad... solo que no perpetrado por mí? Tal vez Pearl no sea una fabricante de queso como afirma ser, sino que en secreto es la mejor asesina a sueldo del mundo, y ella ha preparado todo esto: sus supuestas vacaciones, su gata asesina entrenada que finge dormir hasta el momento preciso, el atasco del ascensor...

—¿Miau?

¡Que saguaro nos asista! Atonic salta del bolso y puedo imaginarme todo el escenario del asesinato desarrollándose frente a mí: Ella va a frotarse contra Lucius. Él se hincha como el pito de un adolescente tras ver una peli porno, luego se agarra la garganta con gesto teatral y entra en shock anafiláctico.

No si puedo evitarlo.

—¡Atrás! —les grito a ambos, y luego me interpongo valientemente entre el hombre y la bestia.

Atonic curva el rabo y lo menea. Luego sus orejas señalan hacia adelante con gesto amenazador, directamente destinado a Lucius.

—Mantente alejada de él —le digo con tono severo.

Es un error. Atonic siempre quiere ir exactamente donde yo no quiero que vaya... probablemente como efecto secundario de ser una gata. Maúlla junto a la puerta del baño hasta que la abro, y luego no entra. Aunque a veces solo se tumba en el umbral, como diciendo: «Zorra, asegúrate de que esta puerta permanezca abierta en todo momento». Así que, en este caso, está tan claro como el día que ella de verdad, de verdad quiere frotar sus alérgenos directamente contra la que pronto será su víctima mortal.

Pues sí.

Ella salta hacia adelante.

Por suerte para Lucius, había una razón para que siempre me eligieran de portera de mi equipo de fútbol del instituto.

Agarro a la gata en el aire mientras Lucius tiene un ataque de estornudos.

O al menos, lo intento. Una bola de pelos se comporta de forma muy distinta a un balón de fútbol, al parecer. La gata se retuerce para liberarse de mis manos y aterriza sobre sus patitas... algo que las pelotas nunca hacen, o por lo menos, no las de fútbol.

Antes de que pueda volver a cogerla, ella se lanza otra vez hacia él... pero se encuentra con la palma de mi mano, igual que aquella pelota cuando jugamos contra nuestro mayor rival, las Hijas de Chuck Norris.

—Es como si intentara ir a por mí —dice Lucius, entre estornudo y estornudo. Su voz suena fatal, toda congestionada e irritada.

—Tú provocas eso en la gente —le digo, mientras intento agarrar a la gata sin éxito. A pesar de que el ascensor sea un espacio reducido y cerrado, me está costando muchísimo cogerla.

Él resopla.

—Genial. Culpa a la víctima.

—Cierra el pico. Solo estás consiguiendo que ella quiera ir más a por ti. —Sin mencionar que me hace sentir tentada de dejar que pase la gata.

Ella me lanza una mirada que parece querer decirme «reto aceptado». Intenta colarse entre mis piernas, que yo cierro como una dama de verdad, antes de intentar atraparla sin éxito alguno.

Ella intenta driblarme por la izquierda. Luego por la derecha. Entonces, se acelera de verdad y pone a prueba todas mis habilidades defensivas, eludiendo todo el rato mis intentos de cogerla y haciéndome preguntarme si es que Lucius está hecho de hierba gatera.

Dado su aspecto, es posible.

Lo peor de esto es que la batalla contra la gata está haciéndome volver a sentir sedienta. Y cansada. No estoy segura de cuánto más seré capaz de defender a Lucius a este ritmo. Como portera, no suelen atacarte repetidamente una y otra vez de esta forma... no a menos que tu equipo sea un equipo de mierda. Sin mencionar que han pasado trece años desde la última vez que he parado un gol... uno de fútbol, es decir.

De repente, las luces del ascensor recuperan su intensidad original.

Oh, Dios. ¿Puede ser?

¡Sí! Empezamos a movernos. Vamos hacia abajo en vez de hacia arriba, pero no me importa.

—¡Por fin! —exclama Lucius con tono triunfal a mis espaldas antes de estornudar tres veces seguidas. Con voz nasal, añade—: Tal vez hoy consiga sobrevivir, después de todo.

El bonus extra del repentino movimiento es que parece confundir a la gata, al menos durante un segundo, pero eso es todo lo que necesito para hacer mi jugada.

Invocando a David Beckham, a Michael Jordan, y al señor Miyagi, atrapo a la gata.

Ignoro sus maullidos de indignación, agarro el bolso, la meto dentro y cierro la cremallera del todo antes de colgármelo del hombro.

¡Ya está! Alérgenos contenidos, al menos un poco.

Lucius vuelve a estornudar, dos veces.

—¿Puede el gato respirar estando ahí dentro?

¿Ahora me acusa de abuso animal? Me vuelvo para soltarle algún corte, pero al ver sus ojos rojos y llorosos me conformo con:

—Hay agujeros de respiración a los lados del bolso. ¿Qué clase de monstruo crees que soy?

Él maldice al tiempo que estornuda.

—¿Quizás de la clase que cuela un gato en el ascensor privado de alguien que les tiene alergia?

Supongo que he sido yo misma la que me he metido en esto. Pero, un momento. ¿Acaba de decir ascensor *privado*? ¿Quién tiene un ascens...?

Las puertas se abren al vestíbulo, donde una brigada de bomberos nos está esperando con las hachas en ristre.

—¿Están bien? —pregunta el más alto del grupo mientras salimos a toda prisa de la trampa metálica. Agarro la botella al salir y la tiro en la papelera más cercana... para ocultar la evidencia.

—¿Qué ha pasado? —Lucius exige saber cuándo

recupera el aliento tras otra serie de estornudos—. ¿Por qué se ha atascado el ascensor?

Mientras el bombero explica algo sobre un incendio en el sótano y como ha afectado al cableado del ascensor, yo miro mi móvil.

Pues sí.

Tengo un email con tono enfadado de la persona con la que se suponía que tenía que entrevistarme. Ha puesto en itálica la parte del mensaje en la que dice: *No hace falta que diga que no vas a conseguir el puesto.*

¿Todos los que trabajan en este edificio son así de bordes? ¿Y si me hubiese atropellado un coche?

—¿Todo el mundo está bien? —le pregunta Lucius al bombero, sorprendiéndome. Suena un poco mejor aunque todavía bastante congestionado.

—Sí —dice el bombero—. Unas cuantas personas han inhalado un poco de humo, pero las hemos sacado fuera a respirar aire fresco y parecen estar bien.

—Hablando de aire fresco —intervengo—. Lucius, deberías respirar un poco tú también.

—No. Tengo una reunión importante. —Saca su iPhone y suelta una maldición al ver lo que sea que vea allí—. Supongo que también podría respirar ese aire fresco.

Me suena a que su reunión importante se ha arruinado igual que mi entrevista.

Él pasa entre los bomberos y yo le sigo todo el camino hasta las puertas de entrada.

Para mi sorpresa, Lucius me las abre.

Probablemente para acelerar el proceso de que yo, y la gata, salgamos de su vida.

Aun así le doy las gracias al pasar y me aseguro de no rozarle con la bolsa que contiene a la felina.

Él no hace ademán de darse por enterado de mi agradecimiento. Probablemente porque esté demasiado ocupado fulminando con la mirada a un par de personas con cámaras.

Oye, es interesante no ser el blanco de su ira para variar.

Yo miro a los desconocidos. Parecen reporteros, o tal vez paparazis. Sea como fuere, ¿cómo de malo ha sido el incendio del sótano para atraerlos hasta aquí? No pensaba que ninguno de estos tipos cubriese incendios.

—Señor Warren —dice el que más se parece a una comadreja... aunque solo por los pelos—. ¿Es esa...?

—Sin comentarios —responde Lucius con tono cortante.

El tío no parece sorprenderse en lo más mínimo por su respuesta cortante. Levanta la cámara, se une a su hermano de armas y ambos hacen fotos de Lucius y, debido a la proximidad, de mí.

Los brillantes flashes me hacen pestañear y fruncir el ceño.

¿Quién es Lucius para que estos que parecen paparazis quieran hacerle fotos?

Lucius ignora las cámaras y hace un gesto en dirección a una limusina aparcada cerca.

Un hombre más mayor con el aire formal de un mayordomo sale del vehículo y abre la puerta de atrás.

—Este es Elijah —me dice Lucius. Se vuelve hacia Elijah y le ordena—: Lleva a Juno a su casa.

¿Me van a llevar en limusina? ¿En serio?

¿Quién *es* este hombre?

—¿Y qué hay de usted, señor? —pregunta Elijah, con acento inglés, como era predecible.

Lucius le fulmina con la mirada.

—Delo por hecho, señor —dice Elijah con una breve inclinación de cabeza.

—Lucius debe de ser toda una alegría de jefe —le digo a Elijah con tono conspirador mientras me acerco al coche. No voy a rechazar un viaje gratis después de pasar por todo lo que acabo de pasar.

Las comisuras de los ojos de Elijah dibujan una sonrisa, pero el resto de su cara parece muy digno y serio en su papel de mayordomo.

—Siéntese, por favor.

—Un momento. —Dejo con cuidado mi bolso en el suelo de la limusina—. Tengo que devolverle a Lucius su chaqueta.

Lucius arruga la nariz.

—No lo hagas.

¿Está chiflado? Debe de ser cara, y yo no puedo usarla para nada.

—En serio, toma. —Saco los brazos de las mangas—. Si es por los pelos de gato, yo pagaré la tintorería.

Lucius se vuelve a Elijah.

—Deshazte de eso.

Elijah coge la chaqueta y me hace un gesto para que entre en la limusina.

Yo lo hago, y solo después de que cierre la puerta me doy cuenta por completo de lo raro que es todo esto.

¿Por qué me ofrece Lucius un viaje en limusina para empezar? ¿No está preocupado por tener que fumigar el coche después por culpa de mi acompañante felina?

Elijah se sienta al volante.

—Madam, ¿cuál es la dirección?

¿Madam? ¿Acaso piensa que dirijo un burdel?

Le digo dónde ir y pienso en preguntas que hacerle sobre Lucius, pero antes de que pueda soltárselas, la partición entre nosotros se eleva y el coche arranca.

Vale.

Es igual.

Me preparo mentalmente para que me saquen los ojos y abro la bolsa.

Por supuesto. Atonic está otra vez catatónica. Es como si supiera que el gilipollas alérgico está ahora fuera del alcance de sus garras.

Compruebo mis mensajes y encuentro uno de Pearl informándome de que quiere reunirse con su bebé peludo mañana, de camino a casa desde el aeropuerto.

Sí, por supuesto, le contesto. *Recuérdame que te hable del asesinato que casi acaba de cometer.*

Pearl responde al instante:

Voy a perder la cobertura dentro de nada, o si no haría que me lo contases AHORA.

Yo sonrío. Pearl solo vive para tres cosas: esta gata, hacer queso y el cotilleo.

———

En el mismo momento en que la limusina se detiene, Elijah me abre la puerta.

—¿Cómo te has levantado de tu asiento y has llegado tan rápido hasta aquí? —pregunto.

Sus cejas, casi tan pobladas como las de Lucius, se elevan.

—¿Rápido?

—¿Eres Flash en secreto?

—Si hablamos del universo DC, ¿no cree que yo sería más bien un Alfred? —pregunta, impávido.

Yo disimulo una sonrisa.

—Si tu secreto no es la velocidad, ¿es posible que haya dos iguales como tú, gemelos idénticos, que trabajan juntos para crear este efecto?

—Solo soy bueno en mi trabajo —dice el que tal vez sea Elijah—. Y usted tiene una imaginación desbordante.

Me bajo del coche.

—Sí, claro. Guárdate tus secretos y gracias por el viaje. Oh, y por favor dile a Lucius que ha sido un placer conocerle... o no.

Esta vez la sonrisa de Elijah infecta de verdad sus labios.

—El señor Warren no es tan malo como la primera impresión podría hacerle pensar.

—En mi caso, difiero educadamente. —Agarro el bolso y emprendo la marcha hacia mi edificio—. Gracias otra vez y hasta la vista.

———

—Así que —le cuento al Notita una vez me he puesto cómoda en mi casa—. Tengo que contarte mi locura de día. —Me pongo a explicárselo todo, porque, ¿quién necesita un terapeuta cuando hay un cactus cerca?

Tía, eso es totalmente la leche. Ese tío, Lucius, me suena como a un tío del que deberías mantenerte alejada.

El Notita es mi cactus cola de castor y, en mi opinión, no se parece en nada a un castor (ni al animal) ni a su cola tampoco (ni la normal ni el órgano sexual). Su especie es originaria de los desiertos de Mojave, Anza-Borrego y Colorado... y no me preguntéis por qué, en mi mente habla igual que un surfista colgado y amante del agua.

—No podría estar más de acuerdo —le contesto en voz alta—. Decididamente, me mantendré alejada de Lucius.

Por supuesto que estás de acuerdo, tía. Es como si tus palabras fuesen las mías... tía.

Tengo que admitir que puede que esté un pelín demasiado obsesionada por los cactus. Pero bueno, al menos si alguien intenta entrar a robar aquí, es posible que termine como un alfiletero.

Compruebo la tierra del Notita. Pues sí. Han pasado

tres semanas desde la última vez que lo regué, y hoy es el gran día.

Echo agua templada en un platito y lo coloco debajo de la maceta del Notita.

Guau, colega. Esta sí que es una buena ola. La leche.

—Me alegro de que te guste.

¡Tía! A este paso, dentro de una semana o así seguro que florezco.

Mientras el agua es absorbida por la tierra del Notita, le doy de comer a la gata y busco nuevas ofertas de trabajo. No hay ninguna. Hoy era mi gran oportunidad y la he cagado. O por lo menos, lo ha hecho el ascensor.

Tía, estoy totalmente guay de agua.

Lo compruebo. Pues sí. La tierra está perfecta. Saco el platito.

Gracias, tía. Ahogarse es una forma muy poco guay de diñarla.

—Vale. Es mi hora de alimentarme —digo, y empiezo a cenar.

Después veo un poco la tele, acaricio a Atonic, hablo con el Notita una última vez y me voy a la cama. Mientras me duermo, me esfuerzo por no pensar en, ni soñar con, un cierto hombre con el que me he quedado atrapada en un ascensor.

Por tentador que eso resulte.

———

Un timbrazo me despierta de golpe.

Grr. Lucius me estaba justamente lamiendo el...

Un momento. Tal vez sea bueno que me hayan interrumpido *ese* sueño.

Como siempre, la gata duerme encima de mi cabeza, probablemente fingiendo ser una de esas pelucas que la nobleza llevaba en tiempos de antaño.

La aparto a un lado con cuidado y corro a lavarme los dientes antes de ir deprisa a abrir la puerta.

Cuando la abro, Pearl está allí de pie, con sus ojos verdes muy abiertos y emocionados.

—¡Eres famosa! —Agita el móvil delante de mi cara.

Yo me froto los ojos

—¿De qué estás...?

Y entonces la veo.

Una foto de Lucius y yo debajo de un titular:

Multimillonario solitario por fin tiene novia.

¿Qué puta mierda de saguaro es esta?

Capítulo 9

Lucius

Me paso un par de horas lidiando con los efectos causados por el incendio antes de poder meterme en una sala de conferencias con Eidith para hablar del puto fiasco de Novus Roma.

—Smithson se fue después de esperar treinta minutos —dice Eidith, sin más preámbulos. Luego, por alguna extraña razón, me pone la mano en el codo, añadiendo—: Dijo que tenía otra oferta y que pensaba aceptarla.

Resisto el impulso de sacudirme su mano y dar un fuerte golpe sobre la mesa de la sala de reuniones.

—¿Por qué? Seguro que sabía que yo iba a ofrecerle más.

Ella aparta la mano, gracias a dios, y se encoge de hombros.

—Dañó su ego que llegases tarde. Probablemente creyó que no eras serio.

Putos magnates inmobiliarios y sus egos...

—¿No pudiste tranquilizarlo?

Cuando ella dice que no con un gesto, ni un solo pelo de su peinado esculpido con laca se sale de su sitio.

Entonces, todo ha terminado. Eidith es excelente tratando con la gente, y si ella no puede convencer a alguien, nadie más podría. Tiene el instinto de un tiburón, y a menudo le confío situaciones como esta.

Decido minimizar mis pérdidas y seguir adelante. De todas formas, existe otra posibilidad a la que le he estado dando vueltas últimamente.

—¿Qué hay de ese otro terreno? ¿El del centro de Florida?

Ella arruga la nariz con un gesto casi imperceptible.

—Puedo organizarlo, pero ¿estás seguro? Allí tienen huracanes.

—Y nosotros incendios. Y terremotos.

—Bien visto, como siempre. —Ella saca su móvil—. Me pondré en contacto con ellos.

Vale. Tal vez Florida sea todavía mejor que California. Al fin y al cabo, todo el mundo compara Novus Roma con un parque temático... lo que decididamente no va a ser. Pero si lo fuera, Orlando es igual de famosa por sus parques temáticos que el sur de California, si no más. El clima también es cálido, y el coste de los trabajadores será más barato. Y si tenemos que talar algunos árboles, es probable que allí me pongan menos pegas.

Durante el resto del día, reviso mis planes para ver

qué cambios tendría que implementar si la ubicación fuese Florida. Resulta que son muy pocos.

Cansado, vuelvo a casa, ceno y decido relajarme. Como siempre, eso implica pasar tiempo en persona con mis criaturas favoritas de todo el mundo: Calígula, Barbanegra y Malfoy.

Atravieso la zona de la piscina y entro en el gigantesco invernadero con aire acondicionado al que ellos llaman su casa.

El trío me recibe con ruiditos de alegría y volteretas laterales en cuanto entro.

Siento como la tensión se desvanece al inclinarme a acariciar a uno tras otro. Las caricias se convierten rápidamente en juegos frenéticos. El trío duerme dieciséis horas al día, pero cuando por fin despiertan, tienen la clase de energía que los humanos solo pueden alcanzar mediante dosis casi mortales de anfetaminas.

—Hola, señor —dice Vincent, el veterinario que tengo contratado para cuidarles mientras yo estoy trabajando—. No hay ningún problema de salud del que informar hoy.

Yo levanto la vista.

—¿Ha aprendido Calígula a rodar?

Él asiente.

—He reforzado ese aprendizaje en los demás también.

Decido comprobar lo que me cuenta.

—Calígula, rueda.

Él hace lo que le he dicho. Luego Barbanegra y

Malfoy se unen a él y lo convierten en un juego de rodar.

—Buen trabajo —les digo a todos, incluyendo Vincent.

—¿Le parecería bien si eligiese algunos juguetes para su enriquecimiento? —pregunta Vincent.

Yo le hago un gesto para que se vaya, y me centro en mis protegidos, que empiezan una persecución... solo que lo hacen de lado.

No es la primera vez que desearía poder llevármelos conmigo a otros sitios, igual que Juno hace con su gata. Por desgracia, eso no funcionaría bien. En el mejor de los casos, robarían cada uno de los objetos pequeños de mi oficina, y en el peor, se harían trizas metiéndose en la trituradora de papel. Además, en lo que al gobierno del Estado de California respecta, mi trío de hurones es la «Sociedad de Conservación Hurones de Roma». Mis abogados tuvieron que crear esa entidad legal porque aquí es ilegal tener hurones de mascotas. Necesitas un permiso especial, que solo se les da a los zoos, las universidades con programas de investigación veterinaria y las sociedades de conservación.

¿Cómo es que decidí tener hurones, para empezar? No lo hice.

Mi madre se los compró como un capricho en Las Vegas, y luego decidió no quedárselos después de todo, después de que le escondieran todos los adornos de su apartamento. Abandonar en vez de cuidar es un comportamiento tan típico en mi madre como robar es en los hurones. De hecho, el término por el que los conocían, *furittus*, se traduce como pequeño ladrón. Los romanos los tenían en casa para cazar ratones en vez de tener gatos.

Mi móvil me vibra en el bolsillo.

Yo lo saco con cuidado. Barbanegra me lo ha robado al menos cinco veces, Calígula cuatro y Malfoy no solo me lo ha quitado una docena de veces sino que también lo ha roto un par de ellas.

—Hola, Nana. —Me acerco el teléfono al oído mientras unas pequeñas patitas intentan arrebatármelo con gran habilidad. Sí, tengo un hurón trepando por mi cuerpo, y no me importa—. ¿Cómo estás?

—¿Por qué no me habías contado que tenías novia? —Nana suena decepcionada, lo que es raro en nuestras interacciones.

¿De qué está hablando? Me quito a Barbanegra de la cabeza y lo dejo en el suelo junto a los otros dos. Ellos me miran, al parecer tan confusos como yo. Por inteligentes que sean, tampoco tienen ni idea de lo que Nana está hablando.

—¿Qué quieres decir con lo de «novia»?

—Una novia, esa cosa que te he estado diciendo que consiguieras —explica Nana—. Una que conduce a prometida, luego a esposa y después a biznietos.

Meneo la cabeza, y luego me doy cuenta de que ella no puede verme.

—Yo no tengo novia.

Todas las mujeres que he conocido en los últimos años me han visto como una hucha con polla, y a cambio, yo no las veo a ellas como nada más que una vía de acallar mis impulsos biológicos. Aunque era peor cuando yo era joven y pobre. No me veían como nada en absoluto.

—No seas tímido —dice Nana, seria—. Lo han compartido por todo internet.

Calígula mordisquea mi zapato y yo alejo el móvil y me lo quedo mirando boquiabierto.

—¿Hola? —La voz metálica de Nana suena por el receptor—. ¿Estás ahí?

—Tendré que volverte a llamar después —le digo, después de poner el teléfono de vuelta en mi oreja.

—De ninguna manera, señorito. Exijo...

—Dos minutos. —Antes de que pueda objetar, termino la llamada. Es la primera vez en mi vida que le cuelgo.

Al instante llega un mensaje de Nana, ahorrándome tener que googlearlo yo mismo... que es la razón por la que le he colgado. El mensaje contiene un emoticono de dos corazones y un enlace a un artículo con una foto de Juno y yo saliendo de mi edificio, junto con una sarta de mentiras tan grande como para hacer que el más corrupto de los políticos se sintiese orgulloso.

Mientras leo rápidamente el artículo, mis dientes rechinan. El autor es el idiota ese de reportero. Yo he rechazado sus chapuceros intentos de entrevistarme, pero él no ha cejado en su empeño y me acosa como si yo fuese alguna estúpida celebridad. ¿No es consciente de que podría comprar su hortera revista y despedirle con solo una llamada? O hacer que mi equipo de seguridad escarbase y encontrarse todo tipo de porquerías sobre él, y luego publicarlas en...

Mi teléfono vuelve a vibrar.

Contesto en piloto automático mientras es el turno de Malfoy de mordisquearme el pie.

—¿Lo ves? Lo sé todo —dice Nana—. ¡Y estoy tan contenta! Hacía muchísimo tiempo que no lo estaba tanto.

Sacudo la cabeza, lo que no logra aclarar mis pensamientos.

—¿Eres feliz?

—Por supuesto —dice ella con una risita de chiquilla—. En cuanto he oído las noticias, me he emocionado tanto que hasta me ha bajado la tensión arterial.

Aparto el pie antes de que Calígula me lo muerda. Sus dientes son los más afilados de los tres, y resulta que me gustan los zapatos que llevo puestos.

—Estoy bastante seguro de que tendría que ser al revés.

—No. Me ha bajado. Además, me había estado sintiendo algo débil últimamente, pero no te lo había contado para no preocuparte. Pero en cuanto he leído el artículo me sentido de pronto diez años más joven.

Allá vamos de nuevo.

—Suponte que nos presentas a las dos —dice Nana, intentando engatusarme—. ¿Puedes imaginarte cómo mejoraría mi salud esa clase de reunión?

Pues sí. Me está manipulando. Esto es típico de Nana. Estoy seguro de que todo eso de su salud son pamplinas, pero algún día, podrían no serlo. La cuidan los mejores doctores, pero aun así, ya tiene más de ochenta. Si alguna vez ignorase alguna de sus peticiones y su salud empeorara después, jamás me lo perdonaría.

Salvo que no puedo concederle esta. No puedo hacer que conozca a mi novia inexistente. A menos que... una idea loca revolotea por mi mente.

—En serio —dice Nana—. Por favor, déjame conocerla. Necesito asegurarme de que es lo bastante buena para mi pastelito.

Suspiro, sonoramente.

—Tendré que pensármelo.

—¿Qué es lo que tienes que pensar? —pregunta ella, quejumbrosa—. ¿Es que te avergüenzas de tu Nana?

Hoy se está empleando a fondo, de verdad.

—No me avergüenzo. —Mientras pronuncio esas palabras, decido que tal vez la idea no sea tan loca después de todo. Haciendo un giro tan rápido como los que empleo en mis negocios, digo con tono neutro—: Es solo que es algo reciente. No quiero que Juno crea que estamos yendo demasiado deprisa.

—¿Se llama Juno? —Nana parece tan emocionada cómo mis hurones—. ¡Me encanta ese nombre!

—Es un nombre agradable. —A diferencia de la *dueña* de dicho nombre, pero Nana no necesita saber eso.

—De acuerdo —dice Nana—. Si es demasiado pronto, puedo esperar. Pero acuérdate de que no soy ninguna chavalita.

¿Otra vez estamos con esas? *De verdad* lo desea.

—Debería colgar —le digo—. Probablemente Juno esté esperando mi llamada.

Nana ahoga una exclamación.

—¡Oh, no! Llámala. Inmediatamente.

¿Es pánico eso que hay en su voz? ¿En serio?

—Vale. La llamaré.

—Bien. No la cagues —me advierte Nana, y luego cuelga sin despedirse.

Igual que cuando se trata de asuntos de negocios, analizo la decisión rápida que he tomado, poniendo ordenadamente en fila en mi mente todos los pros y los contras.

Pros: Nana estará contenta, y tal vez, aunque sea improbable, más sana. Otro beneficio, aunque sea uno menor: esto debería reducir el número de cazafortunas que tengo que esquivar en los eventos sociales. Además, haría que ciertas clases de personas me percibieran como más cercano, allanándome el camino para algunas transacciones comerciales.

Contras: Tendría que lidiar con Juno y por extensión, con esa pesadilla de gata.

Así que está decidido. Voy a convertir a Juno en mi novia. Una novia de mentira, obviamente. Solo tengo que hacer ciertas investigaciones necesarias para asegurarme de que no esté casada ni tenga demasiados esqueletos en el armario. Para eso, contacto con mi jefe de seguridad y le explico la situación.

—¿Qué sabemos de ella? —me pregunta.

—Su nombre de pila es Juno —le digo—. Elijah la

llevó hasta su casa, así que tenemos su dirección. Oh, y estaba en el edificio para hacer alguna entrevista para un puesto de jardinería.

—Con eso tengo un montón para empezar —me dice él—. ¿Quiere el dosier habitual?

—Solo comprueba si hay alguna señal de alarma, y hazlo deprisa.

Él me asegura que está en ello, y cuelga.

Vuelvo a centrar mi atención en los hurones.

Barbanegra está arrastrando un guante de jardín que ha robado de Dios sabe dónde, la cabeza de Calígula está enterrada en el parterre de las lilas, y Malfoy está mordisqueándole un pezón, uno horrorosamente cerca de su «ombligo».

Yo meneo la cabeza, observándolos. A algunas personas, incluyendo a mi propia madre, les gusta besar dicho «ombligo» o toquetearlo suavemente, o hacerle cosquillas o acariciarlo, o hacerle pedorretas. Espero que lo hagan sin ser conscientes de la realidad biológica de que en lo que a los hurones macho respecta, lo que parece ser su ombligo es en realidad su pene.

En serio, no puedo esperar a que nuestros cerebros vengan integrados con ordenadores. Tal vez entonces, la mayoría de los seres humanos no sean tan estúpidos.

Capítulo 10

Juno

—Cuéntamelo todo. —El tono de voz imperioso de Pearl y la forma en que está acariciando a su gata hacen que se parezca a una malvada villana, o que muestre su auténtico yo—. Y me refiero a que me des todos los detalles —prosigue—. O si no...

Con un suspiro, le indico que se siente en mi andrajoso sofá y me pongo con ello, mientras camino arriba y abajo por mi diminuto estudio. Por motivos de autoprotección, no le menciono el incidente de la botella de agua ni los sueños húmedos que Pearl ha interrumpido al presentarse tan temprano.

—Entonces... ¿tú no sabías que Lucius Warren es uno de los hombres más ricos del país? —dice esto con tal pasión que Atonic deja de estar catatónica y me da un repaso lánguido desde su regazo—. ¿Lo más cerca que un americano puede estar de ser un príncipe?

Niego con la cabeza, todavía aturdida por ese artículo tan estrambótico.

—¿Ni que era el dueño del edificio en el que tenías la entrevista?

Otro gesto de negación. Me siento estúpida por eso, porque él mostraba la actitud de alguien que fuese dueño de ese ascensor. Y del edificio, y de la gente, y del cielo que teníamos por encima. En retrospectiva, tiene sentido que él haya resultado ser un millonario... uno huraño y gruñón, además.

¿Por qué diantres pensaría nadie que yo soy su novia?

Los ojos de Pearl me taladran.

—¿Estás absolutamente, decididamente segura de que vosotros dos no estáis saliendo? —La decepción que está mostrando está a la par de la de los fans de *Star Wars* la primera vez que vieron a Jar Jar Binks.

Yo pongo los ojos en blanco.

—El reportero se lo ha inventado del todo. En este momento, Lucius probablemente se haya olvidado por completo de que existo.

Entonces suena el timbre de la puerta.

Pearl arquea una ceja.

—¿Esperas a alguien?

Yo echo una rápida y recelosa mirada hacia la puerta.

—No.

Ella se levanta de golpe.

—Vamos a ver quién es.

Miro por la mirilla y ahogo una exclamación.

¡No puede ser!

Me froto el ojo que acaba de intentar engañarme y vuelvo a comprobarlo.

¡Por las espinas de saguaro! Es Elijah, el chófer del millonario del que estábamos hablando ahora mismo.

Abro la puerta.

Pues sí. Sigue siendo Elijah.

—Hola. —Es lo único que puedo hacer salir por mi boca.

—Buenos días —me responde él.

Si se trata de una alucinación, ya no es meramente una visual.

Le lanzo una rápida mirada a Pearl. Dada su expresión confusa, está viendo lo mismo que yo.

Vale pues, el mayordomo de Lucius está aquí. En mi puerta.

—Preséntanos —me susurra Pearl lo bastante alto para que hasta los vecinos puedan oírla.

—Perdona —le digo—. Este es Elijah. Trabaja para Lucius Warren.

Los ojos de Pearl se abren de par en par.

—Oh. ¿No le invitas a pasar?

Ay, es verdad.

—Por favor, pasa.

Elijah le lanza una mirada a la gata.

—Me han ordenado que no me caiga encima ni un ápice de ese gato.

—Oh, la gata estaba a punto de marcharse —dice Pearl.

—¿De verdad? —Elijah la mira igual que si ella le hubiese prometido la paz mundial.

—En realidad es *mi* mascota —dice Pearl, con un guiño—. Así que tu jefe no tiene que preocuparse por las alergias cuando se junte con Juno.

Aghh. Incluso con todo lo que le acabo de confirmar sobre que no estamos saliendo, esa es la conclusión que extrae su mente.

—Estoy seguro de que esas serán buenísimas noticias para él —le contesta Elijah a Pearl, con una ligera inclinación de cabeza. Luego se vuelve hacia mí y me dice—: Me ha enviado para decirle que está deseoso de charlar con usted en cuanto le sea a usted oportuno.

Yo pestañeo estúpidamente a los dos.

—Deseoso... ¿de charlar conmigo?

—Probablemente sobre el artículo —dice Pearl, para ayudarme.

Oh. ¡Mierda! Ni siquiera había pensado en eso. ¿Me habré metido en alguna clase de lío? ¿Y él? ¿Hay alguna división especial del FBI ahí fuera que se encarga de la vida amorosa de los millonarios malhumorados?

Yo me muerdo el labio.

—Supongo que puedo hablar con él. —Con un gesto de cabeza en dirección a Pearl, añado—: Si él me asesina, ahora tengo una testigo.

—Fantástico. —Elijah levanta una gigantesca caja del suelo al lado de mi puerta y me la entrega—. El señor Warren le ruega que se ponga esto.

Estupefacta, cojo la caja y miro dentro... al igual que la cotilla de mi amiga.

No estoy segura de si me esperaba que contuviese la cabeza cortada del paparazzi que nos sacó la foto, la cabeza de la persona responsable del atasco del ascensor, o un orinal portátil en caso de volviese a necesitar hacer pis en presencia de Lucius, pero decididamente *no* me esperaba un vestido, unos zapatos ni ropa interior.

—¡Guau!—exclama Pearl.

—Versace y Gucci —dice Elijah—. Si no me equivoco.

Saco el vestido y lo miro boquiabierta. Luego hago lo mismo con los zapatos y la ropa interior. Cada una de esas prendas es más cara que nada de lo que hay en mi piso, incluyendo posiblemente al mismo apartamento.

—¿Para qué es todo esto?

Pearl arranca su mirada envidiosa del vestido para mirarme a mí.

—Parece como si alguien quisiera que su novia saliera guapa en la siguiente foto... además de en el dormitorio.

Elijah hace un mohín.

—El señor Warren quería proporcionarle ropa nueva que ponerse por el tema de sus alergias.

—Oh —dice Pearl, y se puede palpar su decepción—. Probablemente debería sacar a la gata de aquí antes de arruinar esa parte del plan.

Elijah se aparta de su camino.

—Un segundo —digo, pellizcándome el puente de la nariz—. Nadie va a irse a ninguna parte hasta que alguien me explique qué es lo que quiere Lucius.

A pesar de lo que ha dicho Elijah, no puedo evitar

pensar que la ropa interior implica algo poco apropiado, aunque es posible que haya sido Pearl la que me haya espoleado a pensar eso.

El gesto de Elijah se vuelve inescrutable.

—No sabría decirlo. El señor Warren no comparte sus confidencias conmigo.

—Te quiere *a ti* —dice Pearl—. Obviamente.

Eso no puede ser. Imposible. Pero sí que quiere *algo*, y si no averiguo qué, la curiosidad va a matarme.

Supongo que *voy* a ir con Elijah, especialmente porque me muero por probarme el vestido y los zapatos, y la única forma socialmente aceptable de hacerlo es acceder a toda esta locura.

Espera un segundo. Examino las prendas que tengo en la mano.

¿Cómo ha sabido cuál es mi talla?

Pearl menea las cejas con gesto obsceno.

—Obviamente, ha «escaneado tus dimensiones». A uno así hay que quedárselo.

—Nada de eso —dice Elijah—. Hizo que su equipo de seguridad la investigase a usted un poco. Así es como he sabido también a qué timbre llamar.

¿Un equipo de seguridad ha averiguado mi tamaño de sujetador? ¿Cómo? Y lo que es más importante, ¿por qué? Sin mencionar que ¿el tío tiene un *equipo de seguridad?*

—Esto es tan de macho alfa... —suspira Pearl, impresionada—. Para quedárselo, de verdad.

Eso es verdad, si lo que ella quiere decir es que hay

que quedarse con un gilipollas que invade alegremente tu privacidad. Tal vez esa división del FBI sí exista por algún motivo.

—Vale. —Vuelvo a meterlo todo en la caja—. Voy a probarme todo esto y si me gusta cómo me queda, tal vez hable con él.

Elijah carraspea, con aspecto incómodo.

—El señor Warren tiene una petición que es un requisito previo a cualquier otra cosa.

Suspiro.

—¿De qué se trata? ¿Se le olvidó a su equipo de seguridad decirle qué marca de tampones uso?

Elijah se ruboriza como una doncella.

—¿Podría usted lavarse los restos del gato de su pelo y de su piel?

—¿Perdona? —Siento como se me agría el gesto igual que la leche cortada—. ¿Quiere que me duche?

Pearl sonríe.

—Apuesto que sus palabras exactas fueron «Báñala y tráemela».

El sonrojo de Elijah se hace más pronunciado.

—Una vez más, se trata de un tema de seguridad relativa a temas médicos.

¿Se trata de eso? Él sobrevivió a estar encerrado conmigo en un ascensor estando «sucia», por no mencionar lo de que la amenaza gatuna también estaba presente. Aun así, yo estaba pensando en ducharme ya que resulta que hago eso cada mañana, así que no tiene sentido incomodar a Elijah todavía más.

—Me daré la maldita ducha —accedo, a regañadientes.

—Y yo sacaré a la gata de aquí —dice Pearl—. Antes de que ocurra lo impensable y algún pelo de gato aterrice donde no debería.

—¿Le importaría que desinfectase el apartamento mientras tanto? —me pregunta Elijah.

Mi primer impulso es contestarle mal, pero entonces me doy cuenta de que me van a limpiar el apartamento gratis.

—¿Por qué diablos no? —pregunto con un suspiro.

—Eso me recuerda —dice Pearl—. ¿Dónde está la caja de tierra de Atonic?

Se lo digo y me meto rápidamente en la ducha.

———

Mientras la limusina atraviesa Malibú, no puedo evitar reflexionar sobre lo mosqueantemente perfecto que me van el vestido, los zapatos y especialmente, la ropa interior.

Es como si esos diseñadores me los hubiesen hecho especialmente a medida.

Grr. ¿Y si esto hace que me dejen de gustar para siempre las prendas de TJMaxx? Otra cosa, ¿y si estos viajes en limusina me hacen odiar los viajes en Uber? O...

Nos detenemos y Elijah hace ese truco en el que él me abre la puerta de forma imposiblemente veloz.

—Gracias. —Me bajo y me quedo contemplando la

gloriosa vista del océano—. ¿Es ese el sitio? —Señalo hacia un restaurante al borde del mar que es tan lujoso y caro que lo más que la gente como yo puede acercársele es leyendo sobre él en la Guía Michelin. Lo cual yo sí he hecho.

—Ciertamente —dice Elijah—. El señor Warren ya le espera dentro.

Vale. Allá vamos. Mis nuevos tacones describen un ritmo y mi presión arterial se eleva al imaginarme de nuevo cara a cara con Lucius.

—Señora Lazko —dice la recepcionista de la entrada—. Sígame, por favor.

¿Debería molestarme siquiera en sorprenderme de que ella sepa quién soy?

Me guía a través del restaurante totalmente vacío hasta que llegamos a la mesa con las mejores vistas.

Lucius me espera allí sosteniendo una copa de vino. Por alguna extraña razón, se me corta el aliento, y siento calor en los sitios equivocados.

Reprimiendo mi caprichosa libido, aparto la vista de cómo la chaqueta de su traje se ajusta a sus anchos hombros y voy directa al grano.

—¿Me has comprado un sujetador y unas bragas?

Lucius me mira de arriba abajo con gesto inescrutable, mientras la recepcionista parece atragantarse con su saliva al decir:

—Le diré al chef que empiece con el omakase.

—Hazlo —le dice Lucius, haciendo un gesto para que se vaya con la mano antes de levantarse para sacar una silla, al parecer para mí.

Yo planto el trasero en dicha silla.

—No evites mi pregunta.

—No lo estoy haciendo. —Él vuelve a su asiento—. La respuesta obviamente es sí.

Por las raíces de saguaro, acaba de batir un nuevo record en hacer brotar mis impulsos agresivos.

—¿No niegas haber sido completamente inapropiado?

—¿Es así como reaccionas normalmente a los regalos? Debes de ser todo un cascabel en tu cumpleaños.

—Están los regalos apropiados y están los regalos inapropiados —digo entre dientes.

Él arquea una poblada ceja.

—Entonces... ¿no llevas puestos el sujetador y las bragas que te he comprado?

—No es de tu incumbencia.

Sus pupilas se dilatan ligeramente.

—¿O es que *no* llevas ropa interior?

—¡Eso es todavía menos de tu incumbencia!

Él ladea la cabeza.

—Creo que *sí* llevas puestos mis regalos. ¿Quieres negarlo?

Grr. Un cosquilleo circunnavega de la parte de atrás de mi cuello todo el camino hasta mi cara.

—Si yo *estoy* llevando algo de todo eso es porque Elijah jugó la carta de la alergia a los gatos.

Su gesto se oscurece.

—Eso me recuerda... ¿quién lleva al gato de su amiga a una entrevista? ¿O a ninguna parte?

¿Cuándo ha oído él hablar de Pearl? ¿Forma esto también parte de la información que ha encontrado su equipo de seguridad? Elijah no parece de los que conducen y escriben mensajes a la vez.

Me masajeo el cuello, repentinamente tenso.

—No intentes llevar esto a mi terreno. Aparte de lo de la ropa interior, también tienes que responder por haber invadido mi privacidad.

Antes de que él pueda decir nada, nuestro camarero, un tipo alto y guapo más o menos de mi edad, viene a la mesa con una botella de vino y dos copas.

—Screaming Eagle de 1996 —dice, enseñándonos la botella como si estuviese posando para el anuncio de una revista.

Lucius asiente, y el camarero descorcha un vino y le sirve una copa.

Cuando llega mi turno, el camarero me echa un repasito rápido con disimulo. Yo pestañeo, sorprendida y halagada a partes iguales, pero entonces recuerdo lo que llevo puesto. Mi recién adquirido atractivo se debe a Versace y a Gucci... y a Lucius, que es quien ha comprado el modelo.

Hablando de Lucius, sus ojos están repentinamente mostrando una mirada dura como una piedra... y se clavan en el camarero.

—¿Dónde está la camarera?

El camarero deja la botella en la mesa y parece estar a punto de salir corriendo.

—¿A cuál de ellas se refiere? Tenemos unas cuantas.

—A la rubia —dice Lucius con tono imperioso—. La que tiene buena memoria.

—¿Jessica? —pregunta cauteloso el camarero.

—Lo que sea —dice Lucius—. ¿Dónde está?

¿Debería sentirme menos especial ahora que veo que Lucius no es un cabrón maleducado solo conmigo?

El camarero se aparta de la mesa.

—Cuando alguien reserva el restaurante entero, yo soy el que...

—Trae a otra persona. —La frase suena igual que una orden militar.

El camarero mira a la recepcionista con aire desvalido.

—¿Qué le parece Maddy? Todas las demás están...

—Me sirve. —Lucius se mete la mano en el bolsillo y saca un billete de cien dólares nuevecito—. Por las molestias.

El camarero coge rápidamente el billete y se apresura a ir junto a la recepcionista.

Es fácil imaginar su conversación:

—*Maddy, acabas de sacar la pajita más corta.*

—*No, camarero sexy, no quiero atender a ese tío. Por favor, no me obligues a hacerlo.*

—*Da propinas en billetes de cien.*

—*Vale. Pero apuesto a que para cuando haya terminado de comer, sentiré que me he ganado cada centavo.*

Tras terminar la conversación, la recepcionista reconvertida en camarera y el camarero guapo se dirigen a la cocina.

—Eres consciente de que ahora nos escupirán en la comida, ¿verdad? —susurro.

Lucius bufa.

—Si alguien se atreve a escupir en la obra maestra que el chef ha confeccionado tan cuidadosamente, él mismo los convertirá en sashimi.

Noto que me pican las palmas de las manos, como si quisieran abofetear a alguien.

—Me has hecho quedar mal por estar contigo.

Él hace girar el vino de su copa.

—¿Cómo?

Yo levanto mi propia copa para no abofetearle de verdad.

—¿Siendo un capullo?

Él bebe un sorbito.

—Se ha comportado de forma poco profesional y yo no le he despedido. Como habría hecho cualquier capullo.

Yo dejo la copa en la mesa.

—Un momento. ¿Este sitio es tuyo?

Él se encoge de hombros.

—Cuando pruebes el bacalao negro, sabrás por qué.

Incapaz de decirle nada en contra que no esté cargado de insultos, vuelvo a coger la copa y tomo un sorbito de vino.

¡Santas uvas benditas! No soy ninguna experta pero este es, de lejos, el mejor vino que jamás haya probado. Es ligero como una pluma, suave como la seda y tiene un regusto a tierra que no soy capaz de ubicar del todo.

—¿Te gusta el vino? —pregunta Lucius, observándome intensamente.

No pensaba que sí, pero tal vez ahora me guste.

—Sigues cambiando de tema.

Sus expresivas cejas dibujan un gesto inquisitivo.

—Mi privacidad —le digo—. La que has invadido.

—¿Eres consciente de que has solicitado un puesto de trabajo en una empresa que me pertenece? —me pregunta.

Yo lo miro con los ojos entornados.

—¿Y...?

—Lo que ha hecho mi equipo no es tan distinto de la comprobación de tu historial que te habría hecho cualquier empresa que te contratase.

Noto que mis dedos tamborilean sobre el mantel y paro de hacerlo.

—Eso se hace antes de ofrecerle un trabajo a alguien.

Él deja la copa en la mesa.

—¿Por qué crees que estás aquí?

Estoy tan anonadada por esa pregunta que engullo de golpe mi vino, sin apreciar en nada su anterior sutileza.

Algo como «¿Por qué estoy aquí?» tendría que haber sido lo primero que hubiese preguntado, pero de alguna forma, me cuesta tomar las decisiones más lógicas cuando tengo a Lucius alrededor.

Cuando abro la boca para hacer por fin esa importante pregunta, la recepcionista/camarera

Maddy se acerca contoneándose, con una bandeja en las manos.

—Tartar de langosta —dice, poniendo un plato delante de cada uno. Pestañeando con sus falsas pestañas a Lucius, añade con aire modesto—: ¿Hay alguna razón para que usted pidiera que fuese yo quien le atendiera, Sr. Warren?

¡Jesús, chica, ten un poco de dignidad!

—Solo quería a alguien profesional —dice Lucius, fríamente—. Alguien que no se comiese con los ojos a las citas de sus clientes.

¿No es consciente de la ironía de decirle esto a una mujer que está activamente devorándole a él con la vista mientras habla? Ella no sabe que en realidad yo no soy su cita, a pesar de lo que acaba de decir.

Maddy parece ser muy rápida mentalmente, porque deja de mirarle lascivamente al instante y murmura algo que suena como: «Entendido, señor».

En cuanto se marcha, Lucius hace un gesto con la cabeza en dirección a la langosta.

—Quiero tu opinión.

Sintiéndome como si estuviera en *La dimensión desconocida*, pincho un poco de langosta de mi plato y la mojo en la salsa de mantequilla.

La explosión gustativa en mi boca es tan sorprendentemente placentera que tengo que morderme el labio para contener un gemido.

Lucius me observa con la intensidad que le caracteriza.

—¿Y bien?

—Muy rico —digo, haciendo la subestimación más grande del siglo.

Asintiendo con gesto de sentirse satisfecho, él prueba un poco de su propio plato, de una forma tan irritantemente sensual que por un segundo, yo desearía ser la langosta. Cuando traga, vuelve a asentir con aprobación.

—Bueno —digo mientras mi mano pincha más langosta en el tenedor por sí sola—. ¿Por qué estamos aquí?

Capítulo 11

Lucius

ELLA SE METE el tenedor con langosta pinchada en la boca y yo vuelvo a maldecir la biología por hacer que un gesto tan inocente me resulte una distracción.

—¿Has leído los cotilleos sobre nosotros? —pregunto, obligándome con gran esfuerzo a apartar la mente de sus deliciosos labios.

Ella asiente, todavía masticando.

—Eso nos ahorrará tiempo. —La miro a los ojos, una técnica que Eidith me sugirió para cuando quiero indicarle a la gente que estoy a punto de decir algo muy importante—. Quiero que le sigamos el juego a ese cotilleo.

Ella se traga la langosta con un ruido audible y en mi mente, puedo ver desplegándose una secuencia completa de acontecimientos: ella se atraganta, yo me pongo detrás y le hago la maniobra de Heimlich (de la forma menos pervertida posible), ella está agradecida por que le haya salvado la vida y...

—¿Qué? —pregunta, sin atragantarse en absoluto.

Doy puerta a mi extraña fantasía y vuelvo a centrarme en la conversación.

—Quiero que el mundo crea que estamos saliendo.

Ella se limpia la boca con la servilleta.

—Tú y yo... ¿saliendo? —Su rostro adquiere un delicioso resplandor rosado—. Esa es la idea más ridícula que he escuchado jamás.

Yo me froto las sienes. Como se está convirtiendo en una tradición, hablar con ella me da dolor de cabeza.

—Estoy de acuerdo contigo, para variar. La idea de que nosotros salgamos juntos es ridícula, pero aun con todo, eso es lo que fingiremos hacer.

Ella se levanta de golpe.

—¡Sí, y un carajo!

Vacilo sobre cuál sería el comportamiento caballeroso, y me pongo también de pie.

—Te pagaré mucho más de lo que habrías ganado en ese trabajo que no conseguiste.

Ella se aparta de la mesa.

—¿Quieres pagarme para que salga contigo?

Abro la boca para decirle que vaya una pregunta tan estúpida, pero luego la cierro para evitar que la cosa vaya in crescendo. Lo último que querría es que ella se fuese corriendo del restaurante.

—No para salir conmigo. Para *fingir* que sales conmigo. La diferencia es enorme.

Sus fosas nasales se expanden.

—La diferencia es la misma que entre prostituta y acompañante.

—Es más como hacer teatro —le digo—. No habrá ningún componente físico implicado en nuestro fingimiento.

La camarera...¿cómo se llamaba? sale de la cocina y ni pestañea mientras pone unos platitos con el bacalao negro especialidad del chef sobre la mesa antes de marcharse apresuradamente.

—¿No te sientas? —le digo, haciendo lo que puedo por mantener un tono de voz sereno—. Este plato lo merece.

—No. —Ella enfatiza su negativa dando un golpe contra el suelo con ese pie suyo tan perfecto que tanto me distrae, con un gesto igual al que haría una puta niña pequeña.

Puedo sentir como mi dolor de cabeza palpita en una de las venas de mi frente.

—Los dos sabemos que necesitas dinero para tus estudios.

Genial. Parece estar a punto de convertirse en una dragona escupefuegos.

—¿Cómo sabes eso?

—Por la supuesta invasión de tu privacidad que me estabas echando en cara. ¿Ya te habías olvidado?

Ella levanta la barbilla.

—Conseguiré el dinero por otros medios.

—¿Ah, sí? —Me había dicho a mí mismo que no iba a jugar sucio, pero esas intenciones ya se han ido al traste—. ¿Crees que vas a conseguir otro trabajo?

Ella palidece.

—¿Qué quieres decir? *Conseguiré* uno, si no en tu empresa, en cualquier otra parte.

Me encojo de hombros.

—¿Y si todo el mundo se entera de la forma tan inapropiada en la que te comportas en sitios públicos... como en los ascensores?

Ella se tambalea dando un paso atrás, con sus ojos verdes muy abiertos.

—No serías capaz. —Se aprieta un puño diminuto contra la boca—. ¿Pero qué estoy diciendo? Por supuesto que lo serías.

Es obvio que no, pero ella no necesita saber eso.

—¿Podrías sentarte para que discutamos esto como dos personas civilizadas?

Con gesto de derrota, ella planta su trasero en la silla y yo la imito.

—¿De cuánto dinero estaríamos hablando? —pregunta con cautela.

Añado un cero a la cifra que tenía en mente originalmente y se la digo.

Sus ojos vuelven a agrandarse. Sabe que eso es suficiente para costearle los cuatro años en cualquier universidad... incluyendo la matrícula y todos los demás gastos, y aún le sobraría un poco.

Para mi sorpresa, se recupera rápidamente.

—Dobla eso, y me lo pensaré.

—Hecho. —Aunque solo sea para recompensar sus impresionantes dotes de negociación. Su cara de póquer es mejor que casi todas las que he visto en una sala de juntas.

—Desarrolla eso de la falta de componente físico —dice ella, y la cara de póquer se resquebraja un poquitín, probablemente porque encuentre asquerosa la idea de hacer nada de eso conmigo.

Intentando no mortificarme por ello, le pregunto:

—¿Cuál sería el mínimo indispensable para hacer creíble esta ilusión?

En su frente aparecen unas arrugas.

—Eso dependería de cuánto tiempo pasásemos en público.

—Yo diría que el máximo posible que pudiésemos estar juntos sin intentar asesinarnos mutuamente.

—Diez minutos —dice ella, con un resoplido. Luego clava su tenedor en el bacalao y se lo mete en la boca.

Yo sigo su ejemplo.

Delicioso. Solo por este plato vale la pena haber pagado el exorbitante precio que pagué por este restaurante.

Me doy cuenta de que he cerrado los ojos de placer y los abro para ver una expresión de gusto también en el rostro de Juno.

¿Tendrá esa misma pinta después de un orgasmo?

¡Puta biología! ¿Por qué debería preocuparme por su cara de orgasmo, por sexi que pueda ser?

Ella se traga el bocado con aire de reverencia.

—Estoy tentada a cambiar nuestro trato. Además del dinero, quiero que me sirvan esto en cada comida hasta que me harte de la receta, suponiendo que eso sea posible en absoluto.

Yo suelto una risita, sin poder evitarlo.

—Hace cinco años que lo probé y yo todavía no me he hartado.

Sonriente, ella se termina su plato y yo cometo el error de observarla.

Joder. Me gustan tanto su sonrisa como esa segunda cara de orgasmo... o como quiera que se llame.

Sé que estaba bromeando sobre hacer un ajuste en nuestro trato, pero yo se lo regalaría... si pudiese observarla comiéndolo.

No. Ya le enerva el mero hecho de que esto sea un arreglo platónico. Algo como «quiero verte comer» sería tan raro como «podré darte masajes en los pies siempre que quiera», otra estipulación que también se me ha pasado por la cabeza.

Ella se acaba lo que quedaba de su vino.

—Vale. Con apariciones públicas y solo las mínimas demostraciones de afecto necesarias, creo que puedo ser tu estúpida novia... por el triple de la cifra que mencionaste al principio.

—Tenemos un trato. —Saco unos cuantos papeles doblados del bolsillo interior de mi chaqueta de traje—. Estos son el contrato y el acuerdo de confidencialidad. Que tu abogado los revise y me llame.

—Claro, *mi abogado*. —Ella me arrebata los papeles tan rápido que casi nos corta a los dos con el filo—. Su Honorable Abogado Imaginario se pondrá con ello enseguida.

—¿Quieres una parte por adelantado y así puedes contratar a alguien?

Ella pestañea, y luego asiente.

—Eso sería estupendo. Además... acabo de pensar en otra condición.

La camarera regresa con el plato de almejas del Pacífico, y yo espero a que se vaya antes de preguntar:

—¿Cuál es esa condición?

Juno mira el nuevo plato con aire escéptico y luego me mira a los ojos.

—Nunca, *nunca* podrás volver a mencionar lo que pasó en ese ascensor. Esa es mi versión de un acuerdo de confidencialidad.

Me resisto al impulso de sonreír.

—Si eso es lo que quieres.

Ella entrecierra sus ojos.

—Lo digo en serio. El trato se rompe si mencionas los ascensores en general siquiera. O las botellas.

La lucha contra esa sonrisa incipiente es imposiblemente difícil ahora mismo.

—¿Y qué hay de los gatos?

Ella pone los ojos en blanco.

—Puedes hablar de gatos.

—¿Y de cifras en números romanos?

—No —dice ella con tono seco—. Los números romanos es donde pongo el límite.

Capítulo 12

Juno

¿Me ha parecido ver un atisbo de ese hoyuelo suyo? Eso podría también entrar en la lista de cosas que prohibidas, especialmente si mantener el asunto a nivel platónico es importante para él.

Para apartar mi mente de la idea de lamerle el mencionado hoyuelo, levanto los papeles y los agito en el aire.

—¿Podrías explicarme esto en un idioma normal? Tradúcemelo del idioma de la jerga legal.

Él lo hace mientras nos comemos un plato de marisco con pinta de penes y el siguiente, una receta ridículamente deliciosa de ternera de Wagyu. Básicamente, solo tengo que mantener la boca cerrada sobre nuestro acuerdo con todo el mundo, incluyendo mi familia. Lo cual, dado el dinero que me estará pagando, no tengo problema en hacer.

—Suena todo lo más razonable posible —digo cuando termina de hablar. Pincho el último pedacito de ternera, lamentando ya que se haya acabado—. Ahora, dime por qué.

Él nos sirve más vino a los dos.

—¿Por qué qué?

Me encojo de hombros, sin saber muy bien por dónde empezar.

—¿Por qué yo? ¿Por qué no una novia de verdad? ¿Por qué ibas a fingir tener una relación? ¿Por qué...?

La camarera regresa, así que interrumpo mi chorro de preguntas.

—Sopa de albóndigas de cangrejo —anuncia, antes de esfumarse.

Lucius coge una cuchara.

—Tienes que probar esto.

La sopa huele a gloria, pero no permito que eso me distraiga.

—Te gusta *mucho* cambiar de tema.

La nuez de su garganta sube y baja... de forma tentadora, podría añadir.

—¿Qué tema estoy cambiando?

—¿Por qué yo? —repito. Luego cojo mi cuchara y me meto una albóndiga y algo de caldo en la boca. Tal vez si yo no hablo, él sienta la necesidad de llenar el silencio.

No. Solo se pone a comer, igual que yo. ¡Gilipollas!

Sin embargo, le he juzgado demasiado rápido. Después de tragar, me sorprende diciendo:

—El «por qué tú» es muy sencillo. Eres la persona con la que ya me han liado esos artículos de cotilleo.

¡Ah, sí! Si hasta había empezado por preguntarme si

los había leído al principio de esta charla. Ahora mismo me siento tan especial... Mis cualificaciones para ser su novia parecen ser: es un ser con cabeza y estaba en el sitio incorrecto a la hora incorrecta. Y, ¿quién sabe?, tal vez lo de la cabeza también sea opcional.

Si las albóndigas no estuviesen tan ricas, le tiraría una a la cara ahora mismo, para mostrarle lo mucho que aprecio su honestidad.

No pasa nada. El resto de mis preguntas no tendrían que ser tan dañinas para mi autoestima. Aunque, con este tío, nunca se sabe. A pesar de eso, le pregunto:

—¿Por qué no te buscas una novia de verdad?

—No me va lo de tener novias.

Yo suelto un resoplido.

—¿A un tío tan encantador como tú? Qué pérdida tan grande para las mujeres.

Creo que le pillo haciendo una mueca, pero o ha sido cosa de mi imaginación o una de esas microexpresiones que desaparecen en un abrir y cerrar de ojos. ¿Me habré pasado?

Con gesto ahora inescrutable, me pregunta:

—¿Eres consciente de que solo estoy contestando a tus preguntas porque intento ser educado, verdad?

¿Esto es él siendo educado? No me gustaría nada irritar a este tío.

—De acuerdo —le digo—. Retiro la frase. Cantidad de mujeres estarían encantadas de salir contigo. —Desde que salieron las *Cincuenta sombras de Grey*, el masoquismo entre las féminas se ha incrementado seguro.

—Sé que estás siendo sarcástica, pero es cierto. Muchas mujeres quieren salir conmigo... bueno, con mi dinero.

Yo casi me atraganto con la sopa.

—¿Se supone que me tiene que dar pena el pobrecito *multimillonario*? Mucha gente mataría por tener tu problema con las cazafortunas.

—Y después lo lamentarían —dice él sin pestañear—. Si las cazafortunas dejan de revolotear a mi alrededor mientras dure nuestro acuerdo, eso por sí solo casi haría que todo esto valiese la pena.

—Casi... así que esa no es tu razón principal —le digo—. ¿Entonces cuál es?

Él señala con la cabeza los papeles que tengo junto al codo.

—Firma el acuerdo de confidencialidad y me pensaré si te lo cuento.

Grr.

—¿Por qué no puedes contármelo ahora?

Él sonríe con suficiencia.

—Porque quiero que el papeleo esté hecho y apuesto a que eres lo bastante curiosa para firmarlo aquí y ahora.

—Tal vez sea curiosa —admito—. ¿Me mataría eso si fuese una gata?

—Si fueses una gata, probablemente el que moriría sería yo, por culpa de la alergia —dice él, socarrón—. Así que sería un asunto de asesinato-suicidio.

Que saguaro lo maldiga. El gato de la frase hecha murió por querer saber, y yo siento que podría morirme si no lo averiguo ahora mismo, en este preciso instante. Y, seamos honestos, ¿de verdad iba a contratar a un abogado?

Cojo los papeles y los reviso lo mejor que puedo considerando mi dislexia y que lo máximo que yo me he acercado a la facultad de derecho es viendo *Una rubia muy legal.* Cuando termino, creo que es posible, hasta probable, que cuadre con lo que Lucius me ha contado. Por otra parte, si resulta que estoy accediendo a vestirme de animalito por algún fetiche sexual siempre que él me lo pida, tampoco estaría demasiado sorprendida.

—¿Tienes un boli? —pregunto a regañadientes.

En su favor hay que decir que no se regodea. Solo se saca una pluma del bolsillo y me la da.

Vaya. Esta cosa es pesada y tiene un aspecto muy elegante. Debe de ser una de esas Montblanc que valen miles de dólares.

—Yo firmo esto y tú me lo cuentas —le digo—. Nada de esa mierda de «me lo pensaré».

—Hecho. —Le da un sorbo a su vino.

Con un gran suspiro, escribo mis iniciales y firmo los estúpidos papeles, y luego empujo la pila de documentos hacia él sobre la mesa.

—Habla.

Él se mete en el bolsillo la pluma y los papeles.

—Mi abuela nunca ha estado contenta con mi falta

de citas. Cuando vio el artículo se puso tan contenta que no quise quitarle la ilusión.

Yo le miro boquiabierta, esperando el final del chiste.

Él solo sigue con su sopa y su vino.

¿Tiene una abuela? Quiero decir, obviamente la tiene... sé que no es un clon criado en un laboratorio subterráneo y por lo tanto tendrá padres que también tuvieron los suyos y todo eso. Solo es que él no me parece el tipo de persona que se preocuparía por hacer feliz a nadie, aunque fuese su abuela.

—Ostras Rockefeller —dice la camarera/recepcionista, sobresaltándome.

Espero a que deje los platos en la mesa y se retire antes de susurrar:

—¿Es cosa mía o se ha materializado de la nada?

Lucius exhibe su hoyuelo.

—El personal de este restaurante se forma en la escuela de ninjas.

Sonriendo, pruebo el nuevo entrante... y esta vez sí que se me escapa un gemido de los labios.

Mierda. Viendo lo mucho que se le han agrandado a Lucius los ojos, lo ha oído. Tengo que cambiar de tema, enseguida. Por suerte, esa parte es fácil.

—Hablemos de la logística de nuestra relación de pega.

Él revisa con los ojos el restaurante vacío.

—Dado lo del personal ninja y todo eso, ¿qué tal si a partir de ahora lo llamamos solo «nuestra relación»?

—Mmm. Eso podría resultar confuso.

Necesitaríamos una palabra, y podría ser una secreta, para cuando queramos enfatizar lo falso de todo esto.

—Si insistes. —Piensa en ello un instante—. ¿Qué te parece *fartlek*?

Reprimo un gemido.

—¿De verdad tenemos que hablar de esto en ruso?

Sus labios se transforman en una línea recta.

—No seas cría. Fartlek significa «juego de velocidad» en sueco. Es un tipo de ejercicio físico similar al entrenamiento por intervalos: corres rápido, luego lento y luego rápido otra vez.

Yo pongo los ojos en blanco.

—Entiendo que te gusta practicar el fartlek.

—Claro. El fartlek fortalece la fuerza de voluntad y la resistencia.

¿Resistencia? ¿Debería decirle que eso no es algo que necesitemos para nuestra falsa relación... perdón, nuestro *fartlek*? Luchando por no sonreír, le digo:

—Vale, ¿cuáles son nuestros siguientes pasos... para el fartlek?

Él engulle una ostra mientras reflexiona sobre mi pregunta.

—¿Qué tal si intentamos conocernos mutuamente?

—¿Mutuamente? Pensé que ya lo sabías todo sobre mí gracias a tus espías.

Él niega con la cabeza.

—Conozco datos inútiles como tu puntuación de crédito. Necesito saber las cosas que sabría un novio... especialmente las que mi abuela pensaría que un novio debería saber.

—¿Cómo cuáles?

Él se pasa la mano por el pelo, revolviéndose los espesos mechones de una forma extrañamente adorable.

—No lo sé. No me va lo de tener novias.

Yo cojo otra ostra.

—Entonces... ¿Tengo que enseñarte como hacértelo con una novia?

Él frunce el ceño.

—Por contrato, nada de hacértelo a ti. —Hace una pausa—. Habiendo dicho eso, a la abuela no se le da bien lo de respetar los límites, así que ¿por qué no empezamos por ahí? —Me mira a los ojos—. ¿Qué es lo que te va?

Yo me sonrojo, mientras mi mente repasa todas mis fantasías inapropiadas.

—Mmm... —Sé que lo que ha sonado no es lo que quería decir, pero...

—Sexualmente —me aclara.

Se me cae la ostra.

Capítulo 13

Lucius

SE HA VUELTO A PONER DELICIOSAMENTE ruborizada. ¿Será una mojigata? Hasta ahora no me lo había parecido. Sea como sea, necesito que me conteste. Por Nana, no por mí.

—¿Qué es lo que te va? —repito—. En la cama.

—Supongo que... —Se sonroja más todavía—. Los besos. Sí, me gustan los besos.

Hago un gesto con la mano desdeñando esa información.

—A ti y a todas las demás mujeres. ¿Qué más?

—Ehhh... los masajes.

—¿De algún tipo específico? ¿Sueco, Shiatsu, tailandés...?

—De pies —dice ella con un hilillo de voz. Hasta las puntas de sus orejas están apetitosamente rojas ahora.

—¿De pies? —Mi propia sangre se apresura a llegar a mi cara, y luego describe un giro brusco hacia el sur.

Estoy bastante seguro de que ha dicho «pies», y ahora se me ha puesto dura.

Ella sujeta su copa de vino como si fuese el escudo del Capitán América.

—¿Qué tienen de malo los masajes de pies?

—Nada —digo rápidamente—. En absoluto.

—Pues no estás actuando como si no fuese nada. —Ella bebe un cauto sorbo de vino.

Por si acaso, yo oculto mi erección rampante con una servilleta.

—Solo se trata de una coincidencia, nada más.

¡Ay! Ella escupe el vino.

—¿A ti también te gusta que te den masajes en los pies?

La puta servilleta está montando una tienda de campaña así que aparto de mi mente el aspecto de sus gloriosos pies y mantengo el rostro tan carente de pasión como puedo al decir:

—No recibirlos... darlos.

Ahora su rostro se pone más sonrosado aún, como un flamenco muy rosa y muy femenino.

Está claro que esto ha sido mala idea.

—Creo que ya hemos cubierto suficientemente el tema. Nosotros...

Veo a comosellame trayendo una bandeja y paro de hablar.

—Panacota de matcha —anuncia, y deja un diminuto platito delante de cada uno.

Juno parece alegrarse, o bien porque haya postre o,

lo que es más posible, porque la conversación de saber lo que nos va haya terminado.

Cuando volvemos a quedarnos solos, termino la frase que he dejado a medias.

—Nosotros ya tenemos bastante para que mi abuela se quede satisfecha.

Juno coge una cucharilla de postre.

—Sí. Saber lo del interés por los pies de su nieto es la clase de información demasiado explícita que haría que cualquier abuela lamentase haber preguntado.

No *mi* abuela, pero no se lo digo a Juno.

Ella ataca la panacota y ¡¡joder! vuelve a gemir *otra vez*, lo que no ayuda lo más mínimo a hacer que mi polla descienda...

—¿Piensas que la gente va a creernos? —pregunta cuando deja de masticar.

Yo arqueo una ceja.

—¿A creerse lo del fartlek?

Ella asiente.

—¿Y por qué no tendrían que hacerlo?

No me está mirando a los ojos.

—Tú eres tú. Yo soy yo. ¿Por qué tendrían que hacerlo?

Yo meto la cuchara en el postre color verde.

—¿Podrías ser un poquito *más* vaga?

Ella suspira.

—Para empezar, soy una don nadie sin dinero.

—Tengo tanto de eso que la mayoría de la gente son don nadies sin dinero en comparación. —Pruebo el postre. No es exactamente para gemir, pero está muy bueno.

—Siempre tan modesto —dice Juno, haciendo un gesto de exasperación con los ojos—. Lo que quiero decir es que tú deberías estar con alguien de una clase más alta. La clase de persona que...

—Odio —le corto—. Unas esnobs, todas. *Yo* no nací en una cuna de oro.

Ella mira su cucharilla y frunce el ceño.

—Hablando de oro... ¿es de lo que están hechas estas cucharillas?

Yo asiento.

—El chef insistió. Marca una gran diferencia en el sabor, especialmente con el helado. Se supone que el resto de opciones le aportan un regusto metálico.

Ella se me queda mirando y luego menea lentamente la cabeza.

—Ojalá yo pudiese tener tus problemas por un día...

Yo resoplo.

—No estoy seguro de que pudieras con ellos.

Ella me lanza una mirada molesta.

—¿Qué tal si volvemos a lo que estábamos?

—¿Y eso es...?

—Algo que nos ayude a vender lo del fartlek.

Tiene lógica.

—¿Cómo qué?

Ella clava la cucharilla en su postre.

—No lo sé. Esto ha sido idea tuya.

Yo me como otra cucharada, pero no se me ocurre nada.

—¿De qué habla la gente cuando salen juntos?

Ella se encoge de hombros.

—¿Relaciones pasadas?

—Eso es fácil —le digo—. Yo no he tenido ninguna.

La boca de Juno se abre de golpe.

—¿Ninguna? ¿Nunca? ¿Ni siquiera en el instituto o en la universidad?

Las mujeres no se interesaban por mí antes de que ganase mis primeros millones, pero no pienso contarle eso ahora mismo. En cambio, le suelto:

—¿Para qué necesitaría yo una relación? Si es para el sexo, puedo conseguir todo lo que quiera.

Lo único que hace falta hoy en día es alguna joya, pero esos rollos de una o dos noches no se pueden considerar relaciones.

Al escuchar mi tono cortante, ella se echa para atrás.

—Vale, da igual. Pero durante nuestra charada te abstendrás de mantener relaciones sexuales con otras, ¿verdad?

Interesante.

—¿Celosa? —pregunto, ladeando la cabeza.

—Sí, seguro. Es solo que no quiero que las revistas de cotilleo me hagan quedar como una boba.

—Yo me abstendré si tú también lo haces. —En cuanto las palabras salen por mi boca, noto que la idea me gusta *mucho*. Tanto que tendré que regañar a mi abogado por no habérmela sugerido.

—Hecho —dice ella—. ¿Quieres que lo añadamos al contrato?

Saco mi pluma y escribo un anexo a mano. Juno no es consciente de esto, pero aborrezco esa tarea manual. Es mucho más eficiente utilizar un teclado. Sin embargo, esto es lo bastante importante como para dejarlo cerrado aquí y ahora.

Espero hasta que ella rubrica la página y luego me sorprendo a mí mismo deseando saber de verdad algo que pensé que nunca querría saber.

—¿Qué hay de *tus* relaciones pasadas?

Capítulo 14

Juno

EMPUJO hacia él los papeles y la pluma con un movimiento brusco... me tengo que contentar con eso, teniendo en cuenta que lo que me apetece de verdad es tirárselos a la cara.

—Tuve una relación muy larga. Terminó hace once meses.

Me sorprende que sus indagaciones no revelasen esa información. A menos que lo hiciesen, y que él ya se haya olvidado. Tampoco es que le importe un carajo mi vida.

—¿Por qué terminó? —pregunta, y consigue sonar como si le importase más que una mierda.

—Solo siguió su curso natural —le respondo.

De ninguna manera pienso contarle mis intimidades a alguien a quien acabo de conocer, sobre todo porque ya puede que lo tenga todo en su dosier. Pero por otra parte, ¿cómo podría el equipo de seguridad de Lucius saber que Jason me llamó estúpida al romper conmigo? Como mucho, podrían haber husmeado sobre cómo yo permanecí con Jason durante todos sus estudios de medicina y su residencia, apoyando durante años sus ambiciones... y que siguiendo el horrible cliché, él rompió conmigo en cuanto se convirtió en un médico de verdad.

Lucius me está mirando con escepticismo.

—No soy ningún experto, pero no me creo lo de que esas cosas simplemente se extingan por seguir su curso natural y ya está.

—¿Quieres una razón? —Para tranquilizarme me acabo el postre, aunque ahora mismo me sepa a serrín—. Los hombres son gilipollas, y nuestra relación resultó ser un fartleroso fartlek.

Lucius pestañea y luego alarga la mano, como si quisiera ponerla sobre la mía. Pero en el último segundo, la aparta de golpe. Por otra parte, tal vez solo me lo haya imaginado. O entendido mal. Tal vez fuese a estrangularme para acabar con mis sufrimientos.

—De todas formas. —Dejo la cucharilla de oro en la mesa con gesto de determinación—. ¿Era este el último plato?

Él también suelta su cuchara.

—Eso depende de nosotros.

Yo me froto el estómago.

—Por mí ya está. ¿Qué es lo siguiente que toca en nuestro fartlek?

—Vas a acompañarme a un aburrido acto benéfico.

Yo suelto un resoplido.

—¡Guau! Qué bien me lo estás vendiendo.

—Te pago lo suficiente para que vayas aunque no te guste. —Se guarda en el bolsillo sus preciosos papeles—. ¿Y quién sabe? Puede que acabes pasándotelo bien, como el resto de sacos de carne.

¿Sacos de carne? ¿De verdad quiero saber de qué va eso? Noo. En vez de intentarlo, pregunto:

—¿Cuándo es?

—Mañana.

—¿Cómo hay que ir vestidos? —Bajo la vista frenéticamente para asegurarme de que no me he ensuciado el modelito.

Él hace un gesto desdeñoso con la mano.

—La ropa te será proporcionada.

¿Dinero *y* ropa nueva? Podría acostumbrarme a esto.

—Parece que vamos a asistir a un acto benéfico, entonces.

Él saca una pila de billetes de cien y deja unos cuantos sobre la mesa.

—Permíteme que te lleve a casa.

Me quedo boquiabierta, contemplando el dinero.

—Creía que este restaurante era tuyo. ¿Por qué tienes que pagar?

—No pago —dice él—. Eso es una propina para esa chica, como se llame. —Señala hacia la recepcionista/camarera.

Sale a grandes zancadas sin molestarse en decirle gracias ni adiós.

—Gracias. Todo estaba maravilloso —le digo yo, y luego me apresuro a seguir a Lucius.

Al llegar a la puerta, se detiene de golpe y yo casi me empotro contra él.

—¿Necesitas usar el servicio antes de que nos vayamos? —me pregunta.

Lo miro con los ojos entornados.

—¿Ya estás rompiendo el trato?

—¿Cómo? Yo solo... es igual. —Se acerca a la limusina y luego me sostiene la puerta del coche.

Yo me subo pero él me cierra la puerta en vez de entrar detrás de mí.

Vaya. Supongo que vuelvo a casa yo sola... y tampoco me he ganado un adiós.

Capítulo 15

Juno

MIENTRAS LA LIMUSINA me lleva a casa, lo único en lo que puedo pensar es en lo parecido a una cita que ha sido lo que acaba de ocurrir, especialmente para tratarse de una reunión de negocios... que es lo que ha sido en realidad. La comida de calidad estratosférica, el conocernos mutuamente, el... seamos honestos, el hombre atractivo con el que estaba. ¡Diablos! Si Lucius hasta aparentó ser un poco menos horrible. A ratos, es decir. Hubo algunos momentos en los que pareció directamente alguien que podría gustarme.

Un momento. No. ¿Pero en qué diablos estoy pensando? Encontrar a Lucius atractivo es como acariciar a un mapache salvaje sin estar vacunada contra la rabia... demasiado arriesgado. Para él, esto solo es una transacción, eso es todo. Lo que estamos a punto de hacer es tan falso como las celebridades de cera del museo de Madame Tussaud. Y confundirlo con una relación de verdad sería estúpido.

Después de lo que me pasó con Jason, no me apetece estar en una relación real, pero si lo hiciera, no sería con un gilipollas gruñón como Lucius, quien, a pesar de lo que ha dicho de no haber nacido en una cuna de oro, probablemente opine que soy una pobretona con bajo nivel educativo.

La limusina se detiene.

Le doy las gracias a Elijah y corro a casa. Una vez dentro, empiezo a pasearme arriba y abajo mientras repaso toda la situación.

Cuanto más lo pienso, más me doy cuenta de lo importante que va a ser esto. Para empezar, por fin conseguiré ir a la universidad. O al menos, ya podré pagármelo. Todavía tengo que solicitar plaza... y saber si me aceptan es algo que decididamente me preocupa.

Lo que necesito ahora mismo es compartir toda esta loca historia con alguien, idealmente con Pearl, pero el estúpido acuerdo de confidencialidad me lo impide.

Hablando del diablo... Pearl me está llamando. Por supuesto. Estaba aquí cuando vino Elijah.

¡Mierda! El acuerdo de confidencialidad significa que voy a tener que mentirle. Viéndolo por el lado bueno, si Pearl se traga la idea de que Lucius y yo estamos saliendo, también lo hará el resto del mundo.

Cojo la llamada.

—Escupe —sisea Pearl en vez de decir hola.

Yo respiro hondo.

—Me ha dicho que le gusto.

El chillido que brota del lado de la línea de Pearl es

preocupante. Probablemente haya sido mi amiga la que lo ha producido, pero también puede ser que le haya pisado la cola a la gata.

—Detalles —me exige después de que el sonido baje de intensidad—. Todos.

—Bueno... ¿sabes lo del artículo?

—¿Ese que *yo* te he enseñado a *ti*?

Ah, es verdad.

—Resulta que la razón por la cual lo escribieron es por la mirada de adoración que Lucius me estaba echando cuando salimos del edificio. Yo no me había dado cuenta, pero los periodistas sí, así que él me ha sacado a comer para disculparse... y para preguntarme si él me gustaba a mí.

—Dime que sí te gusta —susurra Pearl.

Yo carraspeo para crear suspense.

—Has visto su foto, ¿verdad?

El chillido de felino al que han pisado la cola regresa, esta vez con varios armónicos de cerdo exaltado.

—¡Vas a casarte con él! Lo estoy viendo.

¿Casarme con él? Es bueno que ella no sea bruja porque ese destino me suena como si fuese una maldición.

—Ni siquiera hemos tenido una cita oficial todavía —digo con tono exasperado—. Lo de hoy no cuenta.

—¡Buu! Y supongo que tampoco lo has catado aún, ¿verdad? Tardas seis citas antes de poner disponible la mercancía... ¿O eran siete?

—Eso fueron solo una serie de coincidencias.

Ella hace una lista de mis ex y como en cada ocasión, la sexta cita condujo al sexo, dándome todo lujo de detalles. Maldita sea. Debería ser más cuidadosa cuando le cuente algo, porque nunca olvida nada, como un elefante del cotilleo.

—Creo que alguien acaba de perder sus privilegios de confidente —digo, usando el mosqueo que sí tengo para fingir uno en broma.

—No. Espera. Lo siento. Acuéstate con él cuando te parezca, pero cuéntamelo todo.

Es la hora del golpe de gracia.

—De hecho, cielo, tengo malas noticias en ese aspecto.

—¡No! —grita—. No me digas que te ha pedido que firmes un acuerdo de confidencialidad.

Vaya.

—¿Cómo lo sabes?

—Porque es un puto millonario y he leído las *Cincuenta sombras de Grey*. Pero no puedo quedarme *sin* saber. ¿No puedes hacer que él haga una excepción conmigo?

—Lo he intentado —le digo—. Me ha dicho que no... al menos, por ahora. Si la cosa cuaja, quién sabe.

—¡No! —grita ella, igual que Darth Vader al final de *La venganza de los Sith*—. ¿Ya has firmado esa mierda?

—Todavía no, o no habría podido contarte lo que te he contado.

—En ese caso, necesito algunos detalles escabrosos, o si no...

Yo me rasco la cabeza.

—Creo que le gustan de verdad mis pies. —Eso no es mentira del todo, me parece.

—¡Oh! ¡Dios! ¡Mío! ¡Puta conejita afortunada! ¡Tendrás todos los masajes que quieras!

Gracias a Dios que nunca le he contado a Pearl lo que me excitan los masajes de pies, o si no se volvería tan loca ahora mismo que necesitaría que alguien le hiciese un exorcismo.

—Tengo que llevarte a varios sitios —añade con tono apremiante—. Nos haremos pedicuras, te compraremos una tobillera, un anillo de pie, unos zapatos abiertos...

—Claro —le digo, porque soy capaz de reconocer cuando toda resistencia es fútil—. ¿Qué tal hoy, más tarde?

Podría ser agradable de verdad tener los pies arreglados la próxima vez que quede con Lucius.

Pearl me dice a qué hora vendrá y cuelga.

Yo miro al Notita. Ya que el acuerdo no cubre las conversaciones con los cactus (al menos, espero que no), le cuento a *él* lo que ha pasado de verdad, con todo detalle.

¡Tía! Esto es tan heavy... ¿Y qué si ese tío, Lucius, es un gili de tío? Básicamente te van a pagar por comer papeo del bueno.

Suspiro.

Tal vez no sea algo tan malo. Por ahora, me centro en lo mejor de todo: la posibilidad de conseguir mi título en botánica.

Abro el portátil y entro en la carpeta de favoritos que tengo hecha para revisar los requisitos de solicitud de plaza para la universidad de California-Irvine, la Politécnica Estatal de California, y unas cuantas facultades cercanas más que tienen un programa de botánica.

Entonces caigo en una cosa. Originalmente, quería ir a una facultad local porque no podía permitirme dejar mi negocio. Ahora, sin embargo, dada la cantidad de dinero que voy a sacar con lo del fartlek, *podría* plantearme salir del estado.

Con eso en mente, busco y añado a mis favoritos las facultades más prometedoras. Dada mi media de notable bajo en el instituto, no me molesto en mirar sitios de alto nivel como Harvard y Cornell, pero algunas facultades estatales con muy buenos programas de botánica podrían estar dentro de mi alcance, como la Universidad de Florida o la Universidad de Washington.

Cuanto más leo sus requisitos de admisión, sin embargo, más me doy cuenta de que mi media académica puede no ser suficiente para ellos tampoco. Lo que es un asco, considerando que me costó *mucho* esfuerzo conseguirla con mi dislexia. Hasta el punto de renunciar a toda vida social.

Vuelvo a suspirar. Espero que mi ensayo de solicitud pueda convencer a los de admisiones, aparte del hecho de que tenga mi propio negocio. Eso cuenta como una actividad extracurricular, más o menos.

Para cuando Pearl me escribe para decirme que está abajo y que es «hora de ir de compras», ya veo borroso de tanto mirar la pantalla de mi ordenador.

Cierro el portátil y miro al Notita.

—Supongo que es hora de ir a por accesorios para mis pies.

Capítulo 16

Lucius

COMO SIEMPRE DESPUÉS de una gran comilona, lidio con mi biología dando un paseo que mejore mis niveles de azúcar, reduzca el estrés y me ayude a dormir. Como esto es Malibú y tengo una playa privada cerca, es allí a donde me dirijo.

A medio camino, me suena el teléfono.

Es Eidith.

Respondo y escucho distraído como me pone al día con un par de asuntos.

—Eso es todo por ahora —me dice, indicando que ha terminado con ese tema.

Pero no cuelga.

Eso es raro, así que le pregunto:

—¿Estás segura de que no hay nada más?

—Bueno... es sobre lo de mañana.

Ojalá esto fuese una videollamada para poder fulminarla con la mirada si esto va a parar a dónde creo que va a ir a parar.

—No me olvidado. —Eidith se ha autopropuesto cuidar de mi reputación... sea lo que sea eso. En este caso, sin embargo, hasta yo sé que no presentarme en un acto benéfico sería un paso en falso socialmente hablando.

—Maravilloso —me dice ella, y su voz suena rara—. ¿Te pondrás algo elegante?

Como no tengo vídeo, dejo que la irritación inunde mi tono.

—Traje, corbata y zapatos de vestir, como siempre.

Si esto va de aquella vez en que me lesioné un pie en el gimnasio y fui en zapatillas a aquella reunión con...

—Estoy segura de que estarás tan arrebatador como siempre —gorjea ella—. Yo solo...

—Tengo que dejarte —le digo, porque acabo de llegar a la entrada de la playa.

—Nos vemos mañana —dice ella, de nuevo con voz rara, y luego cuelga.

Apago el móvil y entro en la playa.

Mientras mis pies se deleitan con la arena caliente, no puedo evitar darle vueltas a mi encuentro con Juno. En particular en cómo ha sido mucho menos irritante que mis interacciones habituales, incluyendo, conversaciones telefónicas, con otra gente. Con diferencia. Normalmente, estoy de acuerdo con Oscar Wilde, quien dijo: «Los demás son completamente detestables. La única sociedad posible es la de uno mismo». Pero en este caso, en realidad no quería que terminase nuestra comida juntos.

Además, y puede que haya sido cosa de mi

imaginación, Juno ha sido mucho más agradable conmigo hacia el final. Como si tal vez hubiese algo de química...

No. ¿En qué estoy pensando?

Ella ha estado más agradable por la perspectiva de ganar dinero... y por lo tanto de hacer realidad sus sueños. Lo que estamos a punto de hacer es totalmente fingido, y tengo que recordarlo en todo momento, da igual lo tentadora que ella me resulte.

Además, no le mentí al decirle que no me va lo de tener novias. Pero si me fuera, no elegiría a alguien que me ponga tanto. Lo último que desearía es que la biología me dominase, en vez de que sea al revés.

Una notificación salta en mi teléfono.

Es un correo de Eidith marcado como «Alta prioridad».

Parece que ha podido organizar una videollamada con el propietario de los terrenos de Florida para hoy, tal como yo esperaba.

Genial.

Hablo con Elijah y me dice que ya ha dejado a Juno en casa y me está esperando a la entrada de la playa.

—Entonces, ¿tenemos un trato? —pregunto al propietario de los terrenos, un hombre que debe de ser una década más viejo que Nana pero que a la vez se conserva mentalmente más avispado que algunos de los mandos directivos medios con los que tengo que lidiar en mi negocio.

La piel tostada por el sol alrededor de sus ojos pálidos se arruga.

—Llámame pasado de moda pero todavía me gusta reunirme cara a cara con alguien antes de tomar una decisión importante como esta.

¿Cara a cara? No se me conoce por ser educado ni nada por el estilo, pero aunque así fuera, sería de mal gusto pedirle a un señor de esta edad que viajara para verme a mí. Eso significa hacer un viaje a Florida. Lo pienso un momento. Aunque he mandado a unos topógrafos a examinar los terrenos, y lo he visto todo desde el aire mediante drones, podría ser una buena idea ir a verlo con mis propios ojos también. Novus Roma es lo bastante importante para eso.

—Una reunión en persona me parece una excelente idea —le digo, y luego quedamos en los detalles.

Nada más terminar con la videollamada, me suena el iPhone.

Es Nana, así que contesto.

—Lucius, pastelito, ¿qué hay de nuevo en el frente de las citas? —me pregunta.

Directa a la yugular, ¿eh?

—He compartido un agradable almuerzo con Juno —le cuento—. Y mañana vamos a asistir juntos a un acto benéfico.

Hablando de lo cual, me pregunto: ¿habrá recibido la ropa? Tal vez debería...

—¿Cuándo nos vas a presentar? —pregunta Nana.

Ya he pensado acerca de eso, y cuanto más pueda posponerlo, mejor. Juno y yo necesitamos algo de tiempo para pulir los detalles. Para ese fin, he preparado una taimada estratagema digna de Eidith.

—Quería hablarte de eso, Nana —le digo—. ¿Cuándo crees *tú* que sería una buena idea que ella te conociera? ¿O que yo conociera a su gente?

Se hace el silencio al otro lado de la línea. Casi puedo visualizar la expresión pensativa en el rostro de mi abuela.

Al final, ella suelta un suspiro.

—Por mucho que desee verla pronto, no querrás apresurar esta parte de la relación. Para estas chicas jóvenes, conocer a la familia es un gran paso, y no queremos espantarla.

Aunque mi plan esté funcionando, me siento más culpable que triunfante.

—Oh, Nana. Estoy seguro de que *tú* no la espantarías.

—No corramos ese riesgo —dice Nana con firmeza —. Llevo mucho tiempo esperando que encontrases a alguien. Puedo esperar un poco más.

Mmm. ¿Piensa que si pierdo a Juno tardaré otros treinta y ocho años en echarme novia?

—Mantenme al tanto sobre cómo van progresando las cosas —prosigue—. Ya decidiré cuando es el momento... a menos que *ella* saque el tema.

Ya está. Acabo de ganar un montón de tiempo.

—¿Qué tal te encuentras?

Ella suelta una risita.

—Estupendamente. No sé por qué será, pero mis niveles de azúcar y mi tensión arterial están más bajos que nunca, mi dolor de espalda ha dejado de existir sin tomar ninguna droga, y hasta mi funcionamiento intestinal de hoy ha sido como el de una chica de veinte años.

Si todo esto se ve corroborado por el informe de su guardaespaldas y es sostenible, puede que quiera *salir* con Juno para siempre.

—Tendría que colgar —dice Nana—. Aleksy va a llevarme a su restaurante polaco favorito.

—Vale, diviértete —le digo, al tiempo que decido subirle el sueldo al guardaespaldas.

—Llámame al día siguiente de la gala benéfica —dice Nana—. Y asegúrate de hacer fotos.

Cuando cuelga, me parece que lo de las fotos es una buena idea. De hecho, contrataré a alguien para que saque unas donde salgamos muy bien. Como plus de todo esto, voy a ponérselo difícil a los paparazis que pierden su tiempo acosándome para vender las suyas. ¿Quién pagaría por algo que te dan gratis?

Una alarma capta mi atención.

¡Ah! Es el tiempo que he previsto que me tomaría para trabajar en Novus Roma.

Sonrío. Aparte de jugar con mis hurones, esto es lo más cerca que llego de pasar un rato de relax y diversión.

Me pongo en mi escritorio de posición variable, hago que mi ordenador despierte y abro la carpeta de Novus Roma.

¿En qué quiero centrarme hoy? ¿Debería ser los pagos sin contacto para el parque de coches sin conductor? ¿Los sensores de la calzada y las luces de las calles? ¿El sistema sanitario de salud digital interconectado para los hospitales y las consultas médicas? ¿El internet gratuito de alta velocidad que cubrirá miles de hectáreas?

No. Será mejor que evalúe la nueva variable que supone Florida.

Ahora habrá caimanes en el lago del Parque Central... así que los perros pequeños tendrán que ir con correa. Lo que es más importante, como nunca ha habido ningún caso documentado de un huracán tocando tierra en California, no los había tenido en cuenta, pero ahora tendré que hacerlo.

Como siempre, hago mi propia investigación profunda del problema antes de contratar a expertos en ese campo. De esta manera, no me pueden llevar a error fácilmente, haciéndome optar por una solución inferior.

En este caso, después de horas de investigación, decido que tengo la suerte de mi parte. Las casas circulares que estábamos planeando construir no solo son resistentes a los terremotos, eficientes a nivel energético y económicas en relación al espacio interior y exterior, sino que también se comportarían extremadamente bien en caso de huracán, debido a la manera en que su forma interactúa con el viento.

Escucho mi alarma habitual de «vete a dormir».

Siempre que planifico Novus Roma, el tiempo vuela.

Antes de obligarme a dejar la pantalla, compruebo que la ropa y los zapatos de Juno han sido entregados.

Sí. Tengo la confirmación, además de un recibo detallado, que me sorprendo a mí mismo revisando. Como si estuviese poseído, lo repaso todo, incluyendo la lencería, y me imagino cómo estará Juno con todo eso puesto.

Joder. Tengo que sacarme eso de la cabeza, o podría hacer que ocurriera lo último que necesito.

Otro sueño húmedo más protagonizado por Juno.

Capítulo 17

Juno

JUSTO DESPUÉS DEL DESAYUNO, me pongo a trabajar en mi primera solicitud universitaria, empezando por la Universidad de Florida, porque su web menciona cosas como invernaderos, un herbario y el Jardín de Etnoecología.

Una vez más, le doy gracias a saguaro por el alucinante invento que es el ordenador personal. Hace la vida mucho más fácil para alguien con mi problema, porque puede leer en alto lo que pone en la pantalla y en general, hay configuraciones que me facilitan mucho la lectura. Ojalá mi escuela pública no me hubiese obligado a hacerlo todo en papel. Lástima que Arnold Schwarzenegger en su papel como gobernador no hubiese lanzado aún su iniciativa de los libros digitales. Si hubiese tenido un programa de pasar de texto a sonido en el instituto, me habría graduado entre las primeras de la clase, lo que habría ayudado tremendamente a mis solicitudes universitarias.

Trabajo sin descanso, solo deteniéndome para mantener una breve charla con el Notita.

Tía, asegúrate de incluirme como referencia. Impresionaría totalmente a todos esos tíos de admisiones.

Para la hora de comer, me doy cuenta de que completar formularios de admisión es una tarea más larga de lo que yo pensaba, aunque tenga preparada la documentación requerida, como mis notas y las cartas de recomendación. También tengo un modelo de ensayo, pero termino teniendo que hacer un puñado de cambios en él para que incluya las preguntas que la Universidad de Florida quiere que responda.

Apenas termino con la solicitud, cuando suena el timbre de la puerta.

Qué raro.

No espero a nadie. Todo lo contrario.

Abro la puerta.

Hay un grupo de personas elegantemente vestidas delante de mi puerta.

—¿Quiénes sois? —pregunto a un tío con un peinado mohicano multicolor.

—He venido a arreglarte el pelo —me dice. Señala a la señora a su lado, cuyo traje me recuerda a una bola de discoteca—. Ella es tu maquilladora.

Aturdida, me echo hacia atrás para dejarles pasar. Está claro que esto es cosa de Lucius. ¿Debería estar encantada o sentirme insultada?

No me dan ocasión de decidir al respecto.

El tío del corte de pelo mohicano me ordena que

me vista ahora para el evento para no arruinar más tarde su trabajo.

El grupo apenas me da privacidad mientras me pongo mi ropa nueva, y entonces resulta que uno de ellos está aquí simplemente para asegurarse de que me queda bien el modelo y ajustarlo en lo que haga falta.

Cuando me siento por fin en la silla de la cocina designada como «mi sitio», el variopinto equipo se lanza sobre mí igual que unos buitres sobre un bicho atropellado.

La tortura medieval, perdón, el cambio de imagen, continúa durante un siglo, antes de que suene el timbre de la puerta.

—¡Oh, no! —exclama el tío con el corte mohicano—. Se nos ha acabado el tiempo.

La señora que es como una bola de discoteca examina mi rostro igual que yo lo haría con una maceta llena de tierra infestada de moscas del mantillo.

—Supongo tendrá que valer.

Abro la puerta y se me corta la respiración al ver a Lucius. Está extra sexi, y no caigo en por qué. Quiero decir, la última vez que le vi también llevaba un traje a medida y corbata, estaba bien afeitado y todo eso.

—¿Te has cortado el pelo? —le espeto.

El tío del peinado iroqués ahoga una exclamación y se enfrenta a Lucius.

—¿Has ido a ver a otro?

Lucius frunce el ceño.

—Nada de cortes de pelo. Solo me he puesto un poco de gomina.

El del iroqués parece impactado. Supongo que arreglarse el pelo no forma parte del repertorio habitual de Lucius.

Lucius entrega al tío y al resto de la banda dinero suficiente para poder abrir un salón.

—Eso será todo —dice.

Agarrando el dinero, el equipo de belleza sale por patas.

Lucius levanta una bolsita pequeña y de color turquesa que lleva en la mano.

—Te he comprado una cosilla.

A primera vista, mi cerebro piensa que lo que hay escrito en la bolsa es «Tip any & co.». Pero no, lo que hay delante del & es una sola palabra y la P es una F. Entonces tengo una epifanía. Pone «Tiffany & Co.», o sea...

—Espero que combine bien con tu modelo.

—Lucius mete una mano en la bolsa y saca un estuche del mismo color turquesa que la bolsa.

Cuando abre la tapa, yo me quedo boquiabierta al ver un collar poblado con el número suficiente de mejores amigos de una mujer como para fundar una pequeña ciudad de hombres-diamante.

—¿Me has comprado una joya?

Él saca el collar.

—Punto para ti por tu capacidad de observación.

Sin habla, me quedo ahí de pie mientras él se coloca detrás de mí y me pone el collar alrededor del cuello.

¡Santo saguaro bendito! Sus dedos rozan mi piel, enviando escalofríos de placer hasta mis pezones y más allá.

—Ya está —murmura él, con su cálido aliento sobre mi cabeza. Ahora sí que estás lista para el espectáculo.

Perturbada, me alejo de él, y me miro a mí misma en el espejo pegado a la puerta principal.

Pues sí. Si el papel que estoy interpretando es el de la novia de un multimillonario, Lucius y su equipo se merecen un Oscar por diseño de vestuario.

—Deberíamos irnos —dice Lucius—. Pero antes, hazme una visita guiada por tu piso.

¿Visita guiada? Me doy la vuelta y contemplo mi diminuto estudio. ¿Creerá que hay habitaciones escondidas o algo? ¿O que es como en la TARDIS, donde algo es más grande de lo que parece?

Resoplo y señalo hacia la izquierda.

—Esa es la cocina. —Señalo hacia mi cama plegable que hace las veces de sofá cuando no se utiliza—. Eso es el dormitorio y el cuarto de estar. Y por último, y no por ello menos importante en absoluto, mi cactus. —Sonrío al mirar al Notita—. Fin de la visita.

—Oh. —Él dirige la vista hacia la única otra puerta de mi casa—. ¿No conduce eso a más habitaciones?

—Solo si consideras el baño como otra habitación —digo—. Y sí, he despilfarrado para que mi taza de baño no esté justo en medio de todo lo demás.

Él se acerca hasta la puerta del baño y echa un rápido vistazo dentro.

Mierda. ¿Habré dejado alguna prenda íntima o algo raro por ahí tirado? Dado lo flemático que él se muestra al cerrar la puerta, probablemente no.

—Vámonos —dice él, dando grandes zancadas hacia la puerta.

Me la sostiene mientras salgo y también lo hace con la de la limusina, demostrando que puedes ser tanto un maleducado como un caballero, todo en un mismo exasperante paquete.

Nos sentamos el uno frente al otro y él me ofrece una copa.

Guau, se ha metido de verdad en el papel de caballero.

—Gracias —le digo, remarcando la palabra, cuando él me la pasa, para que tal vez pueda añadir esa palabra a su vocabulario en algún punto.

Nos bebemos nuestras copas en medio de un silencio incómodo. Entonces él me dice:

—¿Qué clase de perra eres?

Yo casi me atraganto con el champán.

—¿Qué? —¿Es esta su manera retorcida de llamarme zorra?

Él suspira, como si mi reacción fuese súper poco razonable.

—Si fuésemos perros en vez de humanos, ¿qué raza de perro serías?

—¿Por qué? —le pregunto. Lo cual es solo la punta del iceberg en cuanto a lo que querría preguntarle.

—Es solo una pregunta para poder conocernos mejor.

Yo ladeo la cabeza.

—¿Estás seguro?

Él saca su móvil y me enseña la pantalla.

—He buscado unas cuantas online.

¿Se ha preparado para esto? Reviso la lista de preguntas. ¡Guau! La que acaba de elegir no es de hecho la peor de todas. Hay otras perlas como: «Si fueses invisible, ¿a quién espiarías?» y «¿Qué olor te parece que es el peor?».

Suelto un resoplido exasperado.

—Si *tuviese* que jugar a este estúpido juego, supongo que elegiría a un Chihuahua.

Él asiente con aprobación.

—Ladrador, diminuto y con mal genio... eso cuadra.

¿Incumpliré alguna cláusula de nuestro contrato si le tiro el champán a la cara?

—He elegido a un chihuahua a causa del desierto de Chihuahua, hogar del cactus de barril de fuego mejicano y el cactus arcoíris de Arizona.

Él le da un sorbo a su copa.

—Vale. ¿Quieres que sigamos con la siguiente pregunta?

—No. Tú no has llegado a decirme que raza de perro eras. —Probablemente un pitbull, o alguna otra conocida por su mal temperamento.

—Un rottweiler —dice él con orgullo.

Vaya. He estado cerca.

—¿Imposible de entrenar y de mal carácter? Eso te pega del todo.

—Esas son ideas equivocadas —me dice—. Los rottweileres llevan dos mil años sirviendo a los humanos. Ya se usaban en la antigua Roma.

Yo resoplo.

—¿Qué tal si yo elijo la siguiente pregunta para ayudar a que nos conozcamos mejor?

Él hace ademán de pasarme su móvil, pero yo le digo que no con la cabeza.

—Una pregunta normal.

Él arquea una ceja.

—¿Normal? ¿Tú…? Por supuesto. ¿Cuál es?

—¿Cuál es tu color favorito? —pregunto.

No hay duda de que el negro, igual que su alma.

Él me mira a los ojos.

—El color miel.

—Eso es bastante vago —digo—. El color de la miel varía en función del néctar de las plantas que coman las abejas. La miel de azahar es más clara, mientras que la de aguacate es de un tono ambarino más oscuro.

—El ámbar claro —dice él—. ¿Cuál es tu favorito?

—El verde —digo sin titubear.

Él asiente.

—¿Si no fuese así, qué clase de aspirante a botánica serías?

Espera, ¿cómo sabe él…? Ah, vale, el dosier.

—Es mi turno otra vez —me dice—. En lo referente a las mascotas, ¿eres más de gatos, de perros o de hurones?

—¿Cuántas de tus preguntas hacen referencia a los perros? No, olvida eso. ¿Qué clase de persona es más de hurones?

—Yo. —Un atisbo de sonrisa eleva las comisuras de sus labios—. Tengo tres.

—¿Hurones? —¿Debería decirle que parece más un amante de los lagartos? ¿O alguien que tiene un gato sin pelo llamado Míster Bigglesworth?

—¿Es esa tu siguiente pregunta para poder conocernos mejor? —me pregunta.

—¿Por qué no?

Él me explica lo de su madre endilgándole los hurones y el dato útil de que los romanos los utilizaban para cazar ratones.

Yo me encojo.

—¿Tienes ratones? —No soy fan de los ratones, las ratas, los topillos ni las ardillas de suelo. Todos esos bichos comen cactus.

—Nada de roedores. Solo los hurones.

Bien.

—¿Qué tipo de películas te gustan? —pregunto.

—Es mi turno de preguntar.

Yo gimo.

—Vale. Ve a por ello.

—Si tuvieses que escuchar la misma música una y otra vez, a todo volumen, ¿cuál sería?

—Esa es fácil, porque normalmente ya lo hago —le digo—. Metallica.

Sus ojos se agrandan.

—No vas a creerte esto. —Coge un mando a distancia y me lo da—. Sube el volumen.

Hago lo que me pide y los conocidos riffs de *Enter Sandman* retumban por los altavoces.

Es verdad. Lo estaba escuchando en el ascensor. ¿Cómo he podido olvidarlo? Vuelvo a bajar el volumen antes de que el impulso de ponerme a menear la cabeza se haga demasiado fuerte. Eso me estropearía este peinado tan cuidadosamente elaborado, y tengo la sensación de que si el tío del peinado iroqués viese una foto de tal atrocidad, no pararía hasta dar conmigo y raparme la cabeza.

—También son mis favoritos —dice Lucius—. Solo me sorprende de que te gusten a *ti*.

Estrujo más fuerte el pie de mi copa.

—¿Por qué?

—Tienes pinta de ser una chica a la que le gusta Justin Bieber —dice sin una pizca de vacilación.

Si la violencia no es buena respuesta a nada, ¿por qué me parece que iba a disfrutarla tanto?

—Y tú tienes pinta de que te guste Ariana Grande.

—Touché. —Él se endereza la corbata—. ¿Cómo conociste a Metallica?

Doy un sorbo a mi champán.

—Intentaba averiguar qué música le gustaba a mi cactus. La mayoría eran cosas predecibles... los Beach Boys y otros músicos de rock surfero. Lo que me sorprendió fue lo de Metallica. Después de un tiempo, me empezó a gustar a mí también... Metallica, no la música de surferos.

Él me está mirando como si me hubiese metamorfoseado en una planta con pinchos.

—¿Tu cactus?

—Sí. Te lo he presentado durante la «visita guiada».

Él menea la cabeza.

—No me he dado cuenta de lo importante que *él* era para ti. Tendría que haber prestado más atención.

—Deberías, la próxima vez. Nadie que me conozca se creería nuestro fartlek si tú fueses anti-cactus.

Él asiente.

—Lo tendré en cuenta.

¿Se estará burlando de mí? Tal vez no.

—¿Cómo conociste *tú* a Metallica? —pregunto.

—Mi madre es una gran fan, así que lo escuché un montón de niño. —Deja la copa, de forma un poco demasiado brusca—. Hasta afirma haber salido con alguien de la banda, aunque eso, traducido al idioma de mamá, probablemente signifique que tuvo un rollo de una noche.

¡Guau! Hay un montón de cosas que desentrañar en esa frase pero antes de que tenga ocasión, la limusina se detiene y Elijah hace ese truco mágico suyo de abrir la puerta.

—Ya estamos aquí —dice Elijah cuando nos bajamos.

«Aquí» resulta ser el aparcamiento del Centro de Ciencias de California, un sitio en el que solo había estado una vez y del que apenas recordaba nada excepto lo chulo que se ve el edificio por fuera.

Para mi asombro absoluto, Lucius me coge de la mano.

Oh. Saguaro. Mío.

Cuando me conduce adentro, siento como si la palma de mi mano fuese a tener un orgasmo... y después, tal vez, a explotar. No entiendo esta reacción. En absoluto.

Es cierto, su mano es grande y cálida y todo eso. Pero a mí ni siquiera me gusta este tío.

Nuestro destino es un hangar donde se exhibe el transbordador espacial Endevour colgado del techo. Alguien ha dispuesto mesas redondas bajo el transbordador, con flores, sillas elegantes, y otras cosas de lujo.

Lucius me conduce a una mesa bajo el ala izquierda del transbordador y saca para mí una de las dos últimas sillas vacías.

Ligeramente abrumada, me siento y le doy las gracias.

Una mujer rubia, extremadamente arreglada y de belleza clásica se sienta un par de sillas más allá. Me examina con una fría curiosidad. El entorno resplandeciente y elegante parece ser su hábitat natural, mientras que yo debo de parecer tan fuera de sitio como un cactus del desierto en medio de un pantano.

Cuando Lucius se sienta, ella dirige hacia él su atención... y no me gusta la expresión de adoración de su rostro en absoluto.

—¡Hola! —la saludo, con fingida alegría—. Parece que somos las únicas dos chicas de esta mesa.

El rollizo caballero de mi izquierda suelta unas risitas.

La mujer aparta la vista de mi cita.

—Hola. No creo que nos hayan presentado.

¡Maldita sea! No era consciente de que era posible sonar a «fortuna antigua» pero ella lo consigue a la perfección.

Lucius hace un gesto hacia ella.

—Juno, esta es Eidith. Trabaja para mí.

Mmm. «Para» es mejor que «por debajo de»... supongo.

—Es Eidith, con una *i* extra —dice Eidith.

¿Por qué añadir letras de más en palabras y nombres?

—Eidith, esta es Juno, mi novia —prosigue Lucius.

¡Guau! En cuanto ella oye la palabra que empieza por n, su rostro dibuja rápidamente un caleidoscopio de expresiones. Sorpresa, decepción e incredulidad para empezar, seguidas de una opinión de varias páginas que se resume en:

Una basura como esta no debería estar con alguien tan rico y con tanto éxito como Lucius. Solo tendría que juntarse con alguien de pura raza, perteneciente al uno por ciento privilegiado. Alguien como, digamos, yo. Eidith con una i extra.

Lo más impresionante de todo es lo rápido que se esfuman todos esos gestos, reemplazados por una sonrisa que en el diccionario podrías encontrar junto a la expresión «educada frialdad».

—Encantada de conocerte, Juno —dice Eidith, sonando tan sincera que casi me pregunto si no me habré imaginado su reacción inicial.

—Yo también estoy encantada de conocerte —replico.

Se acerca un camarero portando una bandeja de bebidas, así que todos cogemos una copa.

—¿Cómo os conocisteis vosotros dos? —pregunta Eidith al parecer con auténtico interés.

Mierda. ¿Cómo es posible que no nos hayamos preparado para algo tan básico?

—Nos quedamos atrapados en el ascensor —dice Lucius.

Vaya. Apuesta por la verdad. Le está echando pelotas.

Eidith manosea sus perlas.

—¿Durante ese incendio del sótano?

—Pues sí —intervengo yo, alegre—. Tenía frío, y él me dio su chaqueta.

—Y entonces congeniamos —dice Lucius.

Sí, con algo de genio también. O con mosqueo.

—Todo desastre tiene un lado bueno —dice Eidith, sonando otra vez como si lo dijese de verdad.

En serio, ¿la habré juzgado mal?

—Exacto —prosigue Lucius—. Cuando salimos, los reporteros debieron de darse cuenta de nuestra química, así que escribieron un artículo sobre nosotros. ¿No lo has visto?

A juzgar por la expresión del rostro de Eidith, no lo ha visto pero cree que tendría que haberlo hecho.

Antes de que Lucius pueda mentir más sobre nuestro encuentro, aparece una horda de camareros con bandejas de aperitivos que dejan sobre la mesa.

—¿Empezamos? —dice alguien en el escenario central, un famoso cuyo nombre no recuerdo.

Cuando la sala se queda en silencio, el famoso dice:

—Gracias por haber venido a apoyar a los niños.

¿Niños? Me estaba preguntando el objetivo de este acto benéfico.

Mientras escucho, me sirvo un huevo relleno y una galletita con caviar.

Al parecer, estamos aquí para apoyar que se lleve tecnología a las clases de los barrios que lo necesitan desesperadamente... una coincidencia inquietante dadas mis reflexiones sobre la tecnología de pasar el texto a voz de antes.

Cuando vuelvo a mirar mi plato, lo hago dos veces.

La mayor parte de mi huevo ha desaparecido, al igual que todo mi caviar. Solo quedan el relleno del huevo y la galletita.

¿Qué diablos...?

Le echo una mirada de reojo al fornido caballero sentado a mi lado. Está comiendo otros aperitivos. Además, hay más huevos y caviar en la mesa, así que, ¿por qué iría a robarlos de mi plato?

¿Habrá sido Eidith? Está tan delgada que le vendría bien algo de comida extra. Pero no. Está a muchos asientos de distancia para poder hacerlo sin que se notase.

En fin. Cojo algo más y observo cuidadosamente mi plato. No. A pesar de que esto tenga temática espacial, no hay ningún agujero de gusano que resulte conectar mi plato con otra galaxia. Tanto el pollo como las huevas de pescado se quedan ahí... hasta que me las como, claro.

—Y ahora, animamos a todos a inaugurar la pista de baile —dice el famoso, y empieza a sonar una música discotequera.

¿Está Eidith mirando a Lucius con los ojos inundados de esperanza?

Oh, no. No lo harás. Si alguien va a bailar con mi falso novio, esa seré yo.

Como si me leyese la mente, Lucius acerca los labios a mi oreja y me pregunta con un susurro sexi:

—¿Te apetece bailar?

Capítulo 18

Lucius

Juno bate sus largas pestañas en mi dirección unos segundos antes de ponerse de pie.

—Claro.

La guío hasta la pista de baile, donde nos unimos a unas cuantas parejas más. La canción que ha puesto el DJ debe de ser una de Ariana Grande, porque se escucha una voz de mujer, y Juno sonríe de oreja a oreja al decirme:

—Mira, tu favorita.

Normalmente no soy muy fan de bailar, pero ver como se mueve Juno me hace la tarea sorprendentemente tolerable. Debe de ser por su luminosa sonrisa. O por la forma en que se cimbrean sus curvas caderas. O por el brillo de sus ojos color miel. O puede ser porque sus pies, moviéndose velozmente, son difíciles de ignorar. Hablando de lo cual, ¿siempre ha llevado esa pulserita de tobillo y ese anillo en el dedo del pie?

Me obligo a volver a mirarla a la cara. Sigue exhibiendo la misma sonrisa luminosa que antes me ha atrapado. De repente, ella palidece y mira a alguien que tengo a la izquierda. Su sonrisa se esfuma, reemplazada por un ceño fruncido.

—¿Qué sucede? —Sigo su mirada y veo a una pareja aburrida: un hombre de aspecto sospechoso y una mujer que es claramente una de esas insoportables herederas con un fondo fiduciario y la suficiente actitud de tener derecho a todo como para matar a un caballo.

—Ese es mi ex —dice Juno con voz ligeramente sofocada—. Con su nueva esposa. La actualización más rica y más lista.

¿Más rica? ¿A quién le importa eso? ¿Más lista? Lo dudo muchísimo. A decir verdad, tengo que concederle a Juno que su mente es agudísima.

El tipo sospechoso nos ve y, por el motivo que sea, parece estar mirándome más a mí que a Juno mientras arrastra a su esposa hacia nosotros.

¿A qué diablos vendrá esto?

—¡Juno! —grita por encima de la música cuando estamos lo bastante cerca—. ¿Qué estás haciendo aquí?

—Es mi pareja —replico yo y hago lo que puedo para proyectar una actitud de «ahora déjanos en paz de una puta vez».

El tío solo reacciona como si estuviese a punto de ponerse a babear.

—Eres Lucius Warren, ¿verdad?

Como siempre, soy capaz de entender lo que en

realidad me está diciendo, que es: *Tú eres ese tío que puede hacer algo por mí. Por favor, sé ese tío. Porfi, porfi.*

—El mismo que viste y calza —dice su esposa, sonriendo—. Yo ya te he dicho que era él.

—¿Qué estás haciendo aquí? —pregunta, apremiante, Juno.

El ex se encoge de hombros.

—Esta causa es importante para la parienta.

¿Se trata en realidad de la causa o de introducirse en un ambiente glamuroso y mezclarse con la gente adecuada?

Juno tiene pinta de sentirse tan escéptica como yo.

—Bueno —dice—. Ha estado bien toparnos con vosotros dos.

Traducido del discurso educado:

Ha sido una mierda, así que largaos.

—He oído que estás buscando médicos para un proyecto secreto —me dice el ex, con sus brillantes ojillos de roedor.

Efectivamente, era eso: *¿Puedo formar parte del proyecto Novus Roma? Porfi, porfi.*

—Es verdad. —le digo—. Pero, ¿a ti que más te da? Estoy buscando a los *mejores* médicos.

¿Ha quedado claro que estoy implicando «y tú no eres uno de ellos»?

—Vale —responde él.

En base a cómo se han agrandado los ojos de Juno y de la mujer del tipo, mi mensaje les ha llegado. El ex debe de haberlo pillado también, porque tiene pinta de estar pensando en pegarme un puñetazo.

Le lanzo una mirada que dice: *Sí, por favor. Gran idea. Haz que haber venido a este guateque me valga de verdad la pena.*

Tristemente, se acobarda.

—Será mejor que os dejemos seguir bailando —le dice ese mierdoso a Juno—. Dame un abrazo y...

—¿Un abrazo? —Aprieto los puños.

Él da un paso atrás.

—Soy muy de dar abrazos.

Juno pone los ojos en blanco pero asiente.

—Siempre lo ha sido.

—Yo soy más de dar puñetazos —replico—. ¿Vamos a dejarnos llevar por nuestras inclinaciones hoy?

El ex gira sobre sus talones y se aleja. Su esposa resopla indignada y le sigue.

—Cavernícola —me dice Juno, pero la sonrisa que juguetea con la comisura de sus ojos la traiciona.

Apuesto un millón de pavos a que ella está encantada de que haya hecho quedar a su ex como a un gilipollas.

—Sigamos bailando —le digo.

Ella asiente y, en ese momento, la música cambia y nos pónen una canción lenta.

—Esta es nuestra oportunidad de demostrarle a todo el mundo que este fartlek es real —le susurro al oído.

—Tienes razón. —Su expresión es inescrutable cuando se me acerca un poco más—. Hagamos que la envidia les corroa —diciendo eso, me apoya los antebrazos en los hombros.

Joder. Su proximidad me resulta embriagadora.

Por otra parte, tal vez pueda emplear esto como una ocasión de practicar el resistirme a mis impulsos biológicos. Pongo las manos en sus caderas, me la acerco más a mí y empiezo a moverme al ritmo de la música.

Joder, joder. Apenas acabamos de empezar, y ya estoy perdiendo la batalla contra mi cuerpo.

Es que ella huele demasiado deliciosamente, y mirar fijo las profundidades color ámbar de sus ojos me resulta demasiado hipnótico.

¿Estará notando mi fiera erección?

Su sonrisa de Mona Lisa no me indica ni que sí ni que no.

Se pone de puntillas para alcanzar mi oreja con sus labios.

—Eres un buen bailarín.

—¿Lo soy? —Mi polla da un saltito cuando noto el cálido aliento de su respiración, y mi voz suena demasiado ronca al decir—: Primera noticia.

Ella asiente, mirándome a los ojos.

—¿Dónde aprendiste?

Me obligo a centrarme.

—A veces bailo con mi abuela.

Su expresión es insultantemente de sorpresa.

—¿Ah, sí?

—Sí. ¿Por qué no? ¿Es que hay algo en mí que grite: «odia a su abuela»?

Ella se humedece los labios con un gesto que me enloquece.

—No, perdona. Es solo que no me esperaba que me dijeras eso.

Maldición.

Sus labios me llaman, igual que esas sirenas que hacían ahogarse a los marineros.

Me la acerco más, y a ella parece no importarle.

Me inclino, sin pretenderlo, y ella...

Joder.

Me quedo helado, mirando hacia un lado.

¿Es eso lo que creo que es?

Pues sí. Una criatura peluda corretea por la pista de baile, sosteniendo un pedazo de huevo relleno.

Debe de haber sido cosa de mi imaginación.

Entorno los ojos.

¡Oh no!

¡Ese es Barbanegra, uno de mis hurones!

Capítulo 19

Juno

¡Santo saguaro bendito!

Lucius estaba a punto de besarme.

Y creo que yo le habría dejado.

Afortunadamente, se ha detenido, y la idea debe de repugnarle de verdad ahora mismo... al menos, así es como interpreto que me suelte y se ponga a mirar tan fijamente entre los pies de la gente.

—Ahora vuelvo —me dice, y empieza a dirigirse hacia el escenario.

¿Eh?

Agarra un micro y grita:

—¡Parad todos! No os mováis ni un pelo. Mi hurón se ha escapado y anda por la pista de baile, y si alguien lo pisa me lanzaré sobre él con todo el peso de mis abogados.

Por las espinas de saguaro. Todos se detienen de golpe, la música para y ocurren muchas cosas al mismo tiempo.

—¿Acaba de decir *hurón*? —la nueva esposa de mi ex grita y luego salta sobre la silla más cercana.

Sí, estoy bastante segura de que ha dicho «hurón», ya que ese es justo el tipo de mascota que tiene. A pesar de eso, al oír mencionar que hay un bicho suelto, alguna mujer grita como una banshee puesta de crack, y un hombre de mediana edad se sube a otra silla de un salto, lo que hace que esta se vuelque sin remedio. Eso viene seguido de más chillidos, y de decenas de mujeres levantándose las faldas, como las putillas de un salón del oeste americano. Otras trepan a sus sillas, y unas cuantas socialités particularmente hábiles terminan subidas a las mesas. Todos los demás se quedan paralizados... o bien debido a la impresión o a la amenaza de Lucius.

Por el rabillo del ojo veo una sombra peluda metiéndose debajo de una mesa vacía ahí al lado.

—¡Aquí! —le grito a Lucius, y luego corro hacia lo que espero que sea un hurón.

Cuando llego a la mesa, no hay ninguna criatura a la vista, pero veo un pedazo de huevo duro con marcas de mordiscos del mismo tamaño de las de un hurón.

Así que esto es lo que le ha pasado a mi aperitivo de huevo y caviar. El hurón debe de habérmelo mangado.

Lucius se acerca corriendo.

—¡Barbanegra!

—¡No está aquí! —le respondo gritando. ¿Ha llamado Barbanegra a su hurón? Eso es como ir *pidiendo* a gritos que la pobre criaturita cause problemas. Aunque tal vez haya bautizado así al hurón *después* de saber cómo era.

Miro frenéticamente a mi alrededor. Todos los que no se han subido a una silla o a una mesa siguen inmóviles, mirando hacia sus pies con gesto horrorizado.

Entonces le veo.

—¡Barbanegra está encima del escenario!

Lucius debe de haberme oído porque corre hacia allí, en el mismo instante en que yo hago lo propio.

Mientras tanto, Barbanegra coge entre sus dientes el cable que sujeta el micrófono y le da un tirón.

El micro empieza a caer.

¡Oh, no!

¿Y si aplasta al...?

¡Fiuu!

La barra metálica esquiva al hurón por unos milímetros, y golpea contra el suelo emitiendo un chirrido ensordecedor que hace que todos se lleven las manos a las orejas.

A diferencia de los humanos, Barbanegra parece más intrigado que asustado. Se escabulle hacia el micro, y a juzgar por el subsiguiente sonidito que se escucha, está intentando comérselo.

Yo subo corriendo por la escalera que conduce al escenario, y Lucius hace lo mismo por la del otro lado.

Ya está.

Tenemos al bichejo acorralado.

Saltamos a por él.

Nuestros cuerpos chocan. La mano de Lucius acaba

en mi teta, pero el hurón se escapa, emitiendo un sonido excitado.

—Lo siento —dice Lucius, apartándose con torpeza—. Ha sido un accidente, lo juro.

—No pasa nada —le miento. Mi pezón se ha puesto en punta claramente allí donde me ha tocado, y mi aliento está un poco más que entrecortado... y no solo por lo de perseguir al hurón—. Vamos a por él.

Seguimos a Barbanegra hasta la otra punta de la sala, donde se detiene y levanta la vista hacia el transbordador espacial.

No es difícil saber qué está pensando:

¡Ay! Si pudiese meterme ahí dentro, podría ser el primer pirata en llegar al espacio. A los Aliens y Predators les temblarían las canillas, signifique eso lo que signifique, y acabarían andando por la plancha espacial.

Me muevo lentamente, intentando que no se fije en mí. Al pasar por una de las mesas, cojo un huevo relleno.

Por detrás del hurón, Lucius también se está acercando subrepticiamente, pero sin llevar ningún cebo.

Cuando estoy a unos tres metros, el hurón me mira directamente con una expresión traviesa en los ojos.

—Hola, bolita de pelo. —Dejo el huevo entre él y yo—. Ven a buscar este jugoso botín.

A los piratas les gusta tener su botín, ¿verdad?

Espera, ¿por qué hay gente mirándome el culo?

Es igual. La buena noticia es que la idea del cebo funciona. Barbanegra corre hacia el huevo, mirándome con cautela de vez en cuando. De lo que no se da cuenta el pobre hurón es de que yo soy solo una distracción.

Justo cuando se está engullendo el huevo, Lucius le agarra desde atrás.

—Es hora de llevar a este a casa —dice Lucius, sujetando a su amiguito con suavidad pero con firmeza.

Yo les sigo a los dos hasta la limusina.

Una vez dentro, Lucius me pregunta:

—¿Te importa si le llevo a él a casa primero?

—Por supuesto que no —le respondo—. ¿Me dejas cogerlo?

Lucius rasca a Barbanegra de tal forma que me pongo celosa.

—¿Te importa esperar hasta que lleguemos al invernadero? Está a prueba de hurones... o eso es lo que yo creía.

Mis labios pintados de rojo dibujan una sonrisa.

—¿Cómo crees que se ha escapado?

Lucius hace un gesto con los hombros, indicando que no tiene ni idea.

—He estado jugando con ellos antes de salir. Así que, ¿puede que se haya metido en el bolsillo de mi chaqueta?

Yo toco mi precioso collar.

—¿No llevabas contigo la bolsita de Tiffany's?

Él le lanza a Barbanegra una mirada de admiración.

—Tienes razón. Debe de haberse colado dentro de

esa bolsa y luego se habrá escondido en algún rincón de este coche.

Suelto una risita.

—Eso es algo que tiene de bueno mi cactus. No se mueve del sitio.

Lucius acaricia la piel de su hurón con un ligero gesto de exasperación.

—Sin embargo, no es tan agradable al tacto, tu cactus.

—Pero es capaz de producir oxígeno vital, así que compensa.

Lucius no parece convencido, pero por suerte, cambia de tema.

—¿Quieres seguir jugando al juego de conocernos mejor?

Suspiro.

—Claro. ¿Cuál era la siguiente pregunta en esa lista tan genial que habías preparado?

Mientras sujeta al hurón con una mano, saca su móvil con la otra y le echa un rápido vistazo.

—¿Prefieres tener globos de fiesta o payasos?

Me quedo esperando el final del chiste, pero no llega. Hasta el hurón se ha quedado con cara de:

«¿Y eso que relevancia tiene?»

Yo suelto un suspiro.

—Globos, supongo. Los payasos dan miedo.

—Ahora sí, pero no lo hacían a lo largo de la historia... que es muy larga. Hasta en la antigua Roma había *stupidus,* una especie de payasos. Apuesto a que fueron el asesino payaso John Wayne Gacy y

Pennywise de *It* los que hicieron que los payasos dieran miedo. Tal vez el Joker también.

Lo pienso un momento.

—No. También me asustaban los payasos de niña... sin tener ningún conocimiento de asesinos en serie ni de payasos malvados de la ficción. Pienso que era por esos trajes y maquillajes tan raros que llevan.

Lucius se acerca a Barbanegra a la cara y frota su mejilla sombreada por una barba incipiente contra la piel del hurón.

—¿Qué querías preguntarme tú?

Me lo quedo mirando, boquiabierta. ¿Estoy alucinando, o esta es la cosa menos gilipollas que he visto hacer a ningún hombre jamás? Quiero decir, que en cuanto al grado de ser mono, esto está a la par con acunar a un bebé, y Lucius debe de hacerlo con frecuencia, porque a Barbanegra parece gustarle. El hurón cierra los ojos con evidente placer. Si fuese un gato, apuesto a que ronronearía.

Esto no es lo que me habría esperado de Lucius. En absoluto.

Controlo mis revueltos pensamientos.

—¿Cuál es tu película favorita?

Él resopla.

—¿En qué es mejor esta pregunta que las otras de la lista de las que has estado quejándote?

Ah, el Lucius gilipollas ha regresado... o tal vez nunca se haya ido.

—Apuesto que por tu respuesta podré averiguar muchas cosas de ti.

—De acuerdo —dice él—. Es *Gladiator*. ¿Qué es lo que te dice eso?

Yo sonrío.

—Que tenemos algo en común. Me encanta esa película. También me dice que piensas que Russell Crowe está bueno. ¿Verdad?

¿Ha sido eso un atisbo de sonrisa?

—No —dice Lucius—. Pero sí que hizo una gran actuación, y la película es la mejor de todas las que he visto ambientadas en Roma.

¡Bingo! Un resumen de sus otras respuestas revolotea por mi cerebro, junto con lo de esos estúpidos botones del ascensor.

—*De verdad* te va la antigua Roma, ¿eh?

—Y a ti te van de verdad los cactus. ¿Y qué?

Yo le saco la lengua, un gesto que el hurón imita al instante antes de ir un paso más allá y lamer la mejilla de Lucius.

—Eso solo te demuestra cuánto he averiguado sobre ti gracias a esa única pregunta.

Lucius emplea el hombro para secarse la saliva del hurón de la cara.

—Tú ganas. Les preguntaré a mis futuras citas sobre su película favorita. ¿Contenta?

No. En absoluto. Odio la idea de que tenga futuras citas... con otra gente, es decir.

—¿Por qué Roma? —pregunto, ansiosa por enmascarar mi reacción irracional.

Él acuna al hurón contra su pecho como si la criaturita fuese un bebé.

—Mi madre me llevó allí en una época en la que a ella le iba ese rollo. Para ella, resultó ser solo otra de sus fases. A mí se me quedó como una fijación.

Parece haber algo aquí que no está mencionando, especialmente teniendo en cuenta esa otra insinuación de que su madre tuvo un rollo de una noche con uno de los integrantes de Metallica.

—¿Tenéis tu madre y tú una buena relación? —pregunto suavemente.

Sus labios se tensan.

—Ya no.

—¿Ah, no? —es todo lo que me puedo permitir responder.

Sus ojos del color del acero se endurecen.

—Ella me abandonó para irse a recorrer el mundo cuando yo tenía ocho años. Ser madre fue solo otra fase para ella. Fue mi abuela la que me crio. Pero ya basta de hablar de mí. ¿Por qué te gustan tanto los cactus?

Tengo la sensación de que será mejor que deje estar el tema de su madre.

—¿Y por qué no deberían gustarme?

—¿Porque si los tocas, te arrepientes?

Tengo algunas palabras poco amables en la punta de la lengua, pero después de lo que acaba de contarme sobre su madre, me las trago.

—Te equivocas. Los cactus son geniales. Son resistentes. Prosperan allá donde otras plantas ni siquiera osarían brotar. Hay más en ellos de lo que parece. Es posible que veas solo unos centímetros de cactus sobresaliendo del suelo, pero sus raíces pueden medir más de dos metros de profundidad. A pesar de sus espinas, en las condiciones adecuadas, los cactus tienen las más hermosas de las flores. Y ellos...

La limusina se detiene delante de las altas puertas de hierro forjado de una verja.

—Ya casi estamos en casa —dice Lucius mientras las puertas se abren deslizándose hacia los lados, ofreciéndome un primer vistazo de una mansión extensa que se parece a un museo de arte moderno.

Yo doy un silbido apreciativo.

—¿Robaste los planos del Centro Getty?

Él agarra con más fuerza al repentinamente inquieto Barbanegra.

—Tanto el Centro Getty como la Villa Getty sirvieron de inspiración para mi casa.

Tiene lógica. J. Paul Getty fue un multimillonario del siglo pasado, así que ¿por qué no tenerle como modelo?

La limusina atraviesa el precioso patio de acceso hasta que se detiene cerca de un gran edificio con una cúpula.

—Aquí dentro es —dice Lucius cuando Elijah nos abre la puerta—. Creo que te gustará el invernadero.

Salimos y en cuanto ponemos un pie en la puerta de dicho invernadero, Barbanegra empieza a ladrar... y recibe un coro de ladriditos de respuesta.

Como dos bolas de pelo fugaces, llegan dos hurones más, que se ponen a hacer el tonto.

—¿Estabais preocupados por Barbanegra? —les

pregunta Lucius, dejando la criatura peluda en el suelo con suavidad.

Como respuesta, uno de ellos mordisquea el culo de Barbanegra y el otro el zapato de Lucius. Después los hurones empiezan a perseguirse alegremente entre sí.

—Esos son Calígula y Malfoy —dice Lucius, señalando a cada uno de los animales. Hay una clara nota de orgullo paterno en su voz.

—Unos nombres estupendos. Tienes un pirata, un tirano chiflado y un Slytherin de pura sangre.

Aparte de eso... ¿debería mencionar que el padre de Draco Malfoy se llama Lucius?

Noo. Estoy segura de que él ya lo sabe.

A Lucius se le escapa una risita.

—Le he dado vueltas a la idea de tener otro más. Si lo hago, le llamaré Fluffy, o sea, peluchín.

Yo sonrío.

—Y resultará ser el más gamberro de todos.

Los ojos de Lucius se posan en mi cara.

—¿Quieres ir a ver el resto del invernadero?

Sí que quiero, y él me guía por el gigantesco espacio. Hay una cajita de tierra en cada esquina... supongo que para los hurones. Personalmente, estoy más intrigada por la auténtica cornucopia de especies vegetales como kalanchoes, peperomias, sansevieras y cintas, orquídeas mariposa... y la lista sigue y sigue.

Cuando volvemos a la entrada, Lucius me dice:

—Si esto te ha gustado, hay algo que tienes que ver en los jardines exteriores.

¿También tiene jardines? Combato el impulso de ponerme a dar saltitos.

—Sí, por favor.

Primero me deja salir y luego cierra la puerta con cuidado, asegurándose de que los hurones se quedan dentro.

Le sigo a lo largo de hileras de flores de la pluma, gayuberas y malvas hasta que llegamos a nuestro destino.

Es un jardín de cactus.

Me quedo boquiabierta de admiración.

Majestuosos cactus barril dorados. Magníficas opuntias. Preciosos astrophytum asterias. Y la lista sigue y sigue.

—Pero miraos, preciosas criaturas —canturreo acercándome a cada uno de ellos, olvidándome por un instante de dónde estoy.

Lucius me va siguiendo.

—¿Entonces no solo les pones Metallica a los cactus? ¿También charlas con ellos?

—Sí, eso hago. ¿Tienes algún problema al respecto?

Él me mira con rostro serio.

—Creo que es una monada.

Algo revolotea en mi estómago, como una flor de cactus polinizada por un colibrí.

Me humedezco los labios resecos.

—¿Esta esto también inspirado por el Centro Getty?

Él ladea la cabeza.

—¿Cómo?

Yo le miro, pestañeando.

—¿Nunca has visto su jardín de cactus? Es el sitio más bonito de todo Los Ángeles. —Me vuelvo hacia sus cactus—. O al menos el segundo más bonito.

Él estudia sus cactus como si fuese la primera vez que los viera.

—Creo que contrataré al diseñador de jardines que empleé para mi casa para que me ayude con Novus Roma.

Aparto con reluctancia la vista de esos seres majestuosos que son sus cactus.

—¿Novus Roma?

Sus ojos se agrandan.

—¿Es que no te he hablado de Novus Roma?

—No.

—Venga, déjame que te haga un tour, y te lo contaré.

Y eso es lo que hace, y por lo que puedo entender, Novus Roma será una ciudad inteligente y futurista construida y gestionada exactamente de acuerdo con las meticulosas especificaciones de Lucius. No me explica por qué quiere hacer eso, pero imagino que será porque este es el mayor subidón de poder que se pueda tener. Siempre he sospechado que una vez eres lo bastante rico, empiezas a desear jugar a ser Dios.

Durante su explicación, también recorro lo que Lucius llama su hogar: una ridícula exhibición de poder construida en cemento y cristal. Cada habitación tiene una inscripción en latín, que Lucius me va traduciendo como Solárium, Atrio, etcétera, etcétera. Como era de esperar, hay muchas Galerías, dedicadas a todo lo que tenga que ver con Roma. Me recuerdan a las alas que tendría un museo de historia natural. La que es ligeramente más interesante es la Habitación de Metallica, donde Lucius exhibe parafernalia perteneciente a la banda, la mayoría firmada. Con cada pregunta que le hago sobre ella, resulta que el artículo en cuestión fue comprado en alguna subasta por un precio realmente obsceno.

Deja de hablar cuando llegamos a unas enormes puertas con una palabra grabada en una de ellas, que mi cerebro percibe como: «Cumbilubecube». Lucius la lee como *Cubiculum*, lo que tampoco tiene demasiado sentido para mí, pero en fin.

—¿Dónde vas a construir Novus Roma? —pregunto—. ¿En alguna isla desierta?

Él se detiene para mirarme.

—En una península. Puede que hayas oído hablar de ese sitio. Lo llaman Florida.

Yo suelto un resoplido.

—¿Donde las naranjas y el sol?

—Justo ese. Estoy comprando un terreno de proporciones épicas no lejos de Gainesville.

—¡Qué extraña coincidencia! Acabo de solicitar plaza en la Universidad de Florida, que está en Gainesville.

Me dedica una leve sonrisa.

—Doble coincidencia, entonces —mañana vuelo allí.

—¿Ah, sí? —Me cuesta lograr que mi voz no demuestre la envidia que siento.

Sus ojos chispean.

—¿Por qué no te unes a mí?

Yo le miro, pestañeando.

—¿Ir contigo a un viaje de negocios?

—¿Por qué no?

—Porque no tengo billete de avión, para empezar.

Él hace un gesto con la mano, quitándole importancia.

—Volaríamos en mi jet privado.

Por supuesto que tiene un jet privado. Viene con la mansión.

—No quiero estorbar. —Es difícil hacer que eso parezca sincero porque absolutamente, totalmente me encantaría volar en un jet privado para ir a echarle un vistazo al campus de la UF.

—No estarías estorbando —me dice él—. Nos daría ocasión de conocernos mejor. Pocas veces hago algo productivo mientras vuelo, así que me cuadraría perfectamente.

—Entonces... yo sería tu entretenimiento durante el vuelo. —Mierda. ¿Ha sonado eso a algo guarro?

Él me mira con una extraña expresión.

—¿Es eso un sí?

—Claro. —Yo me aclaro la garganta, que de repente se me ha quedado seca—. ¿Seguimos con la visita? —Señalo con la cabeza hacia el Cubiculum.

—No estoy seguro de que sea apropiado que entremos ahí —me dice, frunciendo el ceño—. Ese es mi dormitorio.

—Vaya, vaya. —Me agarro el collar de diamantes con gesto teatral—. ¿Y sin carabina? Impensable.

El gruñe algo entre dientes y luego señala hacia otra habitación que todavía no hemos visitado.

—¿Y si vamos al Estudio?

—Claro. ¿Qué viene después? ¿La Bodega? ¿O el Gran Salón? ¿La Cámara Acorazada, quizás?

—Si te apetece… —me dice él sin mutar el gesto—. No soy ningún experto en vinos, así que mi bodega es bastante pequeña.

Sí, claro. Probablemente sea más grande que todo mi apartamento.

Y cuando entramos en el estudio, me doy cuenta de que debe de tratarse de la estancia menos pretenciosa de todo el edificio. Veo un sofá, una librería, una bonita alfombra y una columna sobre la que reposa un bonito jarrón con unos cameos de cristal incrustados, probablemente de la antigua Roma. Parece ser la única cosa la leche de cara del cuarto… a menos que todos los libros sean primeras ediciones firmadas por sus autores. O que las patas del sofá estén hechas de diamantes. O que la alfombra esté tejida con hilo de oro, y luego pintada encima.

Yo miro a mi alrededor, y frunzo el ceño con intención.

—¿Dónde está la habitación de la piscina?

Él frunce el ceño.

—Ya has visto la piscina.

—No, esa llena de oro en la que sueles nadar. Ya sabes, como el Tío Gilito.

Él da un paso hacia mí, con un brillo en los ojos que puede ser travieso o por la risa.

—¿Sabías que Calígula, la figura histórica, no mi hurón, solía hacer algo así? Echaba oro al suelo y se metía descalzo o andaba sobre él. —Mira mis pies al decir eso, y si la idea es evocar a esa figura histórica famosa por su libido insaciable, él lo hace inquietantemente bien.

Con mi respiración acelerándose, doy un paso atrás... y tropiezo con el borde de la alfombra.

¡Mierda!

Muevo los brazos en el aire, intentando agarrarme a algo que frene mi caída. Mi mano golpea el jarrón y lo manda volando por los aires, pero eso no sirve de nada para detener la inevitable colisión de mi trasero contra el suelo.

Salvo que no es tan inevitable.

Justo antes de que mi coxis bese el duro mármol, unas fuertes manos me atrapan, y me encuentro mirando al rostro preocupado de Lucius, mientras el ruidoso estruendo de algo que se rompe alcanza mis oídos.

Oh, mierda. El jarrón.

A juzgar por el ruido, se habrá hecho añicos.

—Te tengo —murmura Lucius, con evidente alivio en la voz.

—Pero no al jarrón —exclamo sin aliento, rodeando su fuerte cuello con las manos. Hablar mientras estoy entre sus brazos me resulta sorprendentemente difícil, especialmente porque me está sujetando en una postura semi horizontal, como si me estuviese inclinando para atrás en medio de un tango.

—No te preocupes por eso —dice, sin titubear un segundo. Por alguna razón, no parece tener prisa en incorporarme del todo y soltarme.

Yo me humedezco los labios.

—Pero... ¿era caro?

Sus ojos metálicos no dejan de mirar los míos, con un brillo hipnótico.

—No tenía precio.

Glub. No estoy segura de si es por el tropezón o por la culpabilidad, pero me siento un poco como flotando. ¿Estaré a punto de desmayarme?

—¿Estás bien? —me pregunta, sin duda porque mi cuerpo se ha quedado inerte en sus brazos.

Le miro mientras intento pensar en alguna respuesta. Por un lado, la sensación de su brazo musculoso sosteniendo mi espalda es alucinante. Por el otro, me siento fatal por el antiguo artefacto que me he cargado... aun cuando a él no parezca importarle. Como no puedo fiarme de no ponerme a balbucear, le respondo con la versión abreviada, un entrecortado:

—Estoy bien.

Por fin él me coloca en posición vertical y me hago súper consciente de la trayectoria de nuestros labios. Específicamente, de las pequeñas correcciones que necesito hacer para colocarlos en trayectoria de colisión. Solo están a unos centímetros. Tres centímetros ahora, dos, uno... despegando.

Por el saguaro de las galaxias, la NASA estaría orgullosa de mí.

Igual que un transbordador acoplándose a una estación espacial, nuestros labios se conectan. El calor me recorre como una llamarada solar y nuestras lenguas bailan igual que un planeta y su luna. Si las bocas fuesen capaces de ver, la mía estaría dichosamente admirando estrellas, nebulosas y galaxias lejanas. Las endorfinas estallan en mi cerebro como supernovas, y siento una humedad entre mis piernas... perdón... algo en estado líquido en el espacio.

Me arqueo contra él y una cosa dura se aprieta contra mi estómago.

Su erección.

Oh, mierda. ¿Qué estamos haciendo?

Suelto su cuello y trastabillo hacia atrás... y es un milagro que al final no termine sentada sobre mi trasero después de todo. O que no rompa alguna otra reliquia de valor incalculable.

Jadeante, me llevo la mano a los labios, mirándole fijamente.

—Lo... lo siento.

El borde de sus pómulos está teñido de un tono oscuro, y su respiración parece igualmente entrecortada. Entonces, delante de mis ojos, una máscara de severidad se apodera de sus rasgos.

—Yo te he besado *a ti* —dice secamente—. ¿No debería ser yo quien se disculpase?

¿En serio? Creía que era yo la que le había besado. Da igual. Sea quien sea el que haya empezado, la cosa es que nos lanzamos a hacerlo con un entusiasmo que quebranta cada una de las reglas que habíamos establecido.

—Creo que debería irme. —Miro a mi alrededor estúpidamente, como si una salida de la mansión fuese a materializarse mágicamente en esta misma estancia.

—Entendido. —Toca una campana colgada de una pared.

Yo pestañeo cuando Elijah aparece casi al instante. Al parecer, abrir puertas de limusina es solo una de sus habilidades míticas de mayordomo.

—Lleva a Juno a su casa —le ordena Lucius con tono imperioso.

Elijah hace un breve gesto de asentimiento y me indica que vaya hacia la puerta.

Yo le sigo, con pasos como los de un zombi, y solo cuando llego a la limusina me doy cuenta de que no le he dicho adiós a Lucius.

Él tampoco se ha despedido de mí, aunque en su defensa, si eso puede llamarse defensa, él es un cabrón maleducado.

Cuando el coche empieza a moverse, la enorme trascendencia de lo que acaba de ocurrir me embiste igual que un toro a un torero novato.

Lucius y yo nos hemos besado.

Y me ha gustado.

Más que eso.

Pero a él no. ¿O sí? Había una erección...

¿Pero por qué echarme?

¿Me ha echado?

Sea como sea, ¿en que estaría yo pensando? Evidentemente, no lo estaba haciendo. Eso es lo que pasa cuando permites que tus ovarios ocupen el lugar de tu cerebro. ¿Estará nuestro trato anulado? ¿Lo habré estropeado todo?

Estas preguntas revolotean como un enjambre por mis neuronas todo el camino de vuelta y mientras me preparo para meterme en la cama, pero acabo con cero respuestas.

No es hasta que me empiezo a quedar dormida cuando una pregunta más asciende a la superficie.

¿Todavía voy a ir mañana a Florida?

Capítulo 20

Lucius

En cuanto Juno se marcha, me entran ganas de pegarme un puñetazo en la polla... la culpable de este fiasco.

Mmm. Una variación de eso podría no ser la peor de las ideas. Doy un portazo y cierro con llave la puerta de mi dormitorio antes hacerme un trabajito manual, ansioso por liberar mi energía sexual antes de que algo estalle en mis pelotas.

Después, mientras limpio, etiqueto lo que ha pasado como lo que es: mi peor derrota frente a la biología hasta el momento. Y no es culpa de Juno... ella no puede evitar estar así de buena. Pero ha sido *mi* estúpida idea hacer que se vistiera así y encima que se maquillara, como si quisiera desafiar mi autocontrol.

Bueno, he fracasado de la hostia. Ahora probablemente ella se eche atrás en todo esto del fartlek antes incluso de que tenga ocasión de pasearla delante de Nana.

Tal vez sea lo mejor. Aun así, hay una parte de mí que está decepcionada porque ella salga de mi vida... una parte que es palpable, no hay duda.

Como siempre hago, tomo una decisión en un segundo.

No la llamaré ni escribiré para saber cómo estamos. Mañana por la mañana, enviaré a Elijah a buscarla con el coche, como si no hubiese pasado nada. Si ella se niega a venir, ya pensaré en otra solución.

Con eso, vuelvo a rendirme una vez más a la biología, desperdiciando un tiempo de sueño potencialmente productivo.

Estoy al portátil dentro de mi jet aparcado cuando me llega un mensaje de Elijah.

Ella ha subido al coche.

La oleada de alivio es ilógica, pero no quiero examinarla con demasiado detalle... opto por centrarme en el trabajo en su lugar, ya que en cuanto los motores empiecen a rugir, me costará concentrarme, ni siquiera con auriculares de los que aíslan el ruido. Sin mencionar que la llegada de Juno podría también hacer mella en mi concentración.

Diablos, si ni siquiera está aquí todavía y ya lo está haciendo.

Alguien se aclara la garganta.

Levanto la vista del portátil.

Pues sí.

Aquí está.

Juno.

Lleva ropa mucho más informal hoy: unos vaqueros, una camiseta y sandalias. Pero aun así, de alguna manera, consigue estar sexi.

De una forma perturbadora.

—Hola. —Yo cierro el portátil... una gentileza que le he mostrado a unas pocas personas selectas.

Ella se pone con los brazos en jarras.

—¿Eso es todo lo que tienes que decirme?

Yo guardo el portátil debajo de mi asiento.

—Hola... ¿Cómo estás?

Sus ojos color miel echan chispas, afiladas como aguijones de abejas.

—¿Así es cómo quieres que sea la cosa? —Ella me sonríe melosa, y con una voz que me recuerda a la forma en que habla con las plantas, me dice—: Estoy genial, querido. ¿Cómo estás tú?

Suspiro.

—¿Va esto de lo que pasó ayer?

—¿Oh? —pregunta con el mismo tono almibarado.

—. ¿Qué pasó ayer?

—Estábamos practicando nuestros papeles. Obviamente. —Eso es. Una salida perfecta.

Ella me mira fijamente un par de segundos y no podría decir si se siente aliviada o disgustada. Eidith sería capaz de distinguir eso, pero a mí me está costando. Preguntaría, pero hasta yo sé que es mejor no decir algunas cosas en voz alta.

Al final, Juno pestañea, rompiendo el contacto visual, y pregunta con su voz normal:

—¿Dónde me siento?

Capítulo 21

Juno

LUCIUS ME INDICA el amplio asiento enfrente del suyo, así que voy para allí.

Esta mañana ha sido toda una montaña rusa emocional. Todavía no puedo creerme que haya enviado a su mayordomo a buscarme como si no nada hubiese ocurrido. Pero supongo que es lógico que él considere que lo que pasó ayer fue algún tipo de prácticas de hacer demostraciones públicas de afecto.

Por las espinas de saguaro, nunca me había sentido tan dividida. Debería estar aliviada de que ese beso no fuese nada, pero no puedo evitar un sentimiento irracional de decepción. Debía de estar deseando que fuese real. O al menos una parte muy loca de mí lo deseaba.

Me dejo caer torpemente en el asiento de cuero, y es mullido como una nube. Ignoro a Lucius por ahora, y escaneo el lujoso interior del jet.

Maldita sea.

Habiendo pasado por las secciones de primera clase de los aviones normales, sí que tengo punto de comparación con esto, y sería lo mismo que comparar un hotel de cinco estrellas con una chabola infestada de ratas.

—Si quieres un masaje, pulsa este botón. —Lucius señala uno que tiene junto a su codo.

Intrigada, lo hago.

Mi sillón cobra vida. Me tumba hacia atrás, y los reposabrazos y reposapiés se abren como tres caimanes hambrientos.

—Si quieres masajes en los brazos o en los pies, métlos en los huecos correspondientes que tienes ahí —me explica Lucius.

Cuando menciona el masaje de pies, yo me sonrojo. ¿Se acordará de lo que le dije sobre eso? Probablemente... yo también le recuerdo a él diciendo que le gusta darlos.

¿Qué más da? Para saciar mi curiosidad, meto los brazos en las secciones para los brazos, y después, después de un ligero titubeo, me quito las sandalias de dos patadas y meto los pies en la parte de abajo.

Mmm. ¿Se ha detenido la mirada de Lucius en mis pies un segundo de más? En caso afirmativo, ¿por qué? ¿Se suponía que tenía que venir con calcetines? ¿O tendrá relación con todo eso de los masajes de pies que...?

¡Guau! El masaje empieza, y es alucinante. Tal vez demasiado alucinante... casi se me escapa un gemido de los labios.

—¿Cómo apago esto? —pregunto, con tono urgente.

Lucius salta de su asiento y pulsa algo en mi mando, haciendo que la silla recupere su posición normal.

—¿Estás bien? —me pregunta, inclinándose sobre mí con rostro preocupado.

Yo vuelvo a ponerme las sandalias.

—Ha sido un poco demasiado intenso. No creo ser capaz de mantener una conversación y usar este sillón al mismo tiempo.

Él vuelve a su asiento.

—Entonces... ¿todavía quieres charlar?

Yo pongo los ojos en blanco.

—Aunque eso suponga escuchar más de tus estúpidas «preguntas para conocernos el uno al otro».

Él saca su móvil y mira la pantalla.

—En ese caso, si pudieses librarte por arte de magia de una de tus funciones corporales, ¿cuál elegirías?

—¿En serio?

Él se guarda el móvil.

—¿Por qué no tendría que serlo?

—Porque normalmente las funciones corporales no forman parte de una conversación educada, aparte de para hacer chistes. A menos que la diarrea mental sea una función corporal, porque creo que quien sea que haya creado estas preguntas debía de estar sufriendo una. —Lo que he dejado sin decir es que Lucius también debía de estar sufriendo una diarrea mental cuando decidió elegir estas preguntas.

Él se frota las sienes.

—La respuesta correcta es apropiada para las conversaciones educadas.

¿Es poner los ojos en blanco una función corporal? Porque ahora mismo me vuelve a ocurrir.

—¿Y cuál es la respuesta correcta? ¿Sudar?

—Dormir.

Mis cejas se elevan a toda velocidad... una función corporal de la que puedes librarte con bótox en vez de con magia.

—¿Es dormir una función corporal?

—Una esencial —dice él—. Pero como estamos hablando de la intervención de la magia, en ese escenario, si dejaras de hacerlo, no afectaría a tu salud. Dormir sería la cosa de la que habría que librarse porque ocupa la friolera de un tercio de nuestras vidas.

¿Tal vez sea justo un masaje lo que necesitaría ahora para mantener la calma mientras hablo con él?

—Se supone que las preguntas para conocer a otra persona deben ser de respuesta abierta —le digo—. Si hay respuestas correctas o incorrectas, se trata de un test.

—Entonces, pregúntame tú algo —replica él.

—Claro. ¿Para empezar, por qué querrías librarte de una función corporal?

Él se frota la barbilla.

—Esa es una buena pregunta. Supongo que es por lo mucho que me desagrada mi naturaleza biológica.

Lo miro boquiabierta.

—¿En contraposición a qué, a la metafísica?

Él dice que no con un gesto de su cabeza.

—Una de las cosas que estoy deseando que llegue en el futuro es poder descargar el contenido de mi cerebro en una estructura más resistente, y luego vivir dentro de un cuerpo mucho mejor diseñado que este saco de carne. —Baja la mirada hacia sí mismo con desaprobación.

¿Debería asegurarle que el saco de carne en cuestión es en realidad muy atractivo? ¿Y que lo que sí que le iría bien mejorar sería el cerebro que lleva dentro? Al menos en lo referente a las áreas que se encargan de las habilidades sociales.

Noo.

En vez de intentarlo, pregunto:

—Entonces... ¿te gustaría ser un robot?

—O al menos un ciborg —afirma él, con rostro impenetrable.

—¿Y estás seguro de que no eres ya un robot?

Eso explicaría muchas cosas.

Él resopla.

—Si fuese un robot, mi estructura de titanio haría que tus comentarios me resbalasen por completo.

No puedo evitar resoplar también.

—Si asumimos que convertirse en un robot, o en un ciborg, es una buena idea, que no lo es, ¿no estaría la tecnología actual aún muy lejos de llegar a eso?

Él dice que no con un gesto.

—Eso es lo que cree mucha gente, pero yo creo que está a la vuelta de la esquina. Nana ya es un ciborg, porque tiene un implante coclear. Y si desarrollase retinitis pigmentosa severa, podría conseguirle unos ojos biónicos, que ya lleva mucha gente.

¡Guau! ¿Ya existen los ojos biónicos? No me había enterado.

—Entiendo por qué alguien se pondría un aparatejo de esos para poder recuperar alguna función, pero tú estás pensando en mandar alegremente a la mierda todo tu cuerpo. —Le sonrío—. Y si fueses un robot, se acabaron tanto las mierdas como las risas...

¿Acaba de poner los ojos en blanco?

—No me digas que eres una de esas que opina que el cuerpo humano es perfecto tal y como es.

—Diría que los cuerpos de *algunas* personas son perfectos. —Mis traicioneros ojos no biónicos no pueden evitar darle un repasito rápido a su figura alta y musculosa.

—¿Qué hay de la garganta? —me pregunta.

Miro su soberbiamente masculina nuez, confusa... y con un ligero toque de lujuria.

—¿Qué pasa con eso?

—La comida y el aire van las dos por una única vía —dice con desdén—. ¿Sabes cuánta gente se atraganta? ¿Cuantos bebés? Y no me hagas empezar a hablarte de lo fácil que es romper un cuello, y de lo irreparable que es el daño resultante de eso.

¿Romper un cuello? Espero que él no me haga justo eso por preguntarle:

—¿Tendrá tu cuerpo de robot un agujero para respirar, como los de los delfines?

Él se queda impertérrito.

—Asumiendo que el cuerpo requiera oxígeno, tal vez. O tal vez tenga paneles solares y emplee la fotosíntesis.

Ohhh... esa última idea me gusta. Si pudiese hacer la fotosíntesis, sería igual que un cactus.

Me froto la nuca, que de repente se me antoja mucho menos útil.

—Esa es solo una parte del cuerpo. ¿Por qué librarte de las demás?

—Eso es solo el principio. Nuestras rodillas son ridículamente fáciles de dañar. Nuestras papilas gustativas desean cosas que son malas para nuestra salud. Y, a diferencia de la mayoría de los demás animales, nosotros no producimos nutrientes esenciales, como la vitamina C, en nuestros propios cuerpos.

Vaya. Nunca lo había pensado, pero tiene razón. Los ciervos solo comen hierba, pero nunca tienen déficit de proteínas, y tampoco tienen que tomar complejos vitamínicos. Aun así, optar por un cuerpo robótico me parece excesivo.

Luego caigo en la cuenta.

—Es como la ciudad que planeas construir. Estás intentando jugar a ser Dios. Controlarlo *todo*.

Él ladea la cabeza.

—Lo dices como si eso fuese algo malo.

Me resisto al deseo de volver a poner los ojos en blanco.

—No puedo creerme que esté diciendo esto, pero pienso que ya estoy lista para la siguiente pregunta.

—Si alguien malvado te dijera que te iba a obligar a comer solo una clase de alimento, en cada comida, durante un año, ¿qué elegirías?

—Eso suena horrible —le digo y luego me paro a pensar—. Tal vez patatas. Creo que contienen todo lo que necesito para sobrevivir. Al menos, ese era el caso con Matt Damon en *El marciano*.

Lucius sonríe.

—Yo iba a decir que plátanos, pero me gusta más tu respuesta.

Nuestra conversación continúa de esta guisa durante un rato. Descubrimos que él preferiría comerse una guindilla súper picante mientras que yo me inclinaría antes por una colonoscopia. Si él fuese un coche, sería un Tesla, y yo un Citroën Cactus. Y así sucesivamente, incluyendo mi tontería favorita: si tuviésemos que renunciar a nuestra higiene personal para conseguir nuestras metas, ambos lo haríamos.

Pronto llega la hora del brunch, y este resulta ser una comida gourmet preparada por uno de los chefs privados de Lucius.

Sí, chefs, en plural.

—Si el sabor no era el óptimo, no es por culpa del chef —dice Lucius después de que terminemos—. Hasta con un humidificador, el aire aquí dentro es frío y seco, lo que hace que nuestras papilas gustativas se entumezcan. Otro defecto de la biología, en caso de que estés llevando la cuenta.

Yo inclino mi plato vacío hacia él.

—Si esta es la versión menos sabrosa, tu chef se merece un aumento.

—Le haré llegar tus felicitaciones —dice Lucius—. ¿Tenías alguna pregunta más de esas de conocernos mejor?

Yo me froto el inflado estómago.

—Puede que esté demasiado empachada para eso.

Él suspira.

—Otro defecto de nuestros cuerpos biológicos... casi toda la sangre se utiliza para la digestión, dejándole poca al cerebro.

Bostezo.

—¿Cuándo aterrizaremos?

Él mira por la ventanilla.

—A las dos de la tarde, hora del este.

—¿Qué? ¿Es por la falta de sangre de mi cerebro o es que de verdad eso suena demasiado rápido?

Él sonríe.

—Esto es un prototipo de jet supersónico. El vuelo dura menos de dos horas. El cambio de zona horaria es el único motivo de que estemos llegando por la tarde.

¿Debería de sorprenderme que disponga de los ultimísimos adelantos en alta tecnología? Lo que es una sorpresa es que todavía no haya reemplazado a Elijah por una limusina automatizada sin conductor.

—¿Te importaría que yo me diese un masaje? —me pregunta—. Me gusta hacerlo cuando no puedo salir a pasear después de alguna comida.

Yo le digo que no con la cabeza.

—A mí también me vendría bien uno.

Los dos activamos nuestros sillones, y no puedo evitar sonreír al pensar en que esto es algún tipo de masaje de pareja.

Cuando el sillón empieza a obrar su magia, en combinación con la opípara comida, termino cediendo al placer de esa función corporal que a Lucius tan poco le gusta: el sueño.

———

Cuando me despierto, me lleva un rato volver a la realidad.

Vale, estoy en un jet supersónico y la silla de masaje sigue en marcha, lo que podría explicar por qué me siento como una ameba temblona.

Vaya. Lucius está dormido en su sillón, pero el avión ya no se mueve. ¡Qué agradables! En los aviones normales, te despiertan al aterrizar, pero no en este.

Carraspeo.

Lucius parpadea y abre los ojos.

—Creo que ya hemos llegado. —Miro por la ventanilla y veo un campo verde—. Aunque no sé dónde estamos.

—Es un aeropuerto privado —me dice—. Ven, el coche ya nos está esperando.

Sorpresa sorpresa, el coche resulta ser una limusina. Supongo que cuando eres tan rico como Lucius, los demás coches se niegan a llevarte.

—¿Cuál es el itinerario? —pregunto cuando empezamos a movernos.

—Ahora mismo, me dirijo a la reunión para la que he venido —me dice—. Te agradecería que vinieses conmigo.

¿Lo haría?

—¿Para qué me necesitas allí?

Él se encoge de hombros.

—El propietario de los terrenos me dijo que era un hombre de los de antes, así que me imagino que estará más a gusto tratando con un hombre de familia, o al menos, con uno que esté ligado a una hermosa mujer.

Si mi corazón fuese un cactus, florecería aquí y ahora con esa descripción de «hermosa mujer» que ha dejado caer con tanta ligereza.

—Vale —me sorprendo a mí misma diciendo—. Iré contigo.

¡Que saguaro me muerda! ¿Por qué habré dicho eso? Estoy aquí para visitar el campus de la UF, que es lo principal y más importante.

En fin. Supongo que es cierto lo que dicen sobre el poder de los halagos.

———————

La reunión tiene lugar en un imponente edificio de dos plantas rodeado por un jardín impecable. Cuando entramos en la sala de conferencias, me doy cuenta de porqué el propietario se considera a sí mismo como perteneciente a la vieja escuela. Es tan mayor que probablemente nació antes de que se inventaran las escuelas.

—Este es el Sr. Winston —dice Lucius.

—Vuelvo a insistir —dice el Sr. Winston con una sonrisa que acentúa las profundas líneas y arrugas alrededor de sus ojos—. Llámame John.

Lucius asiente.

—Disculpa... John.

—Encantada de conocerte, *John* —le digo—. Mi nombre es Juno.

—Un placer, Juno. —John mira a Lucius—. ¿Estáis casados, chicos?

—Saliendo —dice Lucius.

—¡Ah! —dice John—. Solía hacer eso en mis tiempos. Salí con mi esposa durante toda una semana antes de que atásemos el lazo.

¿Una semana? Está claro que cuando tenías que casarte antes de poder acostarte con alguien, las cosas iban deprisa.

—En cualquier caso. —John toma asiento—. Hacéis una bonita pareja.

—Gracias —Lucius y yo decimos al unísono y luego nos sentamos también.

—¿Qué tal si nos ponemos manos a la obra? —dice Lucius, sacando una carpeta con varios papeles.

Se lanzan a una discusión sobre estudios topográficos y desarrollo urbanístico de la que me desconecto casi del todo, hasta que una pregunta de John me hace ser toda oídos.

—¿Tomarás alguna medida para conservar las especies de plantas locales? —pregunta.

—Conservar las plantas —repite Lucius, frunciendo el ceño—. No estoy...

—Cariño, ¿te importa que entre yo en este punto? —pregunto. Puede que no sepa mucho de negocios, pero de plantas sí que sé.

Lucius me hace un gesto con la palma de la mano para que proceda.

—Por favor.

Debe de ser la primera vez que le oigo decir por favor, y el hecho de que confíe lo suficiente en mí para dejarme hablar en esta importante reunión de negocios me hace sentir cosas que no debería estar sintiendo.

—No estoy segura de si eres consciente de esto, pero actualmente, el paisajismo urbano ya se sirve de unas ochenta especies nativas diferentes, lo que significa que estas pueden ser rescatadas con facilidad durante la fase de desarrollo.

—¿Ah, sí? —La uniceja blanca de John, parecida a una oruga, se menea en su frente.

Lucius asiente, como si ese hubiese sido el plan desde el principio.

—Sí, y así también se ahorra en costes de paisajismo. —Me dedica una mirada de aprobación.

Animada, prosigo.

—De hecho, podríamos construir un invernadero en el mismo sitio para guardar las plantas rescatadas. Lo que no se utilice para Novus Roma podría venderse a otros constructores.

—Fascinante —dice John—. ¿Me puedes dar algunos ejemplos de esas plantas?

Yo saco mi móvil y hago una búsqueda.

—Esto es un arce rojo. —Les muestro la foto a los dos.

—Lo reconozco —dice John—. Esos irían bien como plantas de sombra.

Yo asiento.

—Así es, y los pájaros y los insectos polinizadores nos lo agradecerían también. —Muestro la siguiente imagen—. Esto es acebo americano. Podría proporcionar privacidad. —Busco otro más—. El arbusto de arándano podría darnos unos bonitos setos.

Antes de que pueda buscar algo de la familia de los cactus, John dice:

—Muchísimas gracias. Me has dejado más tranquilo. —Vuelve la vista hacia Lucius—. Estoy listo para cerrar el trato.

Capítulo 22

Lucius

SENTADOS el uno frente al otro en la limusina, observo a Juno.

Su ayuda durante la reunión ha sido asombrosa. Me pilló desprevenido, aunque no debería de haberlo hecho. Tiene una mente muy aguda y un obvio amor por las plantas. En mi defensa, tal vez ni un botánico titulado podría haber salido con datos sobre la flora nativa de Florida con tanta facilidad.

—¿Estás segura sobre lo de sacarte ese título de Botánica? —pregunto mientras arranca la limusina.

—¿Por qué? —Ella parece susceptible de repente—. ¿No crees que sea capaz de sacármelo?

Joder. ¿La he cagado?

—Yo considero los títulos como un medio para un fin —digo con cautela—. Normalmente, ese fin es tener algo que poner en tu currículum. Así que lo que quería decir era: ¿estás segura de que necesitas aprender más sobre plantas para tener el trabajo de tus

184

sueños? Basándome en lo que acabas de hacer en la reunión, podrías saltarte eso e ir directa al siguiente paso.

En un segundo, sus ojos semicerrados se agrandan al tamaño de monedas.

—¿Era eso algún tipo de cumplido?

Me resisto al impulso de soltar un gruñido de frustración.

—¿Es que no ha quedado claro?

Ella se muerde el labio.

—No exactamente, pero gracias. Respondiendo a tu pregunta, no siento que sepa todo lo que hay que saber sobre las plantas. Dudo que jamás lo sienta. La mayoría de los trabajos que quiero necesitan de un título, ni siquiera me llamarían para una entrevista sin uno. Además —su barbilla desciende hacia su pecho—, quiero terminar la universidad solo para demostrar que puedo.

—Eso es una estupidez —le digo, y luego veo su ceño fruncido. Está claro que he vuelto a meter la pata. Rápidamente, añado—: Es obvio que puedes.

La expresión radiante de su cara toca algo en lo más dentro de mí que preferiría que se quedase allí enterrado.

—¿De verdad lo crees?

Yo asiento.

Ella mira al suelo de la limusina.

—Yo no estoy tan segura.

—¿Por qué?

Ella suspira.

—¿El dosier que me hiciste no mencionaba la dislexia?

—No —respondo—. Pero, ¿y qué? Albert Einstein era disléxico. Igual que Steve Jobs. Y Henry Ford. También Walt Disney. Es una lista larga e interesante y todos ellos llegaron lejos en la vida antes de que existiera la tecnología de pasar el texto escrito a voz. —Le cojo la mano y le doy un suave apretón—. No me cabe ninguna duda de que alguien tan decidida e inteligente como tú terminará la universidad con *summa cum laude*.

Ella me dedica una gran sonrisa.

—Espero que tengas razón.

—Sé que la tengo. —Le suelto la mano a regañadientes.

Ella me mira con una expresión extraña... una que me recuerda al beso que he estado intentando quitarme de la cabeza.

—¿Adónde vamos?

—Es una sorpresa —le digo.

Se le corta el aliento, lo que me hace darme cuenta de que le estaba mirando el pecho.

—¿Una sorpresa?

Me obligo a levantar los ojos.

—Una sorpresa es un acontecimiento en el que no sabes de antemano lo que va a ocurrir.

—Ah. Entonces, ¿un ejemplo de eso sería un minuto entero en el que tú no fueses gilipollas?

Suspiro.

—Vamos al Museo de Historia Natural de Florida.

Sus ojos se iluminan, como un tarro de miel golpeado por un rayo de sol.

—¿No está eso dentro del campus de la Universidad de Florida?

No puedo resistirme a lucir una sonrisa de suficiencia.

—Me he imaginado que te gustaría.

—¡Me encantaría! ¿Podremos dar una vuelta por el campus cuando estemos allí?

—Por supuesto. —Creo que sería capaz de darme una vuelta por las alcantarillas si con eso consiguiese mantener esa expresión en su cara.

Espera, ¿qué? Si estuviese solo, ahora mismo le daría un puñetazo a mi estúpido saco de carne... tal vez en la polla, la culpable más plausible de esos pensamientos descarriados.

—Gracias. —Ella vuelve a humedecerse los labios, haciéndolo oficial.

La puta biología me está haciendo desear besarla.

Otra vez.

Capítulo 23

Juno

LUCIUS ME MIRA con una expresión difícil de interpretar.

¿Ya está arrepintiéndose de su amable gesto? ¿O de sus recientes cumplidos? ¿O será esta su cara de estreñido?

—Necesito revisar unos emails de trabajo —me dice, con tono hosco.

—Claro. —¿Habré hecho algo para ofenderle o sencillamente solo estará siendo el gilipollas de siempre?

Saca su móvil, así que yo saco mi CD y pongo mi audiolibro. En algún momento, le pillo mirando mi dispositivo con gesto de burla.

Ah, es verdad. La tecnología ligeramente desfasada le molesta.

Tendría que haberme traído un motor a vapor.

—Esto es maravilloso —le digo cuando entramos en el exuberante espacio expositivo de Mariposas de la Selva Tropical.

El folleto prometía mil mariposas y polillas de más de cincuenta especies, y los insectos voladores no nos decepcionan.

Hasta me he olvidado de que estoy ligeramente mosqueada con Lucius por su brusco giro de ochenta grados en el coche.

—Sí. —Él examina nuestros tranquilos y coloridos alrededores—. Solo por esto valdría la pena haber hecho el viaje hasta Gainesville.

Estiro la mano para tocarle el hombro y entonces me doy cuenta de que no tenemos la clase de relación que haría que tal gesto de familiaridad fuese apropiado.

—Siento que no tengan nada relacionado con la antigua Roma.

—Yo ya sabía que no lo habría. —Se vuelve hacia mí, con un brillo malévolo en los ojos—. Ningún sitio es perfecto.

Su mirada me atrapa. Trago saliva con fuerza y doy un paso atrás antes de hacer alguna locura, como estampar mis labios contra los suyos. Aun así, tengo la voz algo ronca cuando afirmo:

—Si me admiten, creo que vendré aquí sin parar.

—*Cuando* te admitan —dice él, volviéndose para admirar una orquídea particularmente espectacular—. No *si*.

Hay más mariposas en mi estómago que en todo este jardín. Está volviendo a hacer ese giro de ciento ochenta grados, pero esta vez en dirección contraria, y no puedo evitar tragármelo con entusiasmo. Primero, me ha llamado «decidida e inteligente» y ahora está convencido de que me aceptarán. ¿Lo dice en serio? Por otra parte, ¿diría algo así si no fuese en serio? No es realmente del tipo de los que mienten para caer mejor.

En ese momento él me mira y nuestros ojos vuelven a encontrarse. Se me acelera el pulso, y su ritmo se vuelve repentinamente inestable. Puedo ver unos sutiles toques de azul en sus pupilas grises como el acero y se me entrecorta el aliento al tiempo que una inquietante calidez se esparce por todo mi cuerpo. Trago saliva con dificultad y mi mirada desciende hasta sus labios, cuyo severo perfil parece más suave ahora que están ligeramente entreabiertos.

¿Va a volver a besarme? ¿Le dejaré yo que lo haga?

Vuelvo a tragar saliva y me inclino hacia él... solo para dar un respingo cuando unas ruidosas voces estallan de golpe dentro de mi campo auditivo. Sobresaltada, me doy la vuelta y veo un bullicioso grupo de chicos jóvenes que ha entrado en la exposición.

¡Ay! No solo han interrumpido lo que podría haber sido otro beso, sino que huelen a destilería y llevan unas camisetas con lo que parecen ser letras griegas (Alfa, Pi, Epsilon), junto a la foto de un simio.

Hablando de simios, a eso es exactamente a lo que suenan... específicamente a unos chimpancés a punto de ponerse a tirar heces.

—La iniciación —dice Lucius, haciendo que eso suene a insulto.

Como confirmando sus palabras, uno de ellos berrea:

—¡Esta es la iniciación de las orugas!

Pues sí. Todos cogen en sus manos varios puñados de gusanos, los suficientes como para hacer dos exposiciones más de polillas y mariposas.

Yo miro horrorizada como los recién llegados se llenan la boca de bichos, igual que unos pájaros cuco hambrientos.

—¿Están...?

No me molesto en formular el resto de la pregunta porque como uno solo, todos los tíos empiezan a masticar.

Lucius me agarra una mano.

—Salgamos de aquí antes de que empiece la vomitina. —Me arrastra tras él apartando de nuestro camino a los idiotas comeorugas.

Cuando estamos saliendo, empiezan a llegarnos unos sospechosos sonidos de arcadas... demostrando que Lucius tenía razón.

—¿Todavía deseas asistir a esta estupenda institución educativa? —pregunta cuando salimos de las instalaciones del museo.

Yo miro a mi alrededor, a las palmeras y a los espacios verdes impecablemente cuidados.

—Pues sí. Solo me saltaré lo de vivir en plan griego.

—No hace falta que lo digas —dice él—. Pero está

bien. Si todavía quieres estudiar aquí, empecemos con la visita.

Lo hacemos y está muy bien... y no solo porque el campus de la UF es todo un sueño. Para mi sorpresa, la compañía de Lucius es lo que en realidad me hace disfrutarlo, probablemente porque logra el milagro de no decir nada gilipollesco en todo el tiempo, solo pregunta qué clases elegiré cuando me admitan (no estoy segura), y si mi plan es vivir en el campus o no (todavía menos segura).

Cuando le digo que ya me estoy cansando de la visita, él me dice con aire misterioso que hay una cosa más que tengo que ver y me conduce a alguna parte.

Antes de que pueda sentirme demasiado curiosa, volvemos una esquina y veo una manta extendida sobre un espacio con césped, con una gran cesta encima.

¿Un picnic?

—He hecho que Elijah organice esta pequeña sorpresa —dice Lucius—. La comida es cortesía de Caimán Dining Services, el cáterin del campus, por si acaso tienes curiosidad sobre lo que comerás cuando te admitan.

¡Guau! Si no supiese que no puede ser, sospecharía que estaba intentando meterse en mis bragas.

—¿No habrá carne de caimán de verdad ahí, verdad? —pregunto, sentándome en la postura del loto sobre la manta.

Lucius abre la cesta y mira dentro, arrugando ligeramente la nariz.

—Espero que no.

Saco un recipiente de plástico negro y lo examino.

—Parece pasta y pollo.

Él lo abre.

—Huele comestible.

No parece demasiado convencido.

Pongo los ojos en blanco, lo pruebo... y me da una arcada, al mismo tiempo que a Lucius.

—Esta pechuga de pollo sabe a suela de zapatos —le digo después de lograr tragarme el contenido de mi boca.

Lucius escupe la pasta de su boca en el recipiente.

—Hablando de zapatos, esta pasta tiene la misma consistencia de unos cordones. Y el mismo sabor también.

¿Alguien de por aquí está demasiado mimado por su chef personal? Le doy un mordisquito a la pasta... y apenas consigo tragármelo. O yo también me he vuelto pija, o esta pasta es a otras pastas lo mismo que Hitler fue para el resto de la humanidad.

—¿Tal vez esos cabezahuecas se hayan comido las orugas porque eran mejores que la comida de la cafetería? —pregunto.

Lucius saca su móvil y escribe un mensaje rápido. Luego me dice:

—Esto es vergonzoso. ¿Por qué no te llevo a donde nos alojamos? Acabo de pedirle a Elijah que se asegure de que allí nos esté esperando una comida *decente*. — Con tono más severo, añade—: La cocinarán mis chefs y Elijah la probará, en persona.

Mis cejas se arquean involuntariamente.

—¿Dónde *nos* alojamos?

Él mete su cajita de plástico en la cesta.

—He alquilado algo aquí. Imaginé que no nos apetecería volvernos corriendo a Los Ángeles.

—Es decir... ¿vamos a quedarnos esta noche? —¿Puede notar como se me ruborizan las mejillas?

Él suspira.

—En cuartos separados, obviamente.

—Obviamente. —La punzada de decepción que siento está a la par con mi experiencia con este pollo y esta pasta combinados.

—Si quieres, puedo organizarlo para que cojas un vuelo de vuelta —dice Lucius—. Solo imaginé que te gustaría ver un poco más de lo que Gainesville tiene que ofrecer... además, mañana tendremos una sesión fotográfica.

—¿Una sesión fotográfica?

Me explica su plan de neutralizar a los paparazzi haciendo un «robado» con unas fotos profesionales en las que los dos salgamos bien, y con aspecto tan feliz como alguien que nunca haya tenido que comerse lo que sirven en la cafetería de la UF.

—Eso suena genial —le digo—. Me quedaré.

Nos dirigimos a la limusina. No estoy segura de por qué, pero a pesar de que me haya asegurado que dormiremos en habitaciones separadas, sigo sintiéndome igual que una dama victoriana virginal antes de salir a dar un paseo con un duque libertino... sin carabina.

¿Esto es lo que has alquilado? —pregunto, maravillándome mientras miro a la mansión que se extiende frente a nosotros. Parece ser un sitio demasiado elegante hasta para la sección de lujo del Airbnb.

Lucius solo se encoge de hombros.

—Es lo mejor que he podido conseguir con tan poco tiempo.

Así que, ¿de haber tenido más tiempo habría alquilado algo como un castillo mágico? ¿Tal vez habría hecho que le construyesen una mansión desde cero?

—¿Le echamos un vistazo? —pregunta.

Yo asiento, y nos pasamos unos minutos examinando la casa... que es tan espaciosa por dentro como parecía serlo por fuera.

Cuando veo el gesto de estar poco impresionado del rostro de Lucius, no puedo evitar preguntar:

—¿Demasiado pequeña?

—Se suponía que era de estilo colonial —me dice—. Pero a mí me parece mediterránea.

En serio, desearía tener sus problemas, solo por un día.

Antes de que pueda responder, Elijah se materializa, a su estilo de mayordomo ninja.

—La cena está servida.

La cena son unos granos deliciosos de un cereal que no reconozco con langosta que ha sido aderezada con caviar... porque la langosta sola, sin caviar, no resulta ser lo bastante lujosa, claro.

Está tan bueno que casi me muerdo la lengua.

—Parece que Elijah ha compensado en exceso su metedura de pata anterior —le digo, bajando la voz—. ¿Qué granos son estos?

—Teff —responde Lucius—. ¿Tú no deberías saberlo? Fue una de las primeras plantas en ser cultivadas.

Me resisto al impulso de bufarle.

—No lo sé *todo* sobre las plantas. Solo un montón de cosas.

—También es el cereal más pequeño que existe —me explica, con aire pedagógico—. Originalmente se cultivaba en Etiopía.

En vez de estar molesta, tomo nota mental de leer más cosas sobre plantas comestibles para no volver a parecer una ignorante. Oh, y de conseguirle a Lucius un libro sobre buenos modales.

—Hablemos de otra cosa.

De cualquier cosa.

—¿Cómo qué? —pregunta.

—Háblame de tu abuela. —Miro hambrienta otro pedazo de langosta—. Después de todo, ella es el catalizador para el fartlek.

Lucius sonríe, exhibiendo su hoyuelo en toda su gloria.

—Tengo muchas anécdotas sobre la abuela.

—¿Cómo cuáles?

—Bueno... —Su sonrisa se hace más amplia—. Afirma que conoció a Andy Warhol.

—¿El que pintó los cuadros de las sopas Campbell?

Lucius asiente.

—Según ella, los dos compartieron una de esas sopas Campbell.

—¡Guau!

—Sí —asiente—. Y le encanta la música. Dice que estuvo muy metida en la Beatlemanía, y antes de eso, era una gran fan de Bob Dylan. Hasta afirma que lo conoció una vez en *The tonight show* presentado por Johny Carson, en el verano del 63.

—Ajá. ¿Llegó a hablar con él?

—Tal vez incluso más que hablar. Mamá lleva años dejando caer que puede que hubiese algún affaire por ahí, pero Nana nunca lo ha confirmado. Yo tampoco he intentado sacarle más información porque prefiero no saber nada de la vida privada de mi abuela. Ni de la de mi madre —dice al final, de una forma que implica que su madre se pasa compartiendo información... fácil de creer, a la vista de su comentario del otro día sobre Metallica.

—Tu abuela suena divertida —le digo. Su madre, no tanto, pero no incido en eso—. Y pareces saber mucho sobre ella.

—Así es —dice él—. Sé que el libro favorito de mi abuela es *La mística de la feminidad* de Betty Friedan. Su película favorita es *2001: una odisea del espacio*, y fue una entusiasta siguiendo la carrera por llegar a la luna.

Yo ladeo la cabeza.

—¿Es de ella de quién has sacado tu amor por la tecnología?

Él lo pondera un instante.

—¿Sabes? Es posible.

—¿También le gustaría ser un robot?

—No tanto como eso —dice—. Nana es escéptica respecto a que un cuerpo creado artificialmente pudiese proporcionar todos los matices de las sensaciones y emociones que los seres humanos son capaces de sentir. Haría falta lograr eso para que ella metiera su cerebro en uno.

—Si eso se llega a hacer posible, yo misma consideraría meter mi cerebro en un cuerpo así —digo yo—. Después de cumplir los ochenta, al menos.

Lucius me apunta con su tenedor cargado de langosta, con gesto triunfal.

—Así que no eres tan tecnófoba como yo creía.

—Nunca he dicho que lo fuera.

Él carraspea enfáticamente.

—El CD. El teléfono con tapa. ¿No ves cómo alguien podría tener esa idea sobre ti?

Yo pongo los ojos en blanco.

—¿Cuándo voy a conocer a la legendaria Nana?

Su teléfono hace un sonido.

Él lo mira y exhibe una amplia sonrisa.

—¡Qué extraña coincidencia! Acaba de preguntarme que cuándo va a conocerte *a ti*.

—¿Qué tal un poco después de volver?

—¿Estas segura? —Él mira a su móvil, como si su

abuela fuese capaz de escucharnos por él... y por lo que yo sé, tal vez sí lo sea.

—Sí. Me encantaría conocerla.

Él le envía un mensaje de texto rapidísimo.

—Pues ya está. No hay vuelta atrás.

Me como otro pedacito y luego pregunto:

—¿Algo de último minuto que debiéramos saber el uno del otro?

—No me has hablado mucho de tu familia.

Yo hago un mohín.

—¿Tu dosier sobre mí no incluía eso?

Él suspira.

—¿Puedes olvidarte ya de ese tema?

¿Puedo? No. ¿Podría fingir que sí para que podamos seguir comiendo en paz relativa? Por supuesto.

—Bueno, mis padres y sus padres son todos gente estupenda con los que mantengo una gran relación. Todos viven en Big Bear Lake, que es donde yo crecí, o por los alrededores.

Parece verdaderamente interesado, o es que es mejor actor de lo que yo pensaba.

—¿A qué se dedican?

—Mis padres tienen una empresa de snowboarding —le digo—. Los padres de mamá tienen una piscifactoría y los de papá son maestros jubilados.

Le cuento con todo detalle lo decepcionado que se sintió todo mi clan cuando me mudé a la gran ciudad, a dos horas de distancia en coche. O cómo hasta el momento he frustrado sus planes de tener montones de nietos y bisnietos. O...

—Debe de ser agradable tener una familia tan grande —dice Lucius.

El tinte de melancolía de su voz hace que algo en mi pecho se encoja.

—¿Solo estáis tú, tu madre y tu abuela?

—Más mi abuela que mi madre, pero sí.

—¿Y qué hay de tu padre y de su familia?

Sus labios dibujan una línea recta.

—Mi padre nunca estuvo presente cuando yo era pequeño, así que ahora yo no tengo ningún interés en él, y mis abuelos de ese lado ya han fallecido.

Mi mano se mueve sin yo quererlo para posarse sobre la suya.

—Algún día, tendrás una familia propia. —No será conmigo, pero estoy segura de que la lista de voluntarias se extendería de aquí a la Antártida.

Él se queda mirando mi mano con una expresión tan extraña que yo la aparto de golpe.

Su rostro vuelve a cambiar.

¿Es eso decepción? ¿Enfado? ¿Sería su futura cara, la robótica, igual de difícil de interpretar?

Después de unos segundos de un silencio tan incómodo como una cama de clavos, me dice:

—No estoy seguro de ser de los que tienen familia.

Capítulo 24

Lucius

JODER. ¿Por qué habré dicho eso?

Ahora sus ojos están llenos de lástima... y odio la lástima. Lo peor es que estoy mintiendo. *Puedo* imaginarme muy bien teniendo familia... con ella formando parte, pero eso es una locura. La diferencia de tres horas entre California y Florida debe de haberme causado el peor caso de jetlag de la historia... uno que además se presenta con delirios.

O lo que es más probable, estoy empezando a olvidarme de que el fartlek no es ninguna relación real.

Aparto mi plato, con la mitad de los bocados exquisitos que contiene a medio terminar.

Juno me mira, confusa.

Yo me levanto.

—He perdido de repente el apetito.

Ahora ella me contempla como si yo tuviese langostas saliéndome de los ojos y vomitando caviar.

Lo cual tiene lógica. Hasta yo, que estoy lejos de ser un experto en buenos modales, sé que dejarla aquí a medio cenar es de mala educación. Pero es mejor que la alternativa, que sería arremeter contra una mujer que se ha estado desviviendo por ser agradable conmigo... aun cuando eso no fuese parte de nuestro contrato.

Habiendo tomado una decisión interna, ella hace un mohín y aparta su propio plato.

—No es tu apetito. Creo que es la diferencia horaria. Allá en casa no es hora de cenar.

Empiezo a arrepentirme de mi impulsividad. ¡Malditas sean la biología y las emociones que ella supone! Ahora los dos hemos decidido acabar la cena antes de tiempo y nos perderemos la panacota de lichis que había de postre.

—¿Quieres que te acompañe hasta tu dormitorio? —pregunto, sintiéndome como un idiota.

Ella menea la cabeza.

—Es dos pasillos más abajo, a la izquierda, ¿verdad?

—Izquierda, derecha —le digo.

Ella no me responde nada, ni siquiera con un gracias, así que yo lleno el silencio con:

—Tienes allí un cepillo de dientes nuevo, un tubo de Sensodyne, y también una botella de champú de Neutrogena y otra de gel de Dove.

Joder. ¿Por qué le he soltado todo eso?

Como me esperaba, ahora sus ojos tienen un gesto rebelde. Antes de que pueda empezar a lanzarme sus típicos comentarios sarcásticos, añado:

—Vi los productos que usabas el otro día, cuando

eché un vistazo en tu baño. Esto no aparece en el dosier.

Ella parece escéptica. Sin embargo, lo único que me dice es:

—Buenas noches.

—Buenas noches —le respondo, alejándome hacia mi dormitorio, donde hago todos los preparativos para meterme en la cama antes de darme cuenta de lo estúpido que es.

Hay una diferencia de tres horas con Florida, y ni siquiera allí es hora de acostarse todavía.

En fin. Podría emplear este rato por mi cuenta para trabajar en Novus Roma... que ahora, en parte gracias a Juno, ya tiene unos terrenos.

A las tres de la mañana, hora local, y medianoche en casa, me quedo en calzoncillos y me meto en la cama.

Pasa una hora, pero no consigo dormir.

Titubeo sobre si hacerme una paja, que es algo que se está convirtiendo en una tradición.

Algo me detiene. De alguna forma, me parece mal hacerlo teniendo a Juno tan cerca. O tal vez solo me sienta patético por conformarme con mi mano cuando lo que en realidad deseo es...

No. Solo es que tengo hambre... de comida. Eso es. Apuesto que si me como un poco de panacota de lichis, dormiré igual que un bebé borracho.

Meto los pies en las zapatillas y voy todo decidido hasta la cocina.

Vaya.

¿Acabo de oír el sonido de alguien moviéndose sigilosamente ahí dentro? Además, ¿qué es esa luz?

Entro con cautela. La luz viene directa de la nevera, e iluminada por ella está Juno. Lleva el camisón más sexi y transparente que he visto en mi vida, y está comiéndose con las manos la panacota que yo he ido a buscar, directamente del frasco, igual que un animal hambriento.

Carraspeo.

—¿Conectando con tu lado de mapache?

Ella casi deja caer al suelo el preciado frasco, me mira ahogando una exclamación y sus ojos se detienen un poco demasiado en mi torso desnudo. Luego se lame los dedos para limpiarlos, casi como una ocurrencia tardía, y se lo traga todo con un sonido audible.

¡No me jodas! Mi biología se apodera por completo de mi cuerpo. Mis fosas nasales se expanden y mis piernas me llevan hasta la nevera, al mismo tiempo que mi polla se subleva, lo que significa que ahora mismo yo debería estar en cualquier otra parte excepto en compañía de Juno.

—¿Qué estás haciendo aquí? —susurra ella, cuando estoy lo bastante cerca como para poder volver a besarla.

Cuando habla, su pecho sube y baja, haciéndome ser más consciente de sus pezones duros como guijarros.

¿Lo estaré soñando? Tuve un sueño húmedo como este el otro día, salvo porque ella llevaba todavía menos ropa puesta.

Haciendo un esfuerzo, reprimo mi imaginación calenturienta y hago un gesto con la cabeza en dirección al frasco que tiene en la mano.

—Me moría de ganas... de comer panacota.

—Oh. —Ella mete sus dedos índice y medio en el frasco otra vez, pero esta vez extiende su mano hacia mí—. ¿Quieres?

Sin dudarlo un segundo, me lanzo a por ellos. En un abrir y cerrar de ojos, tengo sus dedos en la boca.

Los ojos de Juno se agrandan. Hay una auténtica posibilidad de que ella estuviese bromeando sobre darme de comer así... o que no lo hubiese pensado bien.

Bueno, ahora ya es demasiado tarde. Le hago a sus dedos lo que me muero por hacerle a sus pezones... y a su coñito. Los chupo suavemente, y limpio con la lengua cada migaja de delicioso sabor que me encuentro.

Ella deja caer el frasco. Con una destreza que no sabía que tenía, yo lo intercepto en el aire y lo dejo sobre la encimera... todo sin soltar sus dedos ahora limpios de panacota.

Ella aparta la mano de golpe de mi boca, mira hacia abajo para ver mi furiosa erección y se ruboriza a tono con las fresas que se suponía que iban a decorar la panacota.

Cuando vuelve a mirarme a los ojos, su cara está roja del todo y tiene la voz ronca al susurrar:

—Tienes dulce por toda la boca.

Compruebo la veracidad de su afirmación con mi lengua. En contra de mi buen juicio, una sonrisa maléfica se extiende por mis labios cuando imito su ofrecimiento:

—¿Quieres?

La locura es claramente contagiosa.

Sus ojos chispean, su pecho se agita más deprisa y justo cuando pienso que va a salir corriendo y gritando, me coge por la nuca y aprieta su boca contra la mía.

Se me dispara el pulso. La última vez, el beso fue alucinante, pero esta vez, es enloquecedor. Mi respiración se entrecorta, mi polla se torna dolorosamente dura y lo único que quiero es arrancarle a Juno el camisón, igual que un cavernícola.

Ella gime en mi boca, con la respiración aromatizada por el dulzor de la panacota, mientras su lengua baila con la mía.

Joooodeeer.

¿Dónde está ese cuerpo robótico cuando lo necesitas? Este que tengo, el biológico, está fuera de control.

Suelto un áspero gruñido, la agarro por las nalgas y la levanto en el aire, sentándola sobre la encimera y arrojando al suelo la panacota y cualquier otra cosa que estuviese allí. A lo lejos escucho el frasco romperse al golpear contra el suelo y me aparto de ella, respirando con dificultad.

Ella parece estar también sin respiración, con el

rostro todavía más encendido. Miro hacia abajo y veo sus piernas abiertas frente a mí como una ofrenda. Mi pulso se acelera aún más. Lleva puestas unas bragas, pero igual que el camisón, son transparentes.

El impulso de hacer trizas la tela se intensifica.

—Tengo una idea nueva para el postre —digo con voz quebrada, sin apartar la vista de mi precio.

Ella se humedece los labios. Cuando asiente, tiene los párpados entrecerrados. Tomándome eso como su permiso, agarro el endeble tejido de sus bragas y lo aparto, con no demasiada suavidad. Se me rompe en la mano. En fin. Supongo que eso era lo que tenía que pasar.

Con la boca haciéndoseme agua, me inclino sobre el arbusto oscuro de rizos expuesto a mis ojos. Me encanta que lo lleve al natural, como la perfecta diosa romana que es. Con reverencia, le beso el muslo. Su piel es suave y sedosa, y ella suelta una exclamación ahogada cuando le doy otro beso un poco más arriba.

El sitio que he besado se puebla de carne de gallina.

Me recoloco para mover mis labios todavía más arriba... y doy un respingo al oír un sonido extraño junto a la puerta de la cocina.

Luego un millar de apliques se encienden en el techo, cegándome con una repentina luz brillante.

¿Qué diablos...?

Me levanto y miro fijamente la fuente de la distracción: es Elijah, que me está apuntando con un puto revolver, nada menos.

Un revolver con pinta de ser muy viejo, es decir... es

típico de Elijah y de su sensibilidad de mayordomo tener una antigüedad como esa.

Al vernos a Juno y a mí, sus ojos se agrandan y su rostro enrojece.

—¡Cuánto lo siento, señor! —Baja el arma—. He creído que era un intruso y...

No le estoy escuchando. Levanto a una aturdida Juno y la dejo sobre sus pies detrás de mí, en una de las pocas zonas del suelo que ha quedado limpia después del lío que he montado tirándolo todo.

Me aseguro de que mi cuerpo oculta al suyo de la vista, me vuelvo hacia Elijah, sin molestarme en disimular mi furia.

—¿Una puta pistola?

Mi mayordomo parece estar deseando que le trague la tierra.

—Esto *es* Florida, señor.

—Sí, claro, me he debido perder lo de cuando nos repartieron armas mortales al bajar del avión. Antigüedades, además.

—Lo siento muchísimo, señor. —Elijah retrocede—. Apagaré las luces al salir.

Pero Elijah no mira por donde va y su pie aterriza en una gran esquirla de cristal que hay en medio de un charco de panacota. Como era de esperar, la esquirla le hace resbalar, igual que una piel de plátano en los putos dibujos animados. Como si fuese un personaje de esos mismos dibujos, Elijah aletea salvajemente con los brazos antes de caer sentado sobre su trasero.

La pistola se le escapa de la mano y golpea el suelo haciendo un ruido metálico contra la baldosa.

Antes de que pueda moverme para ayudarle, un ensordecedor estallido asalta mis tímpanos... seguido por una explosión de dolor.

Capítulo 25

Juno

TODO LO QUE ha ocurrido después de que Lucius haya entrado y me haya encontrado en la cocina me ha parecido un sueño. Él lamiéndome los dedos, los besos... en los labios y en otras partes. Cuando Elijah nos ha interrumpido pistola en la mano, ha sido algo tan surrealista como todo lo demás... o sea, hasta que la pistola se ha disparado.

En cuanto el *pum* me alcanza los oídos, una sobredosis de adrenalina me devuelve la cordura de golpe. Lucius se tambalea, agarrándose la cabeza y para mi horror, veo que de ahí sale sangre como si no hubiese un mañana.

Doy un grito ahogado, igual que Elijah, que ha conseguido ponerse en pie a pesar de resbalarse unas cuantas veces con la panacota.

—¡Señor! —exclama, con su acento británico tremendamente marcado—. ¡Le he disparado!

Ese ha sido también mi temor inicial pero con la

claridad que solo se presenta cuando una está a punto de tener un ataque al corazón, veo pedacitos de cristales rotos alrededor de Lucius.

Levanto la vista hacia el techo.

Falta uno de los apliques.

—¡Creo que le has dado a una lámpara! —le grito a Elijah—. ¡Eso es lo que le ha caído encima!

Me arrodillo junto a Lucius, que ahora está sentado en el suelo, musitando una ristra de maldiciones. Maldiciones elocuentes y gráficas. Me tomo esa riqueza de vocabulario como una buena señal. Si tuviese daños cerebrales estaría babeando o algo así.

Sorprendida de no estar hecha un amasijo de llanto, murmuro algo tranquilizador a Lucius mientras aparto suavemente su mano para evaluar la situación. Está sangrando a lo bestia, pero no parece haber cristales sobresaliendo de su cabeza, ni tampoco ninguna herida de bala. Ni veo huesos ni sesos saliéndose.

Elijah se está retorciendo las manos y dando círculos a nuestro alrededor.

—¡Lo siento tanto, tanto, señor! —Suena como si estuviese a punto de echarse a llorar.

Yo levanto la vista hacia él, con el ceño fruncido.

—¿Estás bien?

Él casi vuelve a tropezarse al intentar mirar de cerca la cabeza sangrante de Lucius.

—¡Le he disparado! ¡Oh, Dios santo, señor, le he disparado!

Mi ceño se convierte en una mirada penetrante.

—Quiero decir, ¿qué tal tu coxis? Te has caído sobre tu trasero.

Elijah hace un gesto con la mano, quitándole importancia.

—Sabía que comer todas esas galletas me sería útil algún día.

—Tráeme alcohol —le ordeno—. Y prepárate para llevarnos al hospital. Deprisa.

Con pinta de dar gracias por tener algo que hacer, Elijah sale corriendo.

—¿El hospital? —Lucius se pone la mano en la herida otra vez y luego mira la sangre que cubre su palma. Su rostro palidece—. ¿Cómo es de malo?

Bastante, al menos en mi opinión no médica.

—Estás bien —le digo en tono tranquilizador—. Es solo una precaución.

Parece relajarse con eso así que yo me levanto de un salto y corro a la nevera, buscando algo de hielo.

—¡Quieta! —El tono de voz de Lucius se hace más imperioso—. ¡Vas a pisar los cristales rotos!

Tiene razón. Hay trozos del frasco por todas partes, y he sido tan tonta como para bajar aquí descalza.

—Tendré cuidado —digo con cautela, pasando por encima de un par de esquirlas antes de alcanzar el congelador.

Lo abro.

Esa cosa está casi vacía. Lo único que hay dentro es una bolsa de bagels congelados sabor pizza.

Los saco justo a tiempo para ver a Elijah regresando

a la habitación con una botella de alcohol y una caja de gasas tamaño familiar.

—Hay una ambulancia de camino —dice Elijah, jadeante—. O podríamos coger la limusina, que estará lista en dos minutos.

—¡Tráele sus zapatos antes de que se corte los pies! —le ladra Lucius a su pobre mayordomo. Luego, examinando mi cuerpo con los ojos entornados, añade —: Y también algo más sustancial que ponerse.

¿Cómo puede ser tan mandón con una herida como esa? Además, ¿a quién le importa lo que llevo puesto?

Elijah se vuelve para obedecer la orden, pero yo le grito:

—¡Espera! ¡No te lleves el alcohol! Además, ¿qué pasa con esto? —Muevo en el aire los bagels sabor pizza y apunto con la cabeza al congelador vacío.

—El señor come de esos en ocasiones —Elijah deja los suministros médicos en la encimera—. Le recuerdan a su infancia.

—Vale. Vete. Y por favor, tráele a él también algo de ropa.

Elijah sale corriendo y Lucius me recuerda que tenga cuidado con los cristales al moverme.

Caminando con cuidado, agarro los suministros médicos y los llevo hasta donde está Lucius sentado.

—Esto te va a escocer —le digo, abriendo el alcohol.

Él coge aire y asiente.

Echo un chorro en la herida todavía sangrante. Lucius se pone tenso pero se mantiene en un estoico silencio mientras yo le pongo la mitad de las gasas de la bolsa sobre la herida y luego las aprieto con los bagels de pizza.

—Supongo que el frío frenará la hinchazón —digo, más bien para mí misma—. Y tal vez ayude con la coagulación.

—Creo que estoy bien —dice Lucius—. Ha sido todo el shock.

Ya no sangra, pero no me atrevo a soltar los bagels.

—Déjame comprobar tus pupilas. —Le miro en los ojos.

Mmm. ¿En caso de conmoción cerebral, se supone que las pupilas deberían estar dilatadas o contraídas? En todo caso, las suyas parecen normales pero, ¿qué sabré yo?

—¡Tienes nauseas? —le pregunto, ya que eso sería más obvio.

Si las tiene, es malo.

Él dice que no con la cabeza y hace una mueca.

—Utiliza las palabras —le digo con tono severo—. Entre otras cosas, necesito escuchar si tienes dificultades para hablar. —Eso tampoco sería bueno, estoy bastante segura.

—No tengo nauseas. Tampoco zumbidos en los oídos —afirma—. Y no he perdido el sentido del olfato ni el del gusto.

Yo frunzo el ceño.

—¿Son todo eso señales de una conmoción cerebral?

—Eso creo —dice él, pero no suena demasiado convencido.

—Exactamente por eso es por lo que necesitamos un médico.

Elijah vuelve corriendo, con una pila de ropa y zapatos.

—Con cuidado —le digo—. Si vuelves a resbalarte, ¡quién me ayudará a llevar a Lucius hasta la limusina?

Lucius bufa.

—Nadie va a llevarme.

—Sí, alguien lo hará.

Él dice que no con la cabeza y vuelve a hacer una mueca.

—En cuanto estés vestida, Elijah me ayudará a levantarme.

Cojo lo que Elijah me ha traído, que son un par de zapatos de tacón y una sudadera con capucha que me queda grande y había traído para el viaje en avión, por si hacía frío a treinta mil pies. O lo que sea que asciendan los jets supersónicos. No hace falta decir que la sudadera *no* pega con los zapatos, pero no voy a reprender ahora al mayordomo, que sigue pareciendo a punto de estallar en lágrimas. También debe de estar sufriendo algún tipo de shock, dado lo que ha elegido para Lucius... una chaqueta de traje, pantalones de chándal y botas de montaña. Sin calcetines.

Vaaale. Lucius se pone los pantalones y las botas mientras yo sostengo los bagels congelados contra su cabeza. Luego le digo que los sujete él y me vuelvo hacia Elijah, que ahora mismo está ahí parado igual que una estatua.

—Ayúdame a levantarle —le ordeno, y el

mayordomo se lanza a la acción, con aire patéticamente agradecido porque yo haya tomado las riendas.

Lucius vuelve a hacer gala de su colorido vocabulario mientras Elijah y yo le ayudamos a levantarse.

—¿Vértigo? —le pregunto cuando está del todo vertical.

Hace ademán de ir a negarlo con la cabeza y recuerda justo a tiempo utilizar sus palabras.

—Estoy bien. No necesito ningún médico.

Señalo el charco de sangre en el que estaba sentado en el suelo y él vuelve a palidecer y se calla cuando coloco uno de sus brazos sobre mis hombros y Elijah hace lo mismo en el otro lado. Los tres juntos salimos de la mansión, hasta el camino de entrada donde la limusina ya nos está esperando.

—¿No creen que deberíamos esperar a la ambulancia? —pregunta Elijah, sonando un poco más normal.

—No —dice Lucius con tono imperioso. Ahora que nos hemos alejado de toda esa sangre, también parece haber vuelto a su yo mandón habitual.

—Estoy de acuerdo —digo—. De esta manera llegaremos más deprisa.

Subimos a Lucius en la limusina, donde le ordeno que se tumbe y me deje sostener los bagels medio descongelados.

—Lo organizaré todo por el camino.

Yo asiento y él cierra la puerta mientras yo me

pongo en el borde del asiento junto a la cabeza de Lucius. La limusina arranca y yo escucho a Elijah hablando con tono serio por el móvil antes de subir la partición.

Una parte de mi adrenalina se reduce. Abrumada por una súbita oleada de emoción, acaricio el brazo de Lucius con mi mano libre.

—¿Cuánto te duele? —pregunto con voz suave.

—Estaré bien —dice él, cerrando los ojos.

—Será mejor que lo estés. —Una oleada de terror contenido me golpea—. Esa bala podría haberte alcanzado *a ti* en vez de al aplique.

Él abre los ojos y su rostro se torna sombrío mientras gruñe:

—Podría haberte dado *a ti*. Haré que Elijah lamente el día en que...

—No lo hagas. El pobre hombre ya se está flagelando él solo.

Las fosas nasales de Lucius se expanden.

—Tal como debería. Por lo menos, nunca volverá a tocar un arma.

Esa probablemente sea una buena idea. Lucius tiene dinero suficiente para contratar guardaespaldas profesionales si así lo desea. No le hace falta tener también a un mayordomo armado.

—¿Sabes dónde está el hospital al que vamos? —pregunto.

—No. No puede quedar lejos, sin embargo, o imagino que habríamos cogido el helicóptero.

—¿Qué helicóptero?

Cambia de posición.

—El que he alquilado para nuestra estancia.

Cambio la mano con la que sostengo los bagels para que no me salgan sabañones.

—¿Un helicóptero? Eso suena a gasto razonable.

Lucius sonríe levemente.

—Es para ver las tierras que he venido a comprar.

¿Sería tan bueno saliéndome con réplicas si tuviese una conmoción cerebral? Conociéndole, probablemente sí.

Me echo el aliento en la mano libre para calentármela lo mejor que puedo y luego le doy un ligero masaje en el hombro. Sus tensos músculos se relajan de inmediato bajo mi mano, y las arrugas de su frente se alisan, animándome a seguir.

Lucius cierra los ojos, haciéndome pensar que se está durmiendo, pero entonces los vuelve a abrir.

—Mira, Juno... —Su voz es ronca—. Sobre lo que ha pasado antes de que Elijah nos interrumpiera. Yo...

—Calla —le digo, un poco demasiado bruscamente. Si se le ocurre decir que se ha tratado de otra ronda de prácticas de exhibiciones de afecto en público, le daré un puñetazo, y luego me sentiré superculpable por hacerle eso a alguien en su estado—. No tenemos que hablar de ello.

Las arrugas de su frente regresan y puedo notar que quiere seguir con el tema. Para mi alivio, no lo hace. Solo vuelve a cerrar los ojos y, esta vez, le acaricio el pecho, intentando no pensar en lo que me alegro de que no haya ninguna bala en esa carne cálida y musculosa.

La limusina se detiene.

Las puertas se abren y Elijah me ayuda a sacar a Lucius.

Cuando me doy la vuelta, veo que estamos cerca de la entrada principal del hospital. Y que hay un hombre y una mujer esperándonos allí. Él lleva traje y ella una bata de quirófano.

Se presentan y resulta que él es el director del hospital y ella, y cito aquí, es la mejor neurocirujana del estado de Florida.

—Llámenme doctora Brainiac —dice con una sonrisa—. La loca de los cerebros, así es como mis amigos me llaman, así que, ¿por qué no también la gente que me despierta en mitad de la noche? ¿No?

¿No era Brainiac uno de los villanos de los comics de Superman?

—Siéntese —dice la Dra. Brainiac, y solo entonces veo la silla de ruedas.

—No —replica Lucius, cortante—. Puedo caminar solo.

La Dra. Brainiac le mira escéptica.

—No suena como alguien que tenga una bala en el cerebro.

Lucius la mira fijamente.

—No me han disparado.

Elijah se mira los pies.

—Puede que no haya sido totalmente honesto. La

bala le dio a un aplique del techo y eso es lo que le cayó en la cabeza. O al menos un fragmento.

La Dra Brainiac entorna los ojos.

—¿Y eso es lo que se le ha metido en el cerebro?

—Lo dudo —intervengo—. Tiene un corte ahí pero no parece ser tan profundo.

Ella me mira como si fuese la única persona razonable que hay allí.

—¿Entonces por qué estoy aquí?

Señalo a Elijah con un gesto de cabeza.

—Él lo ha organizado.

—Se trata de su cabeza —dice Elijah, sonando a la defensiva—. Si hubiese sido su pecho habría buscado al mejor cardiólogo.

—Según eso, tú necesitarías ver a un proctólogo después de tu caída —dice Lucius, con rostro impertérrito.

Elijah se frota el trasero con expresión pensativa.

—Vale. Da igual —dice la Dr. Brainiac—. Ya estamos aquí. Adelante, siéntese.

Lucius mira la silla de ruedas igual que miraría a un camello comiéndose un cactus.

—Como he dicho, mis piernas funcionan perfectamente.

—Los hombres y sus egos… —murmura la Dra. Brainiac entre dientes. Hace un gesto hacia el director—. Es política del hospital.

El director parece mantenerse firme.

—Aunque su emergencia fuese un corte con un papel, entraría usted en una silla.

Con un suspiro de exasperación, Lucius sienta su trasero como haría un emperador romano en su trono.

—¿Puedo empujarle? —pregunta Elijah.

—Claro —dice Lucius—. Pero esta vez mira por dónde vas.

Algo borde, pero sin pasarse, dentro de lo que cabe.

Cuando llegamos al ascensor, el director nos deja en manos de la Dra. Brainiac, y ella nos lleva a una habitación que se parece más a una suite en un hotel de cinco estrellas que a una habitación de hospital. La única pista de que estas son instalaciones médicas son todos esos aterradores equipos.

Debe de ser alguna clase de habitación VIP. Entre esto, lo de la neurocirujana y lo del director, me pregunto si Elijah no les habrá prometido que Lucius iba a comprar una nueva ala para el hospital.

—Puede sentarse ahí —le dice la doctora a Lucius y señala la silla de paciente más cómoda que yo haya visto nunca.

—Ustedes dos pueden usar el sofá —nos dice a Elijah y a mí. Luego sonríe de nuevo al ver los bagels—. Algunos pacientes traen mantitas para reconfortarles, pero yo diría que traer comida reconfortante es más práctico.

Lucius no parece divertido en absoluto al entregarle la bolsa medio descongelada a la doctora, quien la arroja en la mesa cercana. Luego se pone los guantes, quita las gasas y mira la herida.

—Pues no le han cosido a balazos pero sí que le harán falta unos puntitos.

¡Que saguaro nos asista! Está claro que la Dra. Brainiac quiere cambiar de profesión, de neurocirujana a comediante. Lucius *no* parece encontrarla graciosa.

Ella ignora su mala cara, se acerca la mesita y coge un par de pinzas y un tubo de crema.

—Esto es anestesia tópica —le dice—. ¿Quiere que la use?

—No —dice Lucius con tono hosco.

—Tenía la sensación de que me diría eso. Como quiera. A mí no me va a doler ni un poquito.

Diciendo eso, mete las pinzas en la herida.

Siento el fuerte impulso de rajar a esa zorra, pero Lucius soporta el dolor con estoicismo así que me calmo.

Con aire triunfante, la Dra. Brainiac saca una diminuta esquirla de cristal y nos la enseña a todos.

—Ojalá toda la cirugía fuese así de fácil.

Maldita sea. ¿Eso ha estado ahí todo el rato?

Luego coge algo de solución yodada y echa un montón alrededor de la herida. En ese momento, yo dejo de mirar porque ver cómo lo cose podría ponerme agresiva... o hacer que me desmayara.

—Ya está —dice la Dr. Brainiac después de todo un largo minuto—. Ahora bébase esto.

Cuando vuelvo a mirar, la cabeza de Lucius está cubierta de vendajes, dándole el aspecto de una momia, y él está bebiendo zumo de manzana de un bric para niños, con una pajita.

Elijah se pone de pie.

—¿Qué quiere decir? ¿Y si ha sufrido una conmoción?

—Dada la poca inflamación que hay alrededor de la herida, el golpe no ha sido tan grave. Tampoco está mostrando ni un solo síntoma de conmoción. El azúcar del zumo debería de ayudarle a recuperarse de la pequeña pérdida de sangre.

—¿Pero no tendría que hacerle alguna prueba? —exige Elijah.

Ella se encoge de hombros.

—En mi opinión profesional, se trata de un caso de «ay mami me he hecho pupita». Yo lo que le recetaría es que se comiese esos bagels mañana por la mañana. Pero si quieren perder su tiempo con pruebas, puedo pedirles unas cuantas.

Lucius se pone en pie, mucho más estable que antes. Está claro que el zumo ha obrado su magia.

—Si la neurocirujana piensa que estoy bien, ¡joder, lo estoy!

La Dra. Brainiac le dedica su sonrisa patentada.

—Convierta eso en una neurocirujana que no quiere aumentar las primas de su seguro de mala praxis. O una que no desea leer el siguiente artículo en las revistas de cotilleo: *Negligencia de una doctora causa la muerte a un multimillonario.*

—En ese caso, muchas gracias, doctora —dice Elijah, tenso.

—De nada —responde ella—. Si alguna vez sufre daños cerebrales o tiene algún tumor que haya que quitar, llámeme.

Elijah palidece.

—Esperemos no llegar a eso. Una vez más, discúlpenos por despertarla en mitad de la noche.

Ella vuelve a encogerse de hombros.

—Mi cuenta bancaria diría: «ha sido un placer».

Sin más, Lucius sale a grandes zancadas de la habitación y los demás vamos rápidamente tras él.

Una vez dentro de la limusina, Lucius bosteza y cierra los ojos.

¡Qué gran idea! Yo también cierro los míos, y he debido de quedarme traspuesta porque un segundo después, Elijah me está despertando.

—¿Estás bien? —le pregunto a Lucius cuando entramos en la mansión y Elijah se escabulle para arreglar el desaguisado que hay montado en la cocina.

—Sí —me responde con poca energía cuando nos detenemos delante de la escalera que lleva a los dormitorios de arriba—. Solo necesito dormir un poco.

Lo que me apetece decirle: «Y yo lo que quiero es mirarte dormir», pero en vez de eso me contento con el mucho menos escalofriante: «Yo también».

Él me da un suave beso en la mejilla.

—Gracias por cuidar de mí en el viaje al hospital. Me ayudó de verdad.

Después de lanzar esa bomba, él sube las escaleras y me deja allí de pie con la mano en la mejilla y la cabeza dándole vueltas a todo tipo de preguntas.

Capítulo 26

Lucius

CUANDO DESPIERTO, tengo la parte de arriba de la cabeza un poco dolorida, pero eso es todo. No me puedo creer que me hicieran ir al hospital por algo tan trivial. Creo que permití que ocurriera porque estaba en shock... no por el torpe intento de asesinato de Elijah, sino por lo que había pasado entre Juno y yo.

En cuanto recuerdo ese encuentro en la cocina, me se me pone dura. ¿Significa eso que ya habré regenerado toda la sangre que he perdido? Probablemente. Solo sé esto: en vez de ser yo quien domine mi biología, Juno está convirtiéndome en esclavo de esa misma biología.

Suspiro, me quito las vendas y me sirvo de un segundo espejo para mirarme la herida. No tiene mala pinta, y mi pelo debería poder cubrirla del todo. Aun así, por si acaso, debería mantenerme alejado de casa de Nana hasta que me haya recuperado por completo.

Cuando he terminado de arreglarme, como todas

las mañanas, miro la agenda del móvil para recordar los planes que tenía para hoy.

Ah, vale. La sesión fotográfica. Esa es una actividad que podemos hacer Juno y yo y que parece relativamente segura... en lo que a los impulsos biológicos respecta.

———

Ay, chico, ¡qué equivocado estaba!

Juno se ha puesto extra sexi para la sesión... lo que, en retrospectiva, era lo normal. Es mujer y estamos a punto de hacernos unas fotos.

En fin.

Hago lo que puedo para sonreír en vez de apretar los dientes cuando el fotógrafo me pide que la abrace. Al hacerlo, su aroma terrenal y maravilloso me hace sentirme tan mareado como cuando anoche perdí toda esa sangre.

—Sonría —me ordena el fotógrafo.

Haciendo un esfuerzo, elevo las comisuras de los labios.

—Pero hágalo de verdad —dice él.

¿Debería decirle que es difícil sonreír cuando estás intentando no empalmarte?

—¡Digan patata! —nos anima.

¿Podría el cuerpo de Juno llegar a freírme la patata? La idea me hace sonreír, lo que consigue que la sesión fotográfica llegue a un bienvenido final.

—Entonces, ¿ahora qué? —me pregunta Juno después de que nos subamos a la limusina.

Gran pregunta. Sea lo que sea, será mejor que no estemos solos, o si no lo que ocurrió anoche podría volver a ocurrir... y eso sería un error por muchos motivos, pero especialmente porque ella ha dejado claro que lo lamenta. ¿Cómo si no interpretar su rechazo a hablar de ello siquiera?

Por eso, visitamos dos parques alucinantes: Ichetucknee Spring y Devil's Millhopper. Este último es la única atracción de la que he oído hablar que está ubicado dentro de un socavón gigantesco.

A cada minuto que pasa me siento más cómodo en presencia de Juno. Llegaría tan lejos como para decir que disfruto de verdad de su compañía. Lo que es un problema, uno para el que creo haber encontrado una solución. Así que cuando volvemos a la limusina, le pregunto:

—¿Cuándo tienes que volver a casa?

Ella suspira.

—Pronto, me temo. Tengo que ocuparme de todas las plantas de mis clientes. Solo pueden pasar cierto tiempo sin regarse.

—Pues decidido —le digo yo—. Te llevaremos al avión.

Sus cejas se arquean.

—¿A mí? ¿Y que hay ti?

—He decidido quedarme por aquí unos días más. Todavía tengo que estudiar el terreno, firmar muchos papeles y espero, poner en marcha la tarea de conseguir todos los permisos.

No se me da bien leer a las personas, pero creo que Juno parece decepcionada... aunque probablemente se deba a que todos nuestros paseos por la naturaleza tocan a su fin, no porque vaya a echar de menos mi compañía.

—¿Y lo de la visita a tu abuela? —pregunta ella—. Pensaba que eso sería pronto.

—Será lo primero que hagamos en cuanto vuelva —le digo—. No te preocupes, yo lo organizo todo.

—Vale. —Ella se muerde un deliciosamente turgente labio—. Pero... ¿podríamos hablar por teléfono antes de eso?

Yo ladeo la cabeza, perplejo.

—¿Por qué?

Ella balancea su peso de un pie al otro.

—Para que podamos saber más el uno del otro. Tu abuela es el motivo principal de este fartlek, después de todo.

Tiene lógica. Asiento con decisión.

—Claro. Te llamaré.

¿Y por qué no? Debería ser seguro.

No es como si pudiera acabar casi comiéndole el coño por teléfono.

Capítulo 27

Juno

En el viaje de vuelta a Los Ángeles, me invade la melancolía.

Está claro que Gainesville me ha gustado más de lo que pensaba que iba a gustarme. Ya lo estoy echando de menos. Y esto va por descontado, pero lo diré igualmente: *no* es por mi falso novio por el que me ha dado bajón. No. Es por la ciudad de Gainesville, y con eso me quedo.

Cuando llego a casa, por fin le devuelvo la llamada a Pearl: ha estado intentando tener noticias de mi «relación», así que tengo que recordarle con mucha determinación que a) una dama no habla de esas cosas y b) he firmado un acuerdo de confidencialidad.

Después de que Pearl me deje colgar, preparo unos recipientes de agua con fertilizante. Esas son las herramientas habituales de mi oficio, y los necesitaré para revitalizar los potos de la finca de la familia Smith, uno de mis clientes principales.

Mientras escucho mi audiolibro y me encargo de las plantas, casi consigo olvidarme de lo ocurrido en Florida: el tórrido encuentro en la cocina, el terror al ver a Lucius herido, y lo mucho que todos esos paseos por los parques se parecieron a citas.

Vale... puede que *casi* no sea la palabra correcta, pero al menos no me regodeo en esas cosas cada momento del día.

O al menos, no la mayor parte de los momentos.

Casi he terminado donde los Smiths cuando me suena el móvil.

Mi corazón da un brinco.

¿Será ya Lucius?

No. Es mi madre.

—¡Hola, cariño! —me dice.

—Hola —respondo, haciendo lo que puedo por no sonar decepcionada—. ¿Qué tal va todo?

—Estamos en modo altavoz —interviene mi padre.

Mmm. Esto es raro. Me pregunto por qué...

—¿Por qué no nos habías contado que salías con alguien? —pregunta mamá.

—Y encima, con alguien famoso —añade papá.

Así que eso era.

—Tu abuela ha visto tu cara en una revista —dice papá.

—Estabas muy guapa —añade mamá—. Pero tendrías que habérnoslo contado.

¿Cómo se pasa lógicamente de «guapa» a

«contárnoslo»? Tapo el micro para que no puedan oírme suspirar y luego les explico lo del acuerdo de confidencialidad.

—¿Pero cómo es de serio ese documento? —insiste mamá.

—El documento me prohíbe que te lo diga —le respondo.

—¿Te está tratando bien? —pregunta papá.

—No estaría con alguien que no lo hiciese —replico yo—. Y ya está, acabas de hacerme quebrantar mi acuerdo de confidencialidad.

La conversación, o más bien el interrogatorio, prosigue de esa guisa un rato más.

—¿Y qué hay de traerlo aquí? —me sugiere mi madre por fin.

Yo casi dejo caer el teléfono al suelo.

—¿Llevarle allí?

Esa es la idea más ridícula que he escuchado jamás. Si Lucius fuese un novio de verdad, esperaría un año para no espantarlo.

—Esa es una idea maravillosa —dice papá—. De ese modo, podemos ver qué es qué por nosotros mismos y tú no quebrantarías tu acuerdo de confidencialidad.

Por supuesto. Eso sería asumiendo que Lucius accediera a esta locura, y es imposible que lo haga.

—Por favor, cariño —dice mamá—. Si no es por mí, hazlo por tus abuelos.

Genial. Chantaje emocional disfrazado de argumento.

—Puedo preguntarle —le digo con reluctancia.

—¿Lo prometes? —dice mamá.

—Sí.

—Genial. Avísame en cuándo sepas algo. Adiós.

Me cuelga antes de que yo pueda cambiar de idea. ¡Será malvada! Además, acabo de caer en que mamá ha implicado que mis abuelos también estarían presentes en esa hipotética reunión familiar. Esa es la clase de cosas por la que solo haría pasar a un novio si estuviésemos prometidos para casarnos.

En fin. No tengo por qué preocuparme, todo esto es irrelevante. Es obvio que Lucius dirá que no, y entonces yo me quedaré con la conciencia tranquila. O al menos, más tranquila, que es lo mejor que puedo esperar teniendo en cuenta todas las mentiras.

—No creo que llame hoy —le digo al Notita después de terminarme la cena y comprobar su tierra.

¡Tía! Si quieres hablar con ese tío, ¿por qué no le llamas tú?

Mmm. Tal vez debería. Como se hizo daño, puede que no pareciera tan desesperada si le preguntara cómo está.

Sería algo educado.

¡Tía! Estás dándole demasiadas vueltas. Llámale y ya está. El tío estará contento de...

Me suena el teléfono. Miro mi pantalla y luego a mi cactus, con aire triunfal.

—Es Lucius.

¡Tía! Estás hablando de ese tío, y el tío va y te llama. Igual que eso que dicen del diablo.

Respiro hondo, intentando refrenar mi entusiasmo, descuelgo y digo hola.

—Hola —responde Lucius.

Nada de «¿cómo estás?»

Voy a asumir que esa pregunta estaba implícita, así que le digo:

—Estoy genial. He conseguido ponerme al día en el trabajo. ¿Y tú?

—Mi día ha sido productivo. Los terrenos son míos por fin, y son perfectos para Novus Roma.

Estrujo el móvil más fuerte.

—Lo que quería decir es «¿qué tal tu cabeza?»

—¿Entonces por qué no me has dicho *eso*? —pregunta.

—Touché. *¿Qué tal tu cabeza?*

—Mucho mejor. Lo peor que ha resultado de todo eso es la interminable sarta de disculpas que no dejo de recibir por parte de Elijah. No estoy seguro ya de si lo hace en plan irónico, pero tengo más dolor de cabeza a causa de *eso* que del accidente con la pistola.

—Oh, pobrecito, tienes un empleado leal que está disgustado por haberte causado daños físicos. —Miro a mi cactus, exasperada.

¡Tía! No te pases con el sarcasmo. El tío tenía una herida mortal.

—Touché —dice Lucius—. Pero ya vale de hablar de eso.

Me acerco a la cama y me siento en el borde.

—Vale. En realidad había algo que quería preguntarte. O más bien, que he prometido a mis padres que te preguntaría, pero estoy segura de que me dirás que no, y no pasa nada.

—¿Has prometido preguntarme qué?

Yo me muerdo el labio.

—Han sabido lo nuestro gracias a algún artículo de revista y...

—¿Ha utilizado la revista las fotos de nuestra sesión? —pregunta.

—No les pregunté eso —le digo—. Porque ese no era el tema.

—¿Cuál era, entonces?

Suspiro.

—Que ellos creen que tengo novio.

—Eso ya lo presuponía.

—Así que... —cojo aire—. Quieren conocerte. Pero lo entenderé perfectamente si...

—Sí —dice él, con seguridad.

—¿Sí? —Me quedo mirando al Notita, confusa.

¡Tía! Yo tampoco me esperaba que este tío dijese que sí a eso.

—¿Querías que dijera que no? —pregunta Lucius, y yo puedo percibir su sonrisa con hoyuelos al otro lado de la línea.

Sí. No. Quizás.

—¿Por qué iba a preguntártelo si no quisiera que fueses?

Casi espero que él me diga: «¿porque se lo prometiste a los cotillas de tus padres?» En vez de eso, lo que dice es:

—Es una buena idea.

Una vez más, miro a mi cactus, boquiabierta.

¡Tía! No tengo ni idea de por qué este tío piensa que eso es buena idea.

—¿Por qué? —pregunto por fin.

—Irá muy bien para practicar —dice Lucius—. Si tu familia se traga lo del fartlek, también lo hará Nana.

Por supuesto. Tiene sentido. Entonces, ¿por qué me decepciona tanto su lógica de robot?

—Entonces, decidido —convengo. Lo haremos cuando vuelvas.

Si alguien se entera de que yo voy a conocer a su abuela y él a mis padres, asumirán que estamos yendo por la vía rápida hacia un matrimonio de penalti.

—¿Hay algo que deba prepararme con antelación? —pregunta.

—¿Cómo qué? —Probablemente sería prudente hacer que todos los de mi familia firmasen un acuerdo de confidencialidad, pero yo no pienso darle *esa* idea.

—¿Hay alguna pregunta de esas de saber más del otro que cubra temas que ellos nos puedan sacar?

Suspiro.

—Probablemente te cuenten todas mis anécdotas más embarazosas, así que, para ser justos, ¿podrías contarme tú alguna de las tuyas?

Su suspiro se parece mucho al mío.

—Probablemente Nana te cuente también mis anécdotas más vergonzosas.

—¿Como...?

El chasquea la lengua con desaprobación.

—Solo te cuento lo mío si tú me cuentas lo tuyo.

Titubeo pero luego pienso, ¿por qué no? Él ya sabe que soy disléxica. Suavemente, le digo:

—Dudo que mi familia te cuente esto, pero mis momentos más embarazosos tienen que ver con mis dificultades con la lectura. Tuve una maestra sádica que siempre me pedía que leyese en alto. Algunas de mis más rocambolescas frasecitas fueron salida vaginal en vez de salida matinal y algo pedo en vez de alto peso... Todos se reían a mi costa, y como los niños son así de crueles, se burlaban de mí durante meses.

—Los niños pueden ser unos bestias —dice él, con emoción—. Y suena como si esa profesora tuviera que ser despedida... como mínimo. ¿Cómo se llama?

—Oh, no te preocupes, ya le di lo suyo. —Sonrío al recordarlo—. Le puse pegamento rápido en la silla. Lo cual terminó con un viaje rápido y embarazoso hasta el hospital para ella.

—Bien. —Su voz suena como si estuviese sonriendo cuando añade—: Será mejor que no te cabree.

—Correcto. Y por ese motivo, ahora tú me debes algo vergonzoso... y no algo que me vaya a contar tu abuela.

¿Acaba de maldecir entre dientes?

—Vale —me dice con obvia reluctancia—. Pero esto queda doblemente cubierto por tu acuerdo de confidencialidad.

—Claro. —Me froto las manos mentalmente. Es obvio que me va a contar algo muy jugoso.

—Hubo un abusón que me despantalonó en la cafetería una vez —me dice.

Yo rechino los dientes

—¿Que él te hizo qué?

—Me bajó los pantalones —aclara Lucius.

Yo ya había entendido eso, pero no vuelvo a interrumpirle.

—En fin —prosigue Lucius—. Llevaba mi ropa interior con dibujos de Espartaco... y como los críos son así, todos se echaron a reír. Pero eso no fue todo, ni siquiera fue lo peor. De alguna forma, Nana se enteró de lo que había pasado y al día siguiente se presentó en la escuela. No tengo ni idea de cómo supo quién había sido el culpable, pero se puso a gritarle delante de todo el mundo y luego le bajo *sus* pantalones antes de irse.

Ahogo una exclamación.

—Pues sí —dice Lucius con tono seco—. Por suerte no había maestros ni guardias de seguridad para verlo, o ella hubiese acabado en alguna lista de agresores sexuales. En cualquier caso, todo el mundo me llamó «el niñito de la abuela» durante el resto de mi tiempo en el cole.

¿Resulta raro que yo no esté demasiado en contra de lo que hizo su Nana? El error principal que cometió fue hacerlo en público, avergonzando a Lucius. Tendría que haber pillado solo al abusón y entonces...

No. Espera. ¿En qué estoy pensando? Le bajó los pantalones a un niño. Eso está mal hacerlo en cualquier parte, pero todavía más en privado.

—Tú ganas —le digo—. Si yo hubiese acabado con

los pantalones bajados en el comedor de mi colegio, habría necesitado terapia durante años.

—No me había dado cuenta de que esto era una competición.

Suelto una risita.

—¿No puedes aceptar la victoria con elegancia?

—Insisto en que la ganadora de este concurso eres tú, pero no puedo decir por qué, porque he prometido no mencionar el evento en cuestión.

Yo me sonrojo. ¡Por supuesto! ¿Cómo he podido olvidarme? El momento más embarazoso de mi vida fue mear en ese ascensor, de calle.

—Lo siento —dice Lucius, sonando realmente contrito—. No debería haber mencionado *eso de lo que no hablamos.*

—Sí. Ha sido un golpe bajo, especialmente lo de usarlo para darle peso a tu argumento.

Él suspira.

—Ahora siento que te debo otra historia vergonzosa.

—Como poco.

—Vale, allá va —dice él—. Esto fue en el instituto. Iba andando con la bandeja del almuerzo y estornudé en el momento equivocado. Acabé con toda la pasta por encima. Por supuesto, la chica que me gustaba lo vio y se rio.

—¡Vaya zorra! —Ay, puede que esa reacción haya sido demasiado fuerte.

—Oye, en su defensa tengo que admitir que *fue* gracioso.

Yo me muerdo el interior de la mejilla, sintiéndome irracionalmente disgustada.

—¿Le pediste salir de todos modos?

—No —me dice él, un poco demasiado bruscamente—. En cualquier caso, ahora que estamos en paz, será mejor que cuelgue.

Vale. Un poco abrupto, pero vale.

—Buenas noches.

Y me cuelga.

¿Habrá sido por algo que he dicho?

De todos modos, aparte del final de la conversación, el resto ha estado bien.

Espero que me llame mañana.

———

Lo hace, y nuestra charla es más fácil esta vez. Hablamos más sobre nuestra época en el colegio y él me cuenta varias anécdotas de la universidad. También averiguo su segunda pasión por detrás de la antigua Roma: el futurismo. A él y a los demás futuristas les encanta pensar sobre qué nuevos avances tecnológicos se encuentran a la vista, y en cómo cambiarán la vida tal como la conocemos.

Cuando nos despedimos, él me promete llamarme al día siguiente de nuevo.

Una vez más, cumple su promesa, y lo mejor de esta conversación es mi pregunta sobre su primer beso. Como siempre, me obliga a hablar primero y yo admito que el mío fue en preescolar, con un niño con el que jugué a que nos casábamos. El beso fue la «consumación» de aquella unión. Después de meterse conmigo por lo de ser una mujer casada, Lucius admite que su primer beso ocurrió después de que ganase su primer millón, a los veintipocos... en otras palabras, la hostia de tarde. Cuando le pregunto sobre por qué le costó tanto alcanzar ese hito, lo noto incómodo, así que dejo el tema, no le vaya a dar por no volverme a llamar.

Al día siguiente, nuestra charla es realmente agradable, en parte porque le cuento datos interesantes sobre los cactus, como lo lento que crece el saguaro, a un ritmo de tres o cuatro centímetros cada diez años... y sin embargo, alucinantemente, la majestuosa planta crece hasta alcanzar los veinticinco metros de alto. Por su parte, Lucius me habla tanto de la antigua Roma que siento como si hubiese viajado hasta allí con una máquina del tiempo.

Y así seguimos. Cada día nuestras conversaciones son más y más largas, hasta que empiezan a recordarme a cómo eran con mi primer novio, cuando yo iba al instituto. Al igual que entonces, a menudo me encuentro metida en la cama hablando por teléfono hasta medianoche, lo que es muy tarde para Lucius en la Costa Este.

Aprendemos tanto el uno sobre el otro que podríamos convencer a la CIA de que estamos saliendo de verdad. Nuestras familias no tienen ninguna oportunidad.

Es genial, pero hay un problema.

Según van pasando los días, empiezo a echarle de

menos. Las llamadas, por informativas que sean, no son buen sustituto para su magnética presencia.

Es algo estúpido pero no puedo evitarlo.

Alguna parte de mí ha olvidado claramente lo falso que es nuestro arreglo.

Capítulo 28

Lucius

—¿CÓMO le va a esa gata? —le pregunto a Juno mientras mi limusina se dirige al aeropuerto privado donde tengo aparcado el avión. Hemos estado charlando durante todo el tiempo que me ha costado hacer las maletas y sigo sin poder obligarme a colgar el teléfono.

Ella ríe... un sonido que encuentro sorprendentemente agradable. Sobre todo últimamente.

—¿De verdad me preguntas por esa aspirante a asesina? Está claro que se nos han acabado los temas de conversación.

Yo bostezo, mirando por la ventana hacia la oscuridad de fuera.

—Creo que tienes razón.

—Deja de bostezar —me dice ella, y luego bosteza sonoramente—. La gata está estupendamente, pero su mamá va a asesinarme, gracias al acuerdo de confidencialidad que me hiciste firmar. Si el cotillero se encarnara en persona, esa sería Pearl.

Yo frunzo el ceño. Por algún motivo me irrito siempre que algo me recuerda al acuerdo de confidencialidad u otros detalles que resaltan la auténtica naturaleza de nuestro arreglo.

—Hablando de ese acuerdo —dice Juno—. Tendrás que decirme de lo que puedo hablar y de lo que no cuando mañana vayamos a ver a mis padres.

Mi limusina se detiene y yo salgo mientras Elijah coge las bolsas.

—Si tienes alguna duda puedes mirarme a mí —le digo—. Parpadearé si está bien que compartas lo que sea que hayas empezado a decir.

—Si parpadeas demasiado, creerán que tienes conjuntivitis.

Subo la escalerilla del avión y tomo asiento.

—¿Qué te parece si te sientas a mi lado en la mesa de tus padres? —le digo a Juno mientras activo la herramienta de masajes—. Si quiero que dejes de hablar, te daré un pisotón.

—Pero uno suave —me advierte ella.

Yo sonrío.

—Suave y ligero como una pluma.

—Vale.

—Bien. Ahora *tengo* que colgar. Despegaremos en un minuto.

—No me puedo creer que mañana vaya a verte por fin —dice ella, y hay algo en su voz que hace que el pecho se me encoja y se llene de ligereza al mismo tiempo.

También siento una punzada de culpabilidad. Existe una remota posibilidad de que me haya quedado más tiempo en Florida porque me estaba temiendo lo que podría ocurrir cuando la vuelva a ver otra vez.

Lo que la biología podría obligarme a hacer.

—Vale, cuelga —dice, pero no oigo como se desconecta la línea.

—Bueno, cuelga —digo, reacio a hacerlo yo mismo.

—No, cuelga tú.

¿En serio?

—No, las damas primero.

—La experiencia va antes que la belleza —dice ella.

No sé qué es lo más ridículo, si este toma y daca o mi extraña terquedad.

Los motores del avión cobran vida con un rugido.

—¿Has oído eso? —pregunto—. En un instante habrá demasiado ruido para poder hablar.

—Entonces... cuelga —me dice.

Casi insisto en que ella lo haga primero, pero decido ser el adulto.

—Te veo mañana —le digo, y cuelgo a regañadientes.

———

Al día siguiente, mientras Elijah me lleva entre las preciosas cumbres nevadas que rodean las tranquilas aguas del lago Big Bear, intento imaginar cómo sería para Juno crecer aquí, en medio de toda esta serenidad.

Hablando de serenidad, estoy cualquier cosa menos sereno. De hecho, casi estoy como un flan, como si estuviese a punto de cerrar un trato de mil millones. En parte es porque quiero caerle bien a la familia de Juno pero sobre todo es porque voy a ver a Juno cara a cara después de todo este tiempo. Soy lo bastante honesto conmigo mismo para admitirlo.

La limusina se detiene y Elijah me abre la puerta.

La casa que tengo delante es pequeña pero agradable, con un tejado nuevo de tejas rojas y una capa reciente de pintura blanca que hace que destaque entre las de sus vecinos. La empresa de snowboard de sus padres claramente funciona bien.

Cojo mis regalos y entro en el porche para tocar el timbre.

Una mujer atractiva, de mediana edad, con los mismos ojos color miel de Juno y una gran sonrisa me abre la puerta.

—Hola —saludo—. June no me dijo que tuviese una hermana.

Muy trillado, lo sé, pero Elijah me ha asegurado que esto me ganaría algunos puntos extra con la madre. A juzgar por la sonrisa todavía más amplia de su rostro, Elijah tenía razón.

—Tú debes de ser Lucius. —Ella me ofrece su mano.

En vez de estrechársela, se la beso... otra sugerencia de Elijah que da en el clavo, al menos en lo que respecta a provocar que su rostro se ruborice.

—Soy Lily —se presenta—. Pasa. Ya veo el porqué del flechazo de Juno.

Más bien del *fingido* flechazo, pero eso es algo que la madre de Juno no debe saber.

—Esto es para ti, Lily. —Le entrego un ramo de exuberantes lirios recién traídos de Zimbabwe y la sigo dentro de la casa.

Ella está oliendo las flores con un gesto de éxtasis en el rostro cuando un hombre alto y de cabellos plateados aparece tras ella y me ofrece su mano.

—Soy John —se presenta, con tono afable—. ¿Acabo de frustrar tus intentos de hechizar a mi esposa?

Le entrego una botella de Hennessy Paradis.

—Si eres fan del coñac, creo que tengo más posibilidades de hechizarte a ti.

Sé que lo es, después de haber hecho unos pocos deberes... lo que ha valido la pena, dado lo grandes que se hacen los ojos de John cuando es consciente de lo que tiene.

—Por esto, hasta dejaría que tuvieses una cita con mi mujer —dice con aparente seriedad.

Yo sonrío.

—Con la única que pienso salir es con Juno.

—¿Salir a dónde? —pregunta Juno, apareciendo desde detrás de una esquina.

El tiempo parece ralentizarse un instante, como en esas películas juveniles cuando la protagonista se ha arreglado para el baile de fin de curso y desciende por las escaleras (aunque su casa solo tenga un piso).

El impulso de acercarme hasta ella y cogerla entre

mis brazos es más que fuerte, pero sus padres están aquí. Al final, solo le doy un casto beso en la mejilla, pero hasta eso me la pone dura... una situación incómoda en la que estar con toda su familia a nuestro alrededor. Parece que lo de que la distancia hace el cariño debería extrapolarse a más que cariño, y a diversas partes del cuerpo.

Para mantener a raya mi biología, pienso rápidamente en cosas poco sexis, como la suciedad de debajo de las uñas, las legañas y los políticos. Justo cuando eso empieza a funcionar, alguien llama al timbre.

Es una pareja mayor, y los dos traen bandejas con comida.

Me agacho para susurrarle a Juno, casi lamiendo su oreja al hacerlo:

—¿Es esta una de esas comidas donde cada uno trae un plato?

—No —le lanza una mirada culpable a su madre—. A mis abuelos les gusta echar una mano.

Saco el móvil y le escribo a Elijah para que traiga lo que sea que llevemos en la nevera de la limusina. Si los otros invitados traen comida, también lo haré yo.

Para cuando me han presentado a la primera pareja de abuelos, otra pareja mayor llega... también con comida.

—¿Nos sentamos a la mesa? —pregunta John.

Suena el timbre de la puerta.

Lily frunce el ceño.

—Si ya estamos todos aquí...

—Ese será mi mayordomo —digo.

Un montón de cejas se arquean, y Juno suelta una risita.

—¿No os había contado que tiene mayordomo?

Lily parece muy curiosa al abrir la puerta, por donde entra Elijah con una gran bandeja.

Ella le da las gracias, acepta el presente y le dice:

—¿Por qué no te unes a nosotros?

Elijah da un paso atrás.

—Oh, no creo que sea apropiado.

Más cejas se levantan, probablemente como respuesta a su acento británico.

—Tonterías —replica Lily—. Has traído comida. Por lo tanto, tienes que entrar.

Elijah parece horrorizado.

—Es la comida del señor. Yo solo la he traído.

Lily le pone ojos de cachorrita.

—¿Por favor? —No disfrutaría de la cena sabiendo que estás sentado allí solo en el coche.

Elijah me lanza una mirada inquisitiva, y yo asiento tan imperceptiblemente como me es posible. Puede que el que él se una a nosotros me salve de cometer algún paso en falso en el plano social que podría poner en peligro mis intentos de agradar a esta familia. A él, siendo mayordomo, se le dan mucho mejor estas cosas. Por otra parte, a mucha gente se le dan mejor estas cosas que a mí.

—Si usted insiste, será un honor —dice Elijah todo tieso. Vuelve a coger la bandeja que sostenía Lily—. ¿Dónde le gustaría que pusiera esto?

Lily le conduce al comedor, y el resto de la familia les sigue, salvo por Juno.

Ella se pone de puntillas y me susurra con tono conspiratorio:

—Solo una advertencia, mi madre cocina fatal.

Yo la miro, con las cejas en alto.

—Eso no es algo agradable que decir.

Ella suspira.

—Lo sé, pero una vez pruebes lo que ella llama su cocina, verás que «fatal» *era* la palabra más agradable que he podido emplear. «Más que atroz», «inimaginablemente horrendo» o «crimen contra la humanidad» serían más adecuadas, pero como la quiero, me he contenido.

—Claro, claro —digo yo—. Tus dotes de contención son legendarias.

Ella entorna los ojos.

—Quedas advertido. Solo coge un poquitín de sus platos, por favor, y cómete algo. O si no puedes con ello, por lo menos aplasta un poco en tu plato para que ella no se dé cuenta. Y hazle un cumplido, por supuesto.

La miro a los ojos y al instante me muero por comer miel.

—¿Qué clase de monstruo crees que soy?

Ella resopla.

—Sé que puedes ser muy directo.

—¿Yo, directo? Eso me duele.

—Es una regla no escrita de la familia dejar que mamá crea que *sabe* cocinar. Si sus platos son los únicos que no nos comemos, puede que averigüe la verdad.

Se me ocurre una cosa.

—¿Por eso es por lo que tus abuelos han traído comida?

Ella asiente.

—La historia oficial es que les gusta colaborar. Por eso también mi padre hace unos cuantos platos suyos para cada celebración. De hecho, cuando no se trata de una reunión grande, el que cocina es papá.

Suelto una risita.

—¿Tu madre no se da cuenta de que se le da mal?

Juno parece horrorizada solo de pensarlo.

—Cree que su comida es alucinante. Papá la ha convencido de que está demasiado rica, y de que si ella la hiciese todo el tiempo, él comería demasiado y se engordaría. Así que, «por su salud», él cocina sus platos «inferiores».

—¡Qué monada! —le digo, mientras mi mirada pasea por los rasgos alegres de Juno. Sin pretenderlo, me encuentro inclinándome hacia ella, y mi voz se hace más grave al murmurar—: No. Qué hermosura.

Ella se humedece los labios, y da un minúsculo paso adelante, susurrando:

—Si yo tuviese algún defecto así, a mí me gustaría saberlo.

¿Debería hablarle de sus muchos defectos? ¿Como de la forma en que sus labios son demasiado tentadores para mi gusto? ¿De cómo su inteligencia me ha hecho imposible no llamarla esta semana y mantener mi distancia como me había propuesto originalmente? ¿O de cómo su pecho inquieto es tan jodidamente excitante, y de cómo eso...?

—¿Juno? —grita su padre desde algún sitio, evitándome hacer alguna locura, como lanzarme sobre ella aquí y ahora en este mismo pasillo.

—¡Ya vamos! —responde ella, también gritando, y luego me mira con gesto de disculpa—. ¿Listo?

—Estaré justo detrás de ti —le digo, con la voz un poco ronca.

Ella me dice dónde está el baño como si lo necesitara, y luego se aleja contoneándose.

Empiezo a seguirla, pero luego decido que una parada en el baño puede irme bien... para echarme algo de agua fría en la cara.

Cuando eso falla, me veo obligado a pensar otra vez en todas las cosas poco sexis de mi arsenal, porque si bien la cera de los oídos y los mocos no son geniales para mi apetito, son mejores que la alternativa: que los padres de Juno vean cómo mi biología reacciona delante de su hija.

Capítulo 29

Juno

¡POR LOS OVARIOS DE SAGUARO! ¿estaba a punto de volver a besar a Lucius?

Quizás. Quería hacerlo de verdad, y si papá no me hubiese llamado, podría haberlo hecho. ¿Cómo habría reaccionado Lucius? Por un instante, parecía como si estuviese flirteando conmigo pero ¿puede que solo se estuviese metiendo más a fondo en su papel?

Aj, de verdad tengo que mantener mi libido a raya. En mi defensa, encuentro a Lucius particularmente apetitoso hoy... y culpo de eso a todas las conversaciones telefónicas.

Ahora que le conozco mejor es difícil verle tan solo como a un gilipollas gruñón. No es que no lo sea, por supuesto... solo es que hay muchas otras facetas más en él, incluyendo la del hombre que quiere tanto a su abuela que es capaz de llegar increíblemente lejos para hacerla feliz.

Cuando entro en la cocina, veo que todos han

dejado los sitios de «presidir la mesa» más visibles libres para nosotros. Muy sutil. Si hoy nos estuviésemos casando, allí sería donde nos sentaríamos.

—¿Dónde está Lucius? —pregunta mamá, con aspecto demasiado preocupado, realmente. ¿Qué piensa, que he roto con él durante el minuto en que nos han dejado solos? ¿O que me lo he comido?

—Ahora mismo viene —le digo—. Creo que se está lavando las manos.

Me siento y estudio la mesa.

Hay comida suficiente para alimentar a todos los miembros hambrientos de una fraternidad universitaria... suponiendo que no se hayan hartado antes de orugas. Como siempre, la experiencia y mi exacerbado sentido de autoconservación me dice qué platos son los de mamá. La aportación de Lucius también salta a la vista: una bandeja de pequeñas tartaletas con pescado ahumado y queso crema, caviar sobre galletitas saladas, diminutos pasteles de cangrejo y sándwiches de pepino, junto con otros aperitivos. Claramente, Elijah es quien está detrás de esas elecciones, por lo bien que pegan con el té inglés de la tarde.

—Ah, aquí está —dice mamá, y le bate las pestañas con aire coqueto a mi cita.

¿En serio? ¿Con su marido allí delante? Por otra parte, también mis abuelas están observando a Lucius con aire de admiración. Supongo que hace aflorar eso en cualquiera a quien le gusten los tíos.

—Todo huele estupendamente —dice Lucius, y sus labios se curvan creando una sonrisa cálida, lo que no es propio de él. Le lanza una mirada rápida a Elijah, quien asiente con gesto de aprobación.

¿De qué iba eso? ¿Le habrá aleccionado el mayordomo sobre cómo ser agradable en la cena?

—Espera a probar la paella de Lily —dice papá, señalando el plato que yo ya sospechaba que tiene el toque inconfundible de mamá. Hay flores de hisopo anisado en ella (¿empleadas como condimento?), que le añadirán un sabor a regaliz que no le pegará ni lo más mínimo.

Mientras cada uno va explicando lo que ha traído, yo me sirvo un poquito de cada cosa y monto un gran espectáculo al servirme algo de la paella de mamá. En realidad, siento curiosidad por ella. Los ingredientes de este plato pueden variar enormemente, así que, ¿cuánto habrá sido capaz de liarla?

La respuesta es: de forma estrepitosa. Me meto una cucharadita en la boca y se me hace difícil no escupirla.

Cuando pienso en hierbas y especias asociadas con la paella, se me pueden ocurrir cosas como el pimentón, la cúrcuma, el orégano, el ajo, la pimienta, el romero o el azafrán. Ninguna de ellas está presente aquí. Lo que detecto es vainilla. Y nuez moscada. Y no sé por qué, pero ¿salsa de soja? ¿Y de que va lo de ponerle picatostes? Ah, y no olvidemos el arroz apenas cocinado, el marisco demasiado hecho y con textura gomosa y la sal suficiente como para darle una subida de tensión instantánea a cualquiera.

Mamá es una auténtica virtuosa en lo que respecta a hacer que la comida se vuelva incomible. No por primera vez, me pregunto si no les pasará algo malo a sus papilas gustativas... ella está comiéndose la paella encantada y parece estar disfrutándola de verdad.

Pillo a Lucius metiéndose un tenedor con esa atrocidad en la boca y observo lo bueno que es ocultando su reacción.

Sus ojos se agrandan. Parece tener dificultades al masticar. Claramente, le cuesta, pero se traga el bocado. Luego, con gran entusiasmo, dice sonoramente:

—Guau, Lily. Esta paella es algo de otro mundo.

Maldición, eso ha estado bien. Ha canalizado sus verdaderas emociones en esa mentira... que ni siquiera era una mentira. Esta paella es de verdad algo de otro mundo. Es como lo que los monstruos del Upside Down deben de comer en *Stranger Things*.

Papá mira a Lucius con gesto de aprobación.

—Desde este mismo momento, tienes mi bendición si quieres casarte con mi hija.

—¡Papá! —Siento como si la silla me fuese a tragar.

—¿Cuándo *vais* a atar el nudo vosotros dos? —pregunta mamá, emocionada.

—¡Mamá! —Mejor que me traguen la silla *y* la tierra.

—¿Y cuándo podremos esperar tener nietos? —preguntan mis dos abuelas, de alguna forma al unísono.

—¿Podríais hacer que uno de los nietos fuese un

chico? —intervienen los abuelos, también en sospechosa sincronía.

—¿Habéis estado ensayando para esto? —pregunto con un hilo de voz. Ahora quiero que me trague toda la puta montaña y seguir yendo hacia abajo, hasta el centro de la Tierra.

Lucius me sonríe con suficiencia. Supongo que eso es mejor que salir corriendo y dando gritos, que es cómo reaccionaría cualquier novio real a todo ese jaleo de casarse y darles nietos.

Disimulando su gesto de suficiencia, Lucius mira a mi familia y dice en tono solemne:

—Gracias, John. Tendré tus bendiciones en cuenta. Por ahora, Juno y yo no estamos en ese punto. —Me mira con aire de adoración—. ¿Verdad, cielito?

—Verdad, cariñito —le digo—. El no tan sagrado matrimonio tendrá que esperar.

¿Está mamá haciendo un mohín? ¿Y mis abuelos se han disgustado de verdad o es que acaban de tragarse un poco de paella?

Hablando de la paella... Con un aspecto extremadamente incómodo por encontrarse en medio de todos estos asuntos de familia, Elijah se está sirviendo un buen plato de la receta de mi madre. Un craso error.

Lucius mira con cara de pena a su mayordomo, igual que todos los demás miembros de la familia excepto mamá. Sin embargo, en cuanto mamá dirige la vista hacia él, la expresión de Lucius se torna una de curiosidad, y él le pregunta cómo se conocieron papá y ella.

¡Guau! Si ha sido Elijah el que le ha sugerido esta pregunta para romper el hielo, se merece un aumento... o que alguien le rescate de esa paella. Sin guía alguna, Lucius probablemente le hubiese preguntado a mamá alguna locura de esa lista online... como que a qué tipo de payaso preferiría comerse.

El rostro de mamá se anima mientras se lanza a contar la historia de su primer encuentro. Papá y ella empezaron a salir desde niños, así que su almibarado relato empieza a finales de la secundaria.

Como yo ya la he oído un millón de veces, desconecto y en vez de eso observo a Elijah.

Con gran confianza, el mayordomo se mete la primera cucharada en la boca.

Cuando la paella agrede sus papilas gustativas, sus pupilas se dilatan y su rostro adquiere una tonalidad verdosa.

Para hacerle justicia a Elijah, o a su escuela de mayordomos, no demuestra su reacción de ninguna otra manera. Solo se traga lo que tiene en la boca con una micro-expresión que me recuerda a cómo se tragan los niños pequeños las pastillas.

Mastica la siguiente cucharada en un estilo que recuerda a un camello. Eso no parece servirle de mucho. Su tormento sigue siendo palpable en su rostro si te fijas. Entonces, con el semblante de un hombre que se dirige al patíbulo, coge otra cucharada, y luego otra.

Debe de intentar que el dolor acabe pronto. Tiene lógica. De haber estado en su lugar, yo habría hecho eso... suponiendo que no me pudiese meter a escondidas algo de paella en el bolso.

En su valiente combate contra la paella, Elijah sale victorioso... y durante el resto de la comida se atiene exclusivamente a las cosas que él ha traído de la limusina.

Capítulo 30

Lucius

—ESPERAMOS VOLVER A VERTE PRONTO —dice Lily, sonriendo de oreja a oreja mientras besa mis mejillas, primero una y luego la otra.

Tolero esa demostración de afecto aunque normalmente, mi reacción instintiva sería esquivarla. En general, para mi sorpresa, toda la cena ha sido bastante tolerable. Puede que hasta agradable. La cálida atmósfera familiar, la forma de tomarse el pelo suavemente unos a otros, cómo fingían que disfrutaban con las terribles dotes culinarias de Lily... todo eso junto me ha hecho sentirme algo melancólico. Es verdad que he vivido algo de todo esto con Nana, pero ella es solo una mujer, y no puede recrear sola toda esta atmósfera tan festiva.

Tal vez algún día tenga una gran familia como esta.

Espera, ¿pero en qué estoy pensando?

—Deberíamos dejarlos solos —dice Lily, haciendo

un gesto con la cabeza en dirección a mí y después a Juno—. Para que puedan decirse «adiós». —Dibuja unas comillas en el aire al decir esa última palabra y June pone los ojos en blanco.

—¿No voy a llevarte de vuelta en mi coche? —pregunto a Juno en cuanto todos siguen la sugerencia de Lily y desaparecen en el interior de la casa.

Ella menea la cabeza.

—Mamá quiere que me quede a dormir.

—Ah. —Siento una punzada de decepción. Hoy no hemos tenido realmente ocasión de interactuar.

Juno hace un gesto con la cabeza hacia la puerta y susurra.

—Me apuesto mi cactus a que nos están vigilando.

Mi corazón se detiene un instante. ¿Está diciendo lo que creo que está diciendo? Decido que voy a asumir que es así, en cualquier caso.

—Bueno, entonces. —Pongo una mano en la parte baja de su espalda y bajo la cabeza—. Deberíamos mantener las apariencias, ¿no?

Ella se pone de puntillas, con sus ojos color miel lanzando destellos:

—Me temo que sí. —Su cálido aliento susurra en mis labios—. No podemos permitir que tanto ensayo no haya servido para nada.

Mi corazón se acelera. Sin precisar de más estímulo, planto mis labios sobre los suyos. Al principio es un beso juguetón, pero rápidamente nuestras lenguas se ponen a bailar con avidez. Sus labios son deliciosamente turgentes y húmedos y todo mi cuerpo se endurece... algunas partes mucho más que otras.

Joder. ¿Acaba de pasarme ligeramente una de sus pequeñas manos por la polla?

Con el aliento entrecortado, me aparto.

—Pensaba que tu familia nos estaba mirando.

Ella pestañea rápidamente, como si estuviese intentando recordar dónde está. Por fin, susurra:

—Les está bien empleado por ser unos mirones.

De repente estoy muy contento de que no haya aceptado mi ofrecimiento de llevarla a casa en la limusina. Si pasamos otro segundo más juntos, no estoy seguro de poder conservar la cordura.

—¿Nos vemos en casa de Nana? —pregunto con voz ronca—. A menos qué...

—Sí. —Ella se aparta y se humedece los labios—. ¿Qué debería llevar?

Esos labios suaves y turgentes. Hostia puta. Hago lo que puedo por sonar normal.

—Nada. Pero, decididamente *nada* de sobras.

Ella sonríe.

—¿Estás seguro? Apuesto a que Nana es fan de la paella.

Me estremezco al recordar ese sabor.

—No hagamos que mis chefs piensen que sus empleos peligran.

—¿Chefs, así, en plural?

—Tengo tres. Sin contar a los que trabajan en mis restaurantes.

Ella pone los ojos en blanco.

—Espero que tres sean suficientes. Es decir, ¿qué pasaría si los tres se pusieran enfermos al mismo tiempo? Te morirías de hambre.

—En realidad, la cocina de Elijah es pasable. Lo mismo que la de todas mis amas de llaves excepto una. Y si me apuras, sé cómo hacer macarrones con queso o una tortilla.

—¡Guau! Con esas habilidades tan fundamentales, podrías haber sobrevivido hasta en una isla desierta.

¿Por qué tengo ganas de volverla a besar? Probablemente para hacer que se calle.

—¿Cuándo envío la limusina a buscarte mañana? —pregunto.

—Te escribiré.

—Vale. —¿Por qué tengo tan pocas ganas de irme? —¿Adiós?

Ella titubea un instante y luego me lanza un beso con la mano antes de escabullirse y entrar en casa de sus padres.

———

En cuanto llego a casa me ocupo de mi frustración sexual, y la sesión es mucho más vigorosa que el resto de todas las demás de después de las llamadas desde Florida.

Luego me ducho, salgo a correr y visito a mis hurones.

Siempre está ocurriendo algo divertido cuando se

trata con hurones, especialmente si tienes a más de uno cerca.

Hoy, por ejemplo, Calígula consigue devorar todos las chuches especiales que les había traído a los tres antes de que Barbanegra y Malfoy consigan siquiera probarlas. También localizo los guantes de jardinería que uno o más de ellos han conseguido robar... y están hechos jirones.

Mientras juego con los pequeños diablillos, lucho contra mis ganas de llamar a Juno. Después de todo, solo llevamos tres horas sin vernos. Hasta si nuestra relación fuese real, sería demasiado pronto para echarla de menos. A menos que... Tal vez debería...

Me suena el teléfono.

¿Podría ser Juno?

No.

Es Nana.

Sonriendo a pesar de mi decepción, descuelgo.

—¿Lo has pasado bien conociendo a sus padres? —pregunta a modo de saludo.

Se lo cuento todo, excepto lo de la atroz cocina de Lily. No quiero influenciar a Nana por si acaso alguna vez llegase a probarla.

Un momento. ¿Por qué iba a hacer eso?

—Si mañana yo le caigo bien a Juno, ya podéis daros por casados —dice Nana, más que emocionada.

Reprimo un gemido.

—Por favor, no hagas esa clase de bromas con ella delante. Su familia ha estado diciendo lo mismo.

—¿Quien dice que estoy bromeando? —pregunta Nana.

Me pellizco el puente de la nariz.

—¡Oh, no! —hago que mi voz suene preocupada. Los hurones me están royendo los zapatos.

—¡Hurones! —Nana pronuncia esa palabra como si de una maldición se tratase. ¿Todavía sigues retozando con esas bestias?

Como a Nana le aterrorizan las ratas, ha decidido que no le gustan los hurones porque físicamente se les parecen bastante.

—No te preocupes. No pienso llevarlos conmigo. —Tomo nota mental de comprobar mis bolsillos antes de salir para su casa. Lo último que desearía es que se repitiera en casa de Nana lo que pasó en el acto benéfico. Intentaría subirse a una mesa y probablemente se haría daño.

—No, no los traigas —dice ella—. Solo pensar en esas cosas me hace desear tomarme una tila para tranquilizarme.

—Ve a tomarte una —digo con una sonrisa—. Y ponle tal vez un poco de raíz de valeriana.

—Buena idea. Adiós.

Cuelgo y noto que los hurones me están mirando con unas expresiones extrañas en sus traviesas caritas.

—Lo siento —les digo—. Vuestra bisabuela no pretendía ser cruel.

———

Al irme a la cama, siento unas enormes ganas de llamar, o al menos escribir, a Juno. Recientemente he descubierto que existe un emoticono de cactus... y apuesto a que si lo emplease, ella se desmayaría.

Pero no. Mala idea.

Mi prioridad es dormir bien para poder comportarme lo mejor posible cuando Juno y yo representemos por fin el fartlek delante de Nana.

Capítulo 31

Juno

CUANDO LA LIMUSINA que ha venido a recogerme se detiene en la casa de la abuela de Lucius, que en realidad es una pequeña mansión, tengo el estómago como un cactus en flor asaltado por una nube de mariposas.

La combinación de ayer de Lucius y mi familia hizo que la línea entre novio falso y real se desdibujase más que nunca, tanto que todavía tengo problemas para contener mi ñoñería. Aparte de por ese tórrido beso, Lucius fue alucinante con mi familia. Me da igual lo mucho que Elijah lo aleccionase... Lucius parecía estar pasándolo bien y no es tan buen actor como para fingir eso... o no lo creo.

La limusina se detiene y la puerta se abre. Me encuentro cara a cara con Lucius en persona... lo que hace que esos polinizadores de mi vientre se pongan totalmente fuera de sí.

—¡Hola! —Me bajo ayudándome por la mano que

me ofrece y cuando nos tocamos, lo noto entre mis piernas... una sensación agradable pero poco deseada.

Él me suelta la mano, me da la espalda y dice:

—Sígueme.

¿Solo «sígueme»? ¿Nada de besos de bienvenida para su novia de pega? ¿Ni un abrazo? ¿Ni un «me alegro de verte»?

Vale. Pues él mismo. Le dejo guiarme hasta la casa, donde por fin conoceré a su Nana.

Lo primero que salta a la vista es lo diminuta que es esta mujer... y eso viniendo de mí, que estoy lejos de ser una giganta. Lo segundo: debe de haberse reído mucho en su vida. Las pruebas de eso están grabadas en las arrugas en torno a su boca y en el hoyuelo de su mejilla.

El mismo tipo de hoyuelo que tiene Lucius, veo, y el pecho se me encoge de una manera peculiar.

Lucius le da un abrazo enorme y afectuoso y la besa en la mejilla... demostrando con ello que sabe que dar abrazos y besos para saludar es algo que hace el resto de la gente.

Nana le sonríe de oreja a oreja, y toda la situación es extremadamente adorable, especialmente dado que Lucius está solo a unos cables de convertirse en un robot.

—Nana, esta es mi novia, Juno —dice, haciéndome sentir como si me acabasen de dar una medalla de oro—. Juno, esta es...

—Pearl —me dice Nana—. Llámame Pearl.

Yo sonrío.

—Mi mejor amiga también se llama Pearl.

Ella me devuelve la sonrisa.

—Espero que yo también me convierta en tu amiga, igual que la otra Pearl.

Espero que ella no se pase compartiendo cosas de sexo igual que hace la Pearl más joven... como aquella vez que mi amiga me contó que, ironías aparte, disfruta realizando un acto sexual llamado *collar de perlas*.

—No estabas exagerando —le dice Nana a Lucius—. De verdad *es* asombrosamente hermosa.

Parece que eso a él le ha pillado por sorpresa... lo que me hace dudar de si jamás le ha dicho a su astuta abuela tal cosa.

Hago lo que puedo por salvar la situación.

—Entonces, Pearl, ¿tienes fotos de Lucius de pequeño?

Ella me lanza una mirada de aprobación.

—Directa a la yugular. Ya me caes bien.

Mientras nos conduce a la sala de estar, Lucius susurra:

—Eso no es justo. Ayer yo no vi fotos tuyas de esas.

Pearl me entrega un grueso álbum de fotos, y yo me dejo caer en el sofá.

Lucius se sienta a mi lado. El latido de mi corazón se acelera. Su cuerpo grande y musculoso irradia el calor suficiente como para hervir huevos... o para fertilizarlos.

Cuando Pearl se sienta a mi otro lado, yo abro el álbum y lo hojeo ávidamente, con una sonrisa de oreja a oreja por la sobrecarga de imágenes monas. Lucius era el niño más adorable del mundo, con una sonrisa con hoyuelos y unos enormes ojos grises. Si tuviésemos un hijo...

No. Cierro el álbum con un ruidoso golpe y miro con a Pearl con gesto culpable.

—¿Y qué hay de sus tiempos de adolescente?

Eso debería ser más seguro, ¿verdad?

Ella hace una mueca.

—Por desgracia, la madre de Lucius «tomó prestado» ese álbum y nunca lo devolvió.

—Típico de ella —murmura Lucius entre dientes.

Antes de que yo pueda comentar nada, un hombre robusto de edad madura entra en la estancia, portando una bandeja con bebidas.

—Ah, gracias, querido —le dice Pearl antes de volverse hacia mí—. Este es Aleksy.

—Encantada de conocerte. Yo soy Juno —le digo a Aleksy.

Aleksy deja las bebidas en la mesita de café.

—Lo mismo digo —dice él, y detecto un acento del Europa del Este.

Con una breve inclinación de cabeza, nos deja solos.

Le pregunto a Pearl cuál es su bebida y se la acerco.

—Educada, también —le dice a Lucius con aire de aprobación—. No la cagues.

Lucius suspira.

—Señoras, ¿me disculparíais un segundo? Tengo que hablar de una cosa con Aleksy.

Pearl entorna los ojos.

—¿Por qué? Te aseguro que mi nivel de azúcar ha

estado todo el tiempo entre setenta y noventa. Mi tensión arterial es la de una atleta. Nada de dolor de espalda todavía, sin pastillas... Hasta mis tripas...

—Me gustaría escuchar todo eso de boca de Aleksy —dice Lucius con firmeza, poniéndose en pie.

—No se fía de mí —me susurra Pearl, tan alto que seguro que él ha podido oírla.

Antes de que Lucius salga de la habitación, me suena el teléfono.

Le enseño la pantalla a Pearl.

—¿Lo ves? Esa es mi amiga, la que se llama igual que tú, al teléfono. —Rechazo la llamada y dejo el móvil en la mesita de centro—. La llamaré más tarde.

Lucius menea la cabeza, como siempre que ve mi no-Smartphone, y luego se va para hablar con Aleksy.

En cuanto desaparece, Pearl se inclina hacia mí y dice con voz queda:

—Me alegro de que no hayas cogido esa llamada.

—¿Ah, sí?

La mirada de Pearl se clava en la mía.

—Hay algo de lo que quería hablar contigo sin mi nieto presente.

Se me acelera el pulso.

—Oh. De acuerdo. ¿Qué es?

Ella titubea un segundo.

—Lucius... puede ser un poco cardo.

Casi suelto una carcajada.

—¿*Un poco* cardo?

Ella suspira.

—¿Está siendo muy cardo?

Yo sonrío, algo avergonzada.

—Bueno, tal vez no tanto. Al menos, no conmigo.

—Bien —dice ella suavemente—. Estaba preocupada. Pareces importarle mucho.

Más bien es que él es un gran actor.

—Estamos bien.

—No pareces estar diciéndolo en serio —dice ella, inclinando la cabeza.

Maldición. ¿Estaré fastidiando todo el fartlek?

—Supongo que... —Cojo aire y busco algo que decir que pueda sonarle a verdad—. A veces, tengo la sensación de que se reprime. Como si la intimidad le costara.

De hecho, eso es cierto, punto. No es que pueda culparle, dada la falsedad de nuestra relación. Yo misma me estoy reteniendo porque es simplemente lógico.

Ella asiente.

—Él es... cauteloso, eso es. Espero que puedas ser paciente con él. Puede que ahora mismo sea rico, pero no ha tenido una vida fácil. Primero, el inútil de su padre les abandonó a mi hija y a él. Luego ella resultó ser una madre mucho menos que ideal, por mucho que me entristezca decirlo. —Deja escapar un gran suspiro —. Cuando pasan cosas así, un chico no puede evitar preguntarse si es digno de ser amado... y las chicas del instituto no ayudaron mucho.

—¿Las chicas del instituto? —digo, incrédula. Yo ya había sospechado el resto de cosas que ha dicho, aunque me duele el corazón al verlo confirmado—.

Habría pensado que las chicas del instituto estarían rondando a Lucius como un enjambre de abejas furiosas. En celo.

Sé que yo lo habría hecho si hubiésemos ido juntos a clase.

El rostro de Pearl se arruga.

—Eso es lo que pensarías, viéndolo ahora, ¿verdad? Pero ese no fue el caso, me temo. Por mono que fuera de niño, en la adolescencia fue un caso de patito feo. Al menos durante un tiempo. Se volvió larguirucho de la noche a la mañana y le costó unos años crecer hasta su forma corporal actual. No fue de ninguna ayuda que ya empezase a ser cardo. —Vuelve a suspirar—. Por lo que yo sé, no tuvo ni una sola cita hasta que empezó a ganar un montón de dinero... y ahora piensa que eso es lo único que le interesa a una mujer en lo que a él respecta.

Por supuesto. Eso explicaría porque su primer beso tuvo lugar más o menos cuando ganó su primer millón... y por qué no quiso contarme mucho al respecto cuando le pregunté.

—Como puedo decir que lo que hay entre vosotros dos es real —prosigue Pearl—, quería...

Lucius entra a grandes zancadas en la habitación con los ojos duros como pedernales.

—Por supuesto que lo que Juno y yo tenemos es real. Pero sigue, ¿qué es lo que querías hacer?

—Quería decirle a Juno que parecéis la pareja perfecta —dice Pearl, y suena tan seria que hasta yo la creería si no hubiese sabido con certeza que iba a decir otra cosa distinta. Algo como: «dale el beneficio de la duda».

—Vuelve a probar —dice Lucius.

—Vale. —Los ojos de Pearl resplandecen con rebeldía—. Iba a contarle lo de tu doctorado en historia de la antigua Roma. Sé que tú nunca lo harías.

—Porque es honorífico —dice él—. Si te haces famosa o donas el dinero suficiente a una facultad tú también tendrás uno.

—Estoy segura de que hay mucho más que eso. ¿Le has hablado a Juno al menos de tu Máster en Empresariales? —pregunta ella—. Ese te lo ganaste tú, ¿verdad?

Él suspira.

—El sueño de Juno es conseguir una licenciatura propia, así que pensaba que alardear de mis logros académicos sería de mal gusto.

—Eso no es así —le digo—. Puedo estar orgullosa de ti... y un poco celosa al mismo tiempo. Además, yo quiero un título de botánica. Tú no tienes ninguno de esos, ¿verdad?

—No —dicen él y Pearl al unísono.

—Entonces, solo estoy un poquito celosa —digo—. Y, obviamente, impresionada.

—¿Lo ves? —dice Pearl—. No hay ningún problema. Deberías habérselo contado.

Lucius se frota las sienes.

—¿Estás intentando hacerme olvidar lo que estaba a punto de decir?

Pearl sonríe.

—Probablemente fuese «Juno, te he echado de menos».

—No —dice él con gesto hosco—. Iba a preguntarte por tu codo.

—¡Aleksy, eres un traidor! —grita Pearl.

—¿Qué ha pasado? —exige saber Lucius.

Pearl levanta su codo derecho con gesto teatral.

—Nada. Probablemente me haya pasado jugando al bádminton. Aleksy me hizo ponerme hielo en el codo unos días, y ya estoy mejor.

Lucius le examina el codo con tal intensidad que podrías pensar que le está haciendo una radiografía con los ojos.

—Mañana te verá un médico —anuncia—. Sé que estás levantada hacia las diez, así que haré que venga sobre esa hora.

Luego se ponen a discutir amigablemente sobre horarios. Mientras, yo no puedo evitar sonreír por dentro. Ya sabía que Lucius cuidaba de su abuela, pero esta sobreprotección me demuestra cuánto... y hace que tenga una epifanía sobre él que debería haber alcanzado mucho, mucho antes.

Si Lucius fuese una planta, sería un cactus. A primera vista, cargado de espinas, pero en las circunstancias adecuadas, como cerca de su abuela, florece. Tuvo unos inicios duros en la vida, pero consiguió ganar millones y prosperar. Igual que su hermano el cactus, Lucius tiene unas capas profundas ocultas que todavía estoy descubriendo.

Eso explica muchas cosas. Como la forma en que

mis pensamientos han sido últimamente secuestrados por él. Es decir, me encantan los cactus, así que no debería ser tan sorprendente que...

Aleksy entra en la habitación.

—Los chefs están aquí con la cena.

———

En la cena, Pearl se convierte en un híbrido entre inquisidora y detective, así que resulta que todo nuestro entrenamiento anterior de conocernos mejor el uno al otro ha valido enormemente la pena. Lo que me impresiona es cuántos detalles recuerda Lucius sobre mí... incluso cosas que solo le he mencionado de pasada.

Es agradable que alguien te preste tanta atención, aunque solo sea para engañar hoy a su abuela.

—¿Has oído algo de tu madre? —le pregunta Pearl a Lucius cuando nos estamos terminando los divinos petisús que el chef de pastelería nos ha hecho de postre.

Él asiente.

—Tu hija está de safari por Botswana.

—Ah. —Pearl se limpia la boca con la servilleta—. Disculpadme un momento. Tengo que ir a empolvarme la nariz.

En cuanto se marcha, Lucius me susurra:

—Apuesto a que esto es una prueba.

Yo arqueo una ceja

—¿De qué clase?

—Para ver si somos capaces de mantener las manos quietas.

¿Está diciendo lo que creo que está diciendo? Me trago el último pedazo de petisú, que baja pasando sobre un nudo en mi garganta.

—¿Quieres que llevemos a la práctica nuestro entrenamiento anterior?

Él mira mis labios ávidamente.

—Si nos pilla, eso afianzará el fartlek.

Grr. Estoy empezando a odiar mucho, mucho, esa palabra que empieza por f.

—¿Si no te importa? —dice él.

Que saguaro me dé fuerzas. Me vuelvo hacia él y hago un puchero.

—Hagámoslo.

Él se inclina hacia adelante y nuestros labios se unen.

Oh, Dios. Sabe a chocolate y vainilla del petisú, pero también a él: deliciosamente masculino.

Si esto es puramente una actuación por su parte, es buena. Mis pezones le están ovacionando puestos en pie, y mis ovarios silban y gritan piropos.

—No podíais esperar, ¿verdad? —El tono de Pearl es todo lo opuesto a moralista, pero igualmente yo me siento como una adolescente traviesa.

Me aparto y se me detiene un instante el corazón al notar el calor en los ojos de Lucius. ¿Es capaz de fingir eso? Por otra parte, ¿es eso de su regazo una tienda de campaña por debajo de su servilleta o es que estoy imaginándome cosas?

—Lo siento —le digo a su abuela con aire avergonzado—. He confundido la boca de Lucius con un petisú.

Ay, ¿por qué habré dicho eso? Hay otra cosa, mucho más clasificada X y con forma de petisú, debajo de esa servilleta.

—No pasa nada, querida —dice Pearl—. Ningún postre está completo sin un beso del amorcito de una.

—Nana —dice Lucius con fingida severidad—. No hagas sentirse incómoda a Juno.

Ella suelta una risita.

—¿Estás seguro de que es Juno la que se siente incómoda?

Lucius pone las manos juntas como para rezar.

—¿Podemos por favor hablar de otra cosa?

Oh, no. Los ojitos que le está poniendo a su abuela... Si alguna vez emplease esa mirada conmigo, le diría que sí a prácticamente cualquier cosa. Especialmente a cualquier cosa guarra.

—Vale —accede Pearl magnánimamente—. ¿Dejaréis las sobras cuando os vayáis?

Lucius niega con la cabeza. Creo que será mejor que me lleve el postre, para que no te sientas tentada.

Discuten entre sí acerca del destino del postre unos minutos mientras yo doy sorbitos a mi té descafeinado. Entonces Pearl se pone a contarnos una anécdota sobre cuando luchaba por los derechos de las mujeres en su juventud.

Mientras la escucho, no puedo evitar sentir que me reconcome una sensación de temor. ¿Ahora que su abuela está totalmente engañada pensando que somos pareja, dejaremos Lucius y yo de pasar tiempo juntos?

No. Es demasiado pronto para eso.

Aun así, tenemos fecha de caducidad.

Hasta ahora mismo no había caído en la cuenta de lo mucho que no quiero que lo que sea que hay entre nosotros, por falso que sea, se acabe. Me gusta besar a mi cactus humano. Me gusta hablar por teléfono con él. Y cenar con él.

¿Es posible que él sienta algo parecido? Si es así, ¿cómo podría intentar averiguarlo?

—¿Juno? —La voz de Lucius interrumpe bruscamente mis pensamientos y yo me incorporo en la silla dando un respingo.

—¿Sí? ¿Qué me he perdido?

Él sonríe con suficiencia.

—La pregunta era, ¿estás lista para irnos?

—¿Irnos?

Asiente en dirección a Pearl.

—Es la hora de irse a la cama de Nana.

Ella pone los ojos en blanco.

—Puedo quedarme más rato.

Me pongo en pie.

—No, no. Estoy lista. Perdonadme, estaba distraída.

—Es comprensible. —Pearl me dedica un guiño lascivo—. Se está haciendo tarde.

¿Qué es lo que está implicando esta abuela? Sea lo que sea, mis mejillas empiezan a arderme. ¡Traidoras!

Para empeorar las cosas, Lucius me pone la mano en la parte baja de la espalda para guiarme hasta la puerta. Las mejillas se me inflaman todavía más y mi cerebro sufre un cortocircuito. En piloto automático, le expreso a Pearl el gran placer que ha sido conocerla y ella me corresponde diciendo que ha sido mutuo. Creo.

Sin apartar la mano de mí, Lucius me lleva hasta la limusina y me mete dentro.

—Gran trabajo —digo cuando él deja de tocarme y vuelvo a pensar de modo coherente—. Seguro que piensa que estamos juntos de verdad.

Él asiente, pero lo único en lo que puedo pensar yo es en que no ha sido Pearl la única que está engañada. Con la forma en que él me mira... ya no estoy segura del todo de lo que es verdad y de lo que no. Y eso hace que una idea loca invada mi mente.

Una forma de saber si estoy sola en mi confusión o si Lucius podría estar en el mismo yate.

La idea es la simplicidad misma, pero no estoy segura si tendré las pelotas necesarias para llevarla a cabo.

Lo único que tengo que hacer es invitar a Lucius a subir a mi casa.

Capítulo 32

Lucius

Mientras la limusina sale de casa de Nana, coloco las piernas en una postura que oculte la erección que lleva molestándome toda la velada. Hasta hoy creía que «me van a reventar las pelotas» era una expresión juvenil inventada por los chicos para hacer que sus poco convencidas novias les hicieran una paja, pero ahora estoy a punto de alcanzar justo ese estado.

—¿Lucius? —escucho decir a Juno, como a lo lejos.

—¿Sí?

Ella se muerde el labio.

—Hay algo que quería preguntarte.

Le presto mi atención solo a medias, mientras que la otra mitad está intentando recorrer una lista de cosas asquerosas para aplacar mi hiperactiva biología. Que se muerda el labio no me está ayudando.

—Da igual —dice ella después de un segundo.

Ahora ha conseguido toda mi atención.

—¿Algo relacionado con Nana?

Ella menea la cabeza.

—Yo solo... es igual.

Normalmente es mucho más elocuente que eso. ¿Puede ser por la modorra de la abundante comida?

—¿Te importa que mire mi correo, entonces? —le pregunto. Es una actividad poco sexi que puede ayudarme a calmar mi polla.

—Adelante —me dice, pero parece estar profundamente decepcionada—. De hecho, yo debería devolverle la llamada a Pearl... mi amiga, la dueña de la gata. No a tu abuela. —Ella rebusca en sus bolsillos y luego en su bolso, y su expresión se está volviendo más preocupada por segundos.

—¿Has perdido esa pieza de anticuario tuya? —pregunto.

Ella asiente, pero luego sus ojos se iluminan.

—Creo que me lo dejé en la mesita de centro, en casa de tu abuela.

—Ah, es bastante probable.

—¿Podríamos ir a buscarlo? —pregunta ella—. Puede que me llame algún cliente y...

—Claro —le digo. Entonces bajo la partición y le pido a Elijah que se dé la vuelta.

De repente, Juno parece incómoda.

—Un momento. ¿No estará tu abuela durmiendo ya?

Me encojo de hombros.

—Tengo las llaves.

———

—Vamos a entrar sin hacer ruido para no despertar a Nana —le digo a Juno al abrir la puerta.

Ella asiente, y entramos de puntillas en la casa, hasta el comedor.

Al acercarnos a la sala de estar, escucho algo a lo que no le encuentro ni pies ni cabeza. El sonido es como de alguien aplaudiendo lentamente.

¡Mierda! Una oleada de preocupación me hace acelerar, dejando atrás a Juno.

Un frenético instante después, entro en la sala de estar, justo cuando las palmadas se unen a dos sonidos de los que te hielan la sangre.

Un gruñido masculino y un gemido femenino.

Miro boquiabierto la escena que tengo delante, y mi cerebro se niega a comprender lo que ven mis ojos.

Aleksy, desnudo, está tirado en el sofá, con las manos atadas por una gruesa cuerda a la mesita que nosotros buscábamos. Pero esa no es la parte que está anulando el sistema operativo de mi cerebro.

Ese honor corresponde a la persona que cabalga al guardaespaldas igual que se hace con los toros en los rodeos.

Nana.

Capítulo 33

Juno

No SABÍA que era posible ver palidecer un cuello, pero el de Lucius lo hace, por culpa de algo que está viendo dentro de la sala de estar.

Mi primer pensamiento aterrador es que algo le ha pasado a Pearl, pero luego oigo los ruidos.

Oh, vaya. ¿Es eso lo que creo que es?

Llego a la altura de Lucius, me detengo y mis ojos se agrandan mientras mis mejillas estallan de calor.

Pues sí. Es de verdad lo que yo sospechaba.

Pearl se lo está montando con Aleksy... Y a juzgar por la forma en que gime su nombre, se lo está pasando pipa. Oh, y a pesar de estar atado, está claro que su guardaespaldas está participando en esto de forma consensuada. Sus felices gruñidos y exclamaciones de «¡sí, ama, sí!» son prueba de ello.

Mi rostro se enciende todavía más por la vergüenza, y no puedo ni siquiera imaginarme cómo se siente Lucius. Pearl está de espaldas a nosotros, pero no estoy segura de que eso sea de ayuda alguna para la psique de Lucius. Si yo viese a *mis* abuelos haciendo eso, casi seguro que acabaría traumatizada... aunque la cosa no se pareciera a una escenita sacada de las *Cincuenta sombras de Grey*.

Conteniendo una risita histérica, toco a Lucius en el hombro.

Él salta y se vuelve a mirarme como un rayo, con ojos salvajes y confusos. Hago un gesto con la cabeza hacia el pasillo por el que hemos venido y con dos dedos imito el movimiento de irnos por patas.

Una brizna de cordura regresa a sus ojos. Él me coge de la mano y escapamos de puntillas como dos ladrones.

Una vez fuera, Lucius corre hacia la limusina como perseguido por una manada de hombres lobo salidos, y como todavía agarra mi mano con una fuerza mortal, yo corro con él.

—¡Tenemos que irnos! —le grita a Elijah—. ¡Ya!

En cuanto Elijah pisa el acelerador, yo cierro la partición.

—¿Estás bien? —pregunto sin aliento. Por suerte, el impulso de soltar unas risitas como una niña pequeña ha desaparecido, así que ahora puedo centrarme en Lucius en vez de en lo humillante que ha sido este encuentro.

—No estoy seguro —responde, con aire de seguir anonadado—. Quiero decir, me alegra que esté lo bastante bien de salud como para hacer eso, pero... —

Menea la cabeza—. Lo siento. No estoy seguro de querer hablar más sobre ello.

—Buena idea. —A mí misma me gustaría que alguien extrajera esas imágenes de mi memoria, así que apuesto que él pagaría una millonada para que le hicieran ese tratamiento de borrado de memoria de la peli *Eternal Sunshine*—. Solo una cosita ligeramente relacionada... mi móvil.

—Cierto —dice él. —Iré a buscarlo mañana.

Me resisto al impulso de besarle esa arruga de la frente.

—¿Les dirás a alguno de los dos que lo sabes?

—Nunca —dice, decidido.

Vale. Le debo un cambio de tema, a lo grande, así que le digo:

—Cuéntame cuál será tu elemento favorito de Novus Roma.

Es oficial: soy la mujer que susurra a los millonarios. Su cara vuelve a su tono de piel normal, el ceño se relaja y sus ojos empiezan a brillar.

—Es difícil elegir solo uno. ¿Te he contado lo de nuestro plan de movilidad inteligente?

Creo que lo ha hecho, pero le digo que no con la cabeza, ya que esto es más bien una situación de terapia, no de recopilar información por mi parte.

Entonces se pone a contarme que Novus Roma no permitirá a los residentes tener sus coches dentro de la comunidad. Los que tengan coche, tendrán que dejarlo en un parking fuera. Dentro, una flota de coches eléctricos sin conductor será el medio de transporte a utilizar. Eso hará innecesarios los garajes, eliminará la polución ambiental, y todos estarán mucho más seguros porque los coches siempre respetarán los límites de velocidad y se comunicarán entre sí y con las carreteras para evitar cualquier tipo de accidente.

—Espera —digo, intrigada a pesar de los pesares—. ¿Tendrá Novus Roma sensores en las aceras y las calles?

Él asiente, animado.

—Suena un poco Orwelliano —le digo.

Él se encoge de hombros.

—Los datos solo se utilizarán para la navegación de los coches y la seguridad de los viandantes.

—Vale, bien. ¿Cuál es tu segundo elemento favorito?

Él me habla de la conexión de internet superrápida de la que todo el mundo disfrutará gratis en Novus Roma, hasta cuando haga senderismo en los bosques protegidos.

Normalmente, pondría en cuestión lo sabio de tener a la gente así de conectada cuando están intentando disfrutar de la naturaleza, pero la limusina se detiene, y mi anterior objetivo de invitarle a subir asoma provocativamente la cabecita, haciéndome tener de nuevo dificultades para pronunciar palabra.

—Ya hemos llegado. —Él señala hacia la ventanilla, con rostro inescrutable.

—Sí. —Sé que debería salir, pero no me muevo, ni siquiera cuando Elijah me abre la puerta.

Lo que es peor, mis mejillas se sonrojan, a pesar del

hecho de que no he dicho nada, ni tampoco he invitado a nadie.

Aaaaj.

¿Desde cuándo soy tan gallina? Por qué no puedo ser más echada para adelante, como su abuela, que claramente le pidió a un hombre mucho más joven si podía atarle antes de...

—Te acompaño hasta la puerta —suelta Lucius.

—Gracias —acepto yo rápidamente, y por fin consigo mover el culo del asiento.

Eso está bien. Tendré más tiempo para reunir el valor.

Salvo porque durante todo el camino hasta mi piso estoy más silenciosa que una peli de Charlie Chaplin. Al final, hemos andado todo lo que había que andar, y en ese momento hago mi mejor jugada conversacional hasta la fecha:

—Esto es una puerta. Es decir, es mi puerta.

Las comisuras de sus ojos dibujan una sonrisa.

—Estoy familiarizado con el concepto de puerta. La tuya suena especial.

Yo me muerdo el labio.

—Probablemente habrás diseñado algún tipo de puerta inteligente para las casas de Novus Roma. Alguna que te salude y se abra sola. —Y tal vez una puerta así podría invitar a novios falsos a entrar cuando la dueña es una gallina.

Él se humedece los labios...y se me antoja un poco a un lobo relamiéndose el hocico.

—Esa es una excelente idea. Todavía no he pensado demasiado en las puertas inteligentes.

¡Mierda! Parece como si quisiera besarme. ¿O es solo una ilusión por mi parte?

Yo respiro hondo para calmarme. Lo voy a hacer. Haré que entre.

—Tengo la cama plegable atascada. ¿Podrías ayudarme? —Suelto como una metralleta en una sola frase... al mismo tiempo que él dice otra cosa.

—¿Qué has dicho? —pregunto, fustigándome mentalmente. ¿Por qué la cama plegable? ¿En qué estaría pensando? Estando en mi dormitorio, eso es demasiado atrevido y obvio. Además, ¿ahora cómo finjo que está atascada?

—He preguntado si podría volver a ver tu cactus —dice Lucius—. Cuando me enseñaste tu piso la otra vez, no sabía lo importante que era para ti. ¿Qué es lo que habías dicho tú? ¿Algo sobre atascos?

Una sonrisa enorme y bobalicona se extiende por mi cara.

—No te preocupes por lo que he dicho. Por supuestísimo que puedes ver mi cactus.

Mientras enredo con mis llaves, no puedo evitar pensar si «cactus» no será el código secreto para otra cosa. Si es así, el nombre científico para la planta del té anchan, ese agradable té de color azul, funcionaría mucho mejor ya que es *Clitoria Ternatea* o simplemente *Clitoria*. Como a Lucius le va el latín, seguro que eso le encantaría.

—Adelante —le digo cuando he abierto la puerta—. Tú primero.

Maldición. ¿Por qué todo lo que digo me suena de repente como algo guarro?

Él entra, se acerca a grandes zancadas hasta el Notita, y le examina con gran intensidad, y al parecer dándole mucha importancia.

¡Tía! ¿Está este tío pensando morderme? Eso no sería nada guay.

—Es un cola de castor, ¿verdad? —pregunta Lucius.

Lo único que mi sucia mente escucha es «cola», pero yo murmuro algo respondiendo que sí. Luego me doy cuenta de que Lucius debe de haber investigado mi cactus.

¡Ay! Me podrían estallar los ovarios.

Antes de poder pensarlo mejor, me acerco torpemente hasta mi cama plegable y la meneo tan fuerte que los muelles crujen.

—¡Oh, no! Esto se ha atascado. ¿Me puedes ayudar?

Maldición. ¿Por qué no se me habrá ocurrido algo nuevo?

Sin embargo, da igual.

Él se da la vuelta y tiene los ojos llameantes al decir:

—¿No es ese tu dormitorio?

Yo asiento y meneo la cama plegable otra vez.

Moviéndose con una gracia elegante y atlética él se acerca y tira de la punta de mi sofá-cama.

Fiiiu.

Esa cosa nunca se había convertido en cama tan deprisa.

Yo trago saliva, mirándole a los ojos.

—He debido de dejártela menos dura.

¿Menos dura? ¿Y ahora qué viene, una discusión sobre lubricar los engranajes?

Él mira la cama y luego me vuelve a mirar a mí.

—¿Buenas noches?

Maldita sea. Su voz es tan ronca como un gruñido de husky siberiano de pura sangre. Me late el corazón tan fuerte que estoy en peligro de que se me rompa la caja torácica. Él me está mirando con esos ojos color acero que están empezando a parecerse al metal fundido, y tengo la sensación de no ser capaz de coger aire suficiente. O más bien, de que cada bocanada que cojo me hace extremadamente consciente de su sutil aroma masculino y del calor que irradia su enorme cuerpo.

—Juno… —Su voz es incluso más ronca—. Voy a besarte. Si tú no deseas esto, dilo ahora.

—Yo… —Me relamo los labios resecos—. Decididamente, lo deseo.

Y con esas palabras, me pongo de puntillas, le rodeo el cuello con los brazos y aprieto mis labios contra los suyos.

Capítulo 34

Lucius

Y ASÍ, la biología no solo gana la batalla sino también la guerra.

Los labios suaves de Juno son deliciosos y su hábil lengua enloquecedora. La deseo más que a ninguna otra cosa que haya deseado en toda mi vida.

Inhalo ávidamente su aroma embriagador: una mezcla de champú Neutrógena, gel Dove y algo dulce que es puramente Juno, la mujer a la que han bautizado apropiadamente con el nombre de una diosa.

Me la acerco y sus partes blandas se aprietan contra mis durezas.

Ella ahoga una delicada exclamación en mi boca, y sus manos se sueltan de mi cuello y se deslizan por mi espalda hasta que una de ellas me agarra el trasero.

Maldición, qué bueno que es eso. Ojalá no estuviese toda esta ropa por medio.... No. Enseguida. Primero, mi beso se desplaza de sus labios hasta su cuello de alabastro, respirando más de su dulce aroma, saboreando la suavidad de su tierna piel.

Con un gemido, ella tira de mi camisa, mostrando que estamos en la misma onda en cuanto al estorbo que suponen nuestras ropas.

A regañadientes, aparto los labios de su cuello y me echo para atrás para quitarme la camisa.

Manteniendo el contacto visual, ella se quita el top y luego el sujetador, dejando a la vista sus pechos perfectamente animados.

Se me corta el aliento.

—Joder. —Me quito los pantalones rápidamente—. Eres magnífica. —Para ilustrar mi punto, me quito los bóxers para que pueda ver mi apreciación en formato duro como la roca.

Ella mira mi polla abriendo mucho los ojos.

—¡Santo saguaro bendito, qué grande es! —Se baja las bragas, mostrando el coñito agradablemente arreglado con el que llevo todo este tiempo teniendo sueños húmedos.

Es incluso mejor en la vida real.

Se me hace la boca agua mientras ella escanea mi cuerpo de arriba abajo.

—Eres como una estatua griega —me dice con el aliento entrecortado cuando sus ojos vuelven a encontrarse con los míos.

Mi respuesta me sale como un gruñido ronco.

—Y tú eres exactamente como una romana. La más perfecta.

Tras decir eso, la empujo suavemente hasta que ella

yace en la cama y yo me meto un pezón rosado y erecto en la boca.

No me jodas. Esto es como tocar el cielo.

—El otro está celoso —dice ella, jadeante.

Suelto ese pezón y le doy un lametazo al otro.

—Lo siento. A todos les llegará su turno.

Juno arquea la espalda y me agarra el pelo con los puños cuando yo chupo su pezón con avidez hasta que ella gime. Luego mi lengua baja por su pecho, por su delicioso vientre y por los bonitos rizos hasta que alcanzo el altar de la diosa.

—Voy a besarte aquí —murmuro, levantando la vista para poder mirarla a los ojos—. Dímelo si no lo deseas.

—Lo deseo. —Ella levanta las caderas de la cama—. Mucho.

Bien. Deslizo mi lengua por sus ricos y cremosos pliegues y luego los chupo suavemente.

Recibo un gemido de recompensa.

Paso la lengua por su perfecto y pequeño clítoris.

Ella suelta una exclamación ahogada.

—Delicioso —digo jadeante, dejando que mis labios vibren sobre esa carne sensible.

Un gemido más fuerte es la prueba de que voy por el camino correcto.

Pongo la lengua plana contra ella.

Sus gemidos suben de volumen.

Lamo la dulzura de su interior y luego deslizo un dedo donde mi polla desea tan desesperadamente entrar.

Jooooder. Esa caliente suavidad de terciopelo casi me hace correrme. Tenso todo el cuerpo para evitarlo, y muevo la punta del dedo hasta que localizo el pequeño nodo de nervios exactamente por debajo de donde tengo la lengua.

—¡Oh! —jadea ella—. Por favor, no pares.

Ni en un millón de años. Lamo y aumento la presión con el dedo antes de colocar plana la lengua otra vez.

Todo su cuerpo se estremece, y sus paredes vaginales se aprietan contra mi dedo, haciendo que mi polla palpitante dé un salto de envidia.

Ella se incorpora, con su cabello color trigo revuelto y los ojos muy abiertos.

—Recuéstate.

Antes de que pueda preguntarle por qué, lo veo... y entonces lo siento, cuando los exuberantes labios de Juno me rodean la polla.

Joder.

Joder, joder.

Esto es la leche.

Alucinante.

Salvo que si ella sigue, yo voy a estallar.

Haciendo un esfuerzo hercúleo, la aparto.

Ella me lanza una mirada confusa.

—Tengo que estar dentro de ti —gruño.

Sus ojos se iluminan de comprensión. Escapando de casi mi agarre, ella gatea hasta el borde de la cama y su voluptuoso trasero es la visión más erótica que he visto nunca. Igual que sus pies pequeños y perfectos, todos rosados y delicadamente femeninos.

Se da la vuelta de nuevo y entonces veo que no estaba montando un espectáculo visual para mí. Ha cogido un condón, que me entrega con un bonito sonrojo.

¡Puta biología! Por primera vez en mi vida he tenido cero precauciones y ni he pensado en usar protección. Joder, menos mal que uno de los dos tiene algunas neuronas todavía funcionales.

Abro el envoltorio con los dientes, y me lo pongo mientras ella se tumba de espaldas. Hambriento, recorro su cuerpo con la mirada.

—Preciosa. —Pronuncio esa palabra como un gruñido, pero en mi defensa diré que el tsunami de sangre que ha inundado mi polla de repente me ha arrebatado la capacidad de hablar.

Cubriendo su pequeño cuerpo con el mío, mucho más grande, inclino la cabeza para atrapar los labios de Juno con otro beso y guiar con cuidado la punta de mi polla hasta su entrada. Mientras mordisqueo el lóbulo de su oreja, susurro:

—¿Preparada?

—Por favor —me urge.

¿Pero qué me está haciendo?

Empleando las últimas briznas de fuerza de voluntad que me quedan, entro en ella con un movimiento lento y sensual... y siento como si hubiese llegado a casa después de haber estado diez años fuera. Ella gime y tensa sus músculos internos, y yo aprieto los dientes y me quedo quieto para dejar que se acostumbre a mí.

Cuando su cuerpo se suaviza y se relaja, yo empujo más adentro, y noto lo prietas, lo cálidas que son sus carnes. Lo perfectas, como hechas para mí.

Mi siguiente empentón es más fuerte, más directo. Ella me empuja la espalda para pedirme más, y yo acelero el ritmo hasta que arranco un gemido de placer de sus labios.

Y acelero más.

Sus gemidos suben de volumen.

Mis pelotas se tensan. Estoy en el límite, pero resisto hasta que ella se estremece debajo de mí y grita mi nombre.

Y luego me pierdo.

Su coño me estruja como un torno suave y húmedo y me corro dando un gruñido. El placer estalla por mis terminaciones nerviosas con una violencia que hace que se me nuble la vista.

Capítulo 35

Juno

ESTOY FLOTANDO en una nebulosa postorgásmica de brumosa satisfacción cuando unos fuertes brazos me levantan.

Mmm. Me están llevando a algún sitio. Antes de poder reunir la energía para preguntar a dónde, nuestro destino se me hace evidente.

La ducha.

Lucius me deja sobre mis pies en el suelo de baldosas y abre el grifo del agua. Luego me da un suave empujón en el trasero, así que entro en la ducha. Una vez lo hago, se une a mí.

Santo saguaro bendito. Él empieza a enjabonarme con gel. Sus fuertes manos recorren todo mi cuerpo, acariciando y masajeando. Debería estar totalmente extenuada, y lo estoy, pero de algún modo él está reavivando mi deseo.

Para cuando vuelve a centrarse en sí mismo, tengo tantas ganas que me duele, y cuando nos secamos con las toallas, estoy tan excitada como estaba antes de entrar en mi apartamento.

Me muerdo el labio y le observo por debajo de mis húmedas pestañas.

—¿Podré emplear mis propias piernas para volver o...?

Sus labios se estremecen un segundo y él se inclina para cogerme en sus brazos, apretándome con fuerza contra su cuerpo de músculos duros mientras comienza a andar. No parece estar haciendo ningún esfuerzo al hacerlo, tampoco.

Esos músculos tan sexis no son solo para lucirlos.

—Podría acostumbrarme a esto, ¿sabes? —le digo después de que él me deje sobre la cama.

Una sonrisita ufana bailotea en sus labios.

—¿Te lo has pasado bien?

Me estiro, sintiéndome como una gata. Una gata bien alimentada y bien acariciada.

—La segunda vez que me corrí, los dedos se me curvaron tanto que me dolieron los pies.

Él los mira fijamente, y su anterior sonrisa queda reemplazada por una expresión auténticamente carnívora.

—¿Quieres que te dé un masaje?

Podría haberle recordado sobre la vez en que admití que disfrutaba de ese acto en particular. Pero, en vez de eso, le suelto:

—¿Inhala dióxido de carbono un cactus por la noche?

Él se sienta al borde de la cama y coge en sus manos mi pie derecho. Su voz vuelve a sonar ronca.

—Voy a asumir que eso es un sí.

Empiezo a responderle, pero él me aprieta el pie cerca de los dedos y en vez de hablar, suspiro de placer.

Animado, él me presiona con mayor firmeza y luego sus dedos atraviesan lentamente la distancia hasta mi tobillo, dejando a su paso una placentera relajación.

Él comienza a dibujar pequeños círculos en el arco de mi pie.

Yo cierro los ojos, sintiéndome ahora del todo igual que una gata a la que acarician.

Él mueve los pulgares arriba y abajo por mi tendón de Aquiles.

Si los humanos fuésemos capaces de ronronear, yo lo haría.

Cuando empieza a estrujar y luego estirar de cada uno de mis dedos, suspiro de gusto, y tengo un flashback de mi orgasmo anterior, especialmente cuando él comienza a deslizar sus dedos arriba y abajo por cada uno de los míos.

—Este es el mejor masaje de pies que me han hecho jamás —suelto con el aliento entrecortado, abriendo los ojos para mirarle a los suyos—. Ni pizca de cosquillas. Me encanta.

Su sonrisa de carnívoro regresa.

—Veamos si te gusta esto. No mires. Solo siéntelo.

Intrigada, vuelvo a cerrar los ojos.

¡Guau! Hay una sensación intensamente agradable

que viene de mi dedo gordo: un combo de calidez, humedad, presión y succión.

Es vagamente parecido a cuando me chupan el pezón, y hasta resuena en mi vientre de forma similar.

Incapaz de contenerme, abro los ojos.

Como me imaginaba, él me está chupando el dedo.

Luego lo lame, enviando un latigazo de placer directo a mi clítoris.

Yo ahogo una exclamación.

Él me pasa la lengua por el arco del pie.

No puedo evitar gemir.

Él reinicia sus servicios aplicándolos a mi otro pie, y yo me doy cuenta de que estoy deslizando la mano entre mis piernas, apretando el vacío pulso que palpita allí.

—Eso es —gruñe él, mientras sus ojos se iluminan—. Córrete para mí, así.

Con gusto.

Mi respiración se acelera y yo presiono más mi clítoris mientras él me chupa el siguiente dedo. Y cuando sus atenciones se centran en el tercer dedo, yo me corro con un grito ahogado.

—Buena chica —murmura él observándome con ojos de lava fundida—. ¿Estás preparada para otra ronda?

¿Otra ronda de qué? Miro para abajo y me quedo boquiabierta ante la erección palpitante que tiene.

¿Cómo es posible que parezca todavía más grande que la primera vez? ¿Y cómo puede estar listo de nuevo? Ninguno de mis ex tuvo un periodo de recuperación tan corto.

¿*Tanto* le gustan mis pies?

Sea cual sea la razón, en algún modo hay un cumplido implícito en ello.

Gateo para coger un condón lo más rápido que mis huesos hechos gelatina me permiten, y luego se lo entrego.

—Ponte a cuatro patas —me ordena él, acariciando su enorme erección.

Yo obedezco con gusto y en un abrir y cerrar de ojos, lo tengo dentro de mí; suavemente al principio y luego con más seguridad cuando yo me ajusto a él.

Su primer empentón profundo hace que se me pongan los ojos en blanco de golpe. Después del segundo, agarro las sábanas con los puños, y una nueva tensión crece en mis entrañas. Él acelera el paso, moviéndose más rápido y más profundo, hasta que la tensión amenaza con desbordarse.

—Córrete para mí —dice con voz entrecortada. Sus caderas se mueven como un pistón hidráulico, arrancando gemidos de mis labios.

Cuando estoy justo a punto de llegar, él me agarra un pie, apretando justo con la presión adecuada, y yo me corro con un grito, mientras mis dedos se curvan en sus fuerte mano.

—Joder —gruñe él, mientras yo siento como se libera, lo que causa una pequeña réplica de mi propio orgasmo.

Exhausta, me dejo caer sobre la cama con los ojos cerrados y el cuerpo flácido.

Es oficial. Me he echado a perder para otros hombres... y eso es antes de que él me vuelva a llevar a la ducha y me regale otro lavado sensual.

Cuando volvemos a la cama, él me coloca en posición para hacer la cuchara y luego me rodea con los brazos y noto su respiración contra mi nuca.

Esto está muy bien.

No. Bien no le hace justicia.

Esto es el paraíso.

Suspiro, satisfecha. En este momento, es muy fácil imaginar que lo que hay entre nosotros pueda funcionar... y sin que nuestros corazones sufran. El mundo exterior ya cree que estamos juntos, así que solo tendríamos que cambiar unas cuantas etiquetas, ¿verdad? Y seamos honestos... Para mí, el ajuste sería minúsculo, gracias a todas esas cosas que no debería haber estado sintiendo pero que he sentido.

La gran pregunta es: ¿estará él en la misma página?

Sus acciones de esta noche señalan intensamente en esa dirección, especialmente la forma tan tierna en que me está abrazando ahora mismo. Sin embargo, una helada preocupación se extiende por mis venas. Él sigue siendo un guapísimo millonario y yo la dueña de un pequeño negocio que a veces se confunde al leer las etiquetas de los envases de fertilizante.

¿Y si lo de esta noche ha sido para él solo echar un

polvo? ¿Y si no está viendo esto como un acontecimiento sino como un lapsus momentáneo de su cordura?

Cuanto más tiempo paso ahí tumbada, más me preocupo.

De repente, él aparta los brazos.

¿Necesitará ir al baño o algo?

Todo su cuerpo se aleja, dejándome la espalda al aire y con frío.

Confusa y preocupada, me doy la vuelta.

Lucius está sentado al borde de la cama, con aire de sentirse incómodo.

Yo me incorporo.

—¿Qué estás haciendo?

—Irme a casa. —Sin mirarme a los ojos, se levanta de golpe y empieza a buscar su ropa—. Querrás tener la cama para ti sola.

¿Qué diablos...?

Soy consciente de que puede que tenga una almohada de un millón de pavos esperándole en casa, pero pensé...

—Lo siento —dice él, poniéndose la ropa más deprisa de lo que yo creía humanamente posible.

Entorno los ojos.

—¿Lo sientes por qué?

Él abre las manos.

—No tendríamos que haberlo hecho.

Mi corazón se desmorona.

—¿Por« tendríamos», quieres decir «tendría»? ¿Y ese *haberlo hecho* se refiere a hacérmelo a mí?

Él se sube la bragueta.

—¿Qué?

—Nada. —Siento unos impulsos violentos y una presión que crece detrás de mis ojos—. Como estás tan ansioso por irte, lárgate, joder.

—Yo no estoy... da igual. Me voy. —Se pone los zapatos—. Discúlpame, otra vez. ¿Te llamo mañana?

—No lo hagas —debería de agradecerle a saguaro que no tenga ninguna lámpara cerca, o alguna otra cosa que pudiera tirarle a su estúpida cabeza.

Me dedica una mirada indescifrable, y luego cierra la puerta con un fuerte portazo.

Yo entierro la cara en la almohada y me echo a llorar.

Capítulo 36

Lucius

DE CAMINO A CASA, combato un millón de preguntas y una sensación creciente de confusión.

¿Qué es lo que he hecho?

¿Por qué me la he tirado?

¿Por qué me he ido?

Lo he arruinado todo. He permitido que me dominase la biología y ahora no sé dónde estamos.

Joder, joder.

Ha sido el mejor sexo de mi vida, pero no tengo ni idea de si para ella también.

Probablemente no. Apuesto a que solo estaba llevándome la corriente con esta fantasía que nos hemos montado.

Si no estuviese dentro de una limusina, empezaría a pasearme arriba y abajo, pero tal como están las cosas, solo puedo apretar los puños y soltarlos repetidamente.

Nunca me había encontrado en una situación en la

que me gustara tanto una mujer. Nunca me había permitido estarlo.

Oh, ¿a quién quiero engañar? La cosa va más allá de que me guste. Y todo esto es una farsa. Al menos, se supone que debía serlo. Pero ya no lo es, por mi parte.

Tal vez no tendría que haberme largado. Pero si me hubiese quedado, con ella entre mis brazos, un solo segundo más, me hubiese dejado absorber todavía más por esa fantasía. Si me hubiese rendido a la ilusión y me hubiese convencido de que a ella podría importarle yo tanto como ella me importa a mí, acabaría lamentándolo. Lo sé, y ya está. Sería como aquella vez en el instituto en que Maddy fingió que yo le gustaba para poner celoso a su ex. Y después, se comportó como si yo fuese un apestado.

Cuanto más pienso en ello, más dudo que Juno sienta algo auténtico por mí. No existe cantidad de dinero alguna que pueda cambiar quién soy yo, y ninguna mujer ha estado jamás interesada en ese tío. Conozco lo bastante a Juno para saber que no le importa el dinero de la forma en que lo haría en caso de ser la típica cazafortunas... lo único que quiere es pagarse sus matrículas universitarias y tener lo básico para sobrevivir. Pero también la conozco lo suficiente para ver lo asombrosa que es...¿y qué posibilidades hay de que alguien así sea la primera mujer en quererme por algo que no sean mis muchos millones?

En algún momento me doy cuenta de que he conseguido llegar a casa y prepararme para acostarme como cada día sin apenas ser consciente, igual que el robot en el que ya no deseo convertirme. No a menos que mi cuerpo robótico pudiese permitirme experimentar lo que he sentido hace un rato, con Juno entre mis brazos.

Es igual. Esta noche no necesito pensar en robótica, ni en ninguna otra cosa, en realidad.

Lo que debería hacer es intentar conseguir lo imposible.

Dormirme.

———

Me despierto, lo que es raro porque no creía que me dormiría con todas esas vueltas en la cama, obsesionándome con Juno.

¿Tal vez debería llamarla? Para saber lo mal que...

Un momento.

Ella se olvidó el móvil en casa de Nana.

Salto de la cama y me visto rápidamente.

Le prometí a Juno que le llevaría su móvil hoy, así que eso es lo que pretendo hacer.

———

Cuando entro en casa de Nana, Aleksy me recibe con una cálida sonrisa.

Joder. Planeaba fingir que no había visto nada y no sabía nada, pero ahora me doy cuenta de que no soy capaz.

—Salgamos fuera a hablar un momento —le digo con tono serio.

Él arquea una ceja y me sigue hasta la puerta.

—¿Qué pasa? —pregunta.

—Algo que se me olvidó comentarte cuando te contraté. —Le miro a los ojos para ilustrar lo tremendamente serias que van a ser mis siguientes palabras—. Si alguien le hace daño a mi abuela, del modo que sea, ofreceré una recompensa multimillonaria por su cabeza.

Los rasgos de Aleksy se tensan, y su acento es más marcado de lo normal cuando dice:

—Si alguien le hace daño, no necesitarás malgastar tu dinero. Yo me encargaré personalmente.

Le miro con intensidad y luego asiento.

—Parece que nos hemos entendido. —Le ofrezco mi mano, y él me la estrecha con solemnidad.

—¿Dónde está? —pregunto, volviendo la cabeza hacia él cuando volvemos a entrar.

—Haciendo jardinería —dice con tono de aprobación.

Me detengo en la sala de estar y cojo esa chatarra que Juno tiene por teléfono. Luego me encamino al jardín trasero donde pillo a Nana arrancando hierbas.

—¿Para qué te pago un jardinero? —pregunto, exasperado.

Ella levanta la vista y sonríe.

—Él se encarga del paisajismo de delante de la casa. Estos de aquí son mis dominios. —Diciendo esto, se levanta, se limpia el polvo de las manos en el vestido y se apresura a besarme en la mejilla—. No te abrazo —me advierte—. No quiero llenarte de tierra.

—No me preocupa un poquito de tierra. —Para demostrárselo, encuentro el hierbajo más cercano y le doy un tirón.

—Ven —me dice—. Hablemos en el comedor.

———

«Hablemos en el comedor» es, por supuesto, una frase en clave que significa que desayunemos juntos. No me importa, y no solo porque esta mañana me he olvidado del todo de comer nada.

—Entonces —me dice Nana, meneando las cejas—. ¿Qué tal fue el resto de tu velada?

El sándwich de queso brie y pera al grill me sabe de repente a poliestireno.

—Estuvo bien. Genial. Lo normal.

Ella suelta su taza de té.

—¿Qué ha pasado?

¿Tan transparente soy?

—Nada.

—¿Te has peleado con Juno? —insiste—. Esas cosas pasan.

Mi mandíbula se tensa.

—No. No lo sé.

Nana frunce las cejas.

—¿Cuál es el problema?

—No es ningún problema. Es solo la realidad.

—¿Qué realidad? —pregunta.

—Me gusta —le digo, y decirlo en voz alta hace que algo me atenace el pecho—. Un montón. Tal vez más que un montón.

Nana suelta una risita.

—Querido, os he visto juntos. No necesitas decirme eso.

No miro a los ojos a Nana.

—Pero no creo que a ella le guste yo. No de la misma forma.

—¿Estás loco?

Yo pestañeo, sobresaltado, y miro a Nana.

Ella suspira y pone su mano sobre la mía.

—Escucha. Como te acabo de decir, os he visto juntos... y esa chica está loquita por ti.

—Solo estaba fingiendo. —Esas palabras saben más amargas al pronunciarlas.

Ella resopla.

—No fingía. En serio. Confía en mí, nunca me equivoco con esas cosas.

Cojo mi sándwich sin prestar atención y le doy un gran mordisco.

¿Podría Nana estar en lo cierto?

Repaso todas mis interacciones con Juno: las comidas parecidas a citas, el viaje en avión, Gainesville, las llamadas de teléfono, conocer a nuestras familias y luego ese sexo tan trascendental de ayer. Y tal vez sea mi nivel de azúcar en sangre estabilizándose, pero empiezo a sentirme más esperanzado.

Por lo menos, Juno parece desearme en la cama. Sus

acciones de ayer me lo demuestran. Tal vez no tanto como yo la deseo a ella, pero es un comienzo.

Tal vez si me esfuerzo lo bastante, pueda hacer que ella me desee más.

Que me ame.

Dejo el sándwich a medio comer en mi plato mientras la idea cobra cuerpo en mi mente.

¿Por qué no se me habrá ocurrido antes?

Voy hacer que Juno sea mía. Me acercaré a ella igual que lo hago con cualquier trato de negocios: con temple y determinación. Haré lo que haga falta para convertir lo que tenemos en algo real.

Sí. Puede funcionar.

Tal vez ayer me comportase como un idiota, pero puedo arreglarlo.

Voy a arreglarlo todo.

Sin pretenderlo, me pongo de pie de golpe.

Nana arquea una ceja.

—¿Ya te marchas?

Me doy unas palmaditas al bolsillo en el que me he guardado el móvil.

—Tengo que ocuparme de una chica. O, en este caso, de una diosa romana.

Capítulo 37

Juno

ME LEVANTO con el olor de Lucius en mis sábanas y un dolor que me atenaza el pecho.

Me levanto de golpe, arranco la ofensiva ropa de cama y la tiro en una pila. Si quiero conservar la cordura, tendré que hacer una colada de emergencia.

¿Cuándo abre la lavandería?

Echo mano a mi móvil para poder llamarles y averiguarlo, pero entonces recuerdo que me he olvidado el estúpido trasto.

Aj, necesito recuperarlo.

Mi nuevo destino: la casa de la abuela de Lucius.

Después de unos segundos de aporrear no muy delicadamente la puerta de Pearl, Aleksy me abre.

—Acaba de irse —dice sin más preámbulo.

Grr. Debe de referirse a Lucius. No había caído en que me arriesgaba a toparme con él.

O tal vez sí.

Tal vez eso es lo que quería.

No.

A diferencia de Aleksy, yo no soy ninguna masoquista.

—Me dejé el móvil olvidado en la mesita de la sala de estar —le digo, y me sonrojo al recordar en qué otra cosa estuvo ayer implicado ese mueble.

Aleksy me abre la puerta y me invita a pasar con un gesto. Yo entro a toda prisa, rezándole a saguaro para no encontrarme con Pearl. Lo último que deseo es volver a echarme a llorar si ella me pregunta cualquier cosa referente a ese robot que tiene por nieto. Eso no sería bueno.

Nada de nada.

—El móvil no está aquí —le digo a Aleksy, mirando por la habitación.

Él se encoge de hombros.

—¿Lo ha cogido Lucius? —pregunto.

Él se rasca la barbilla.

—Es posible.

Suelto aire, frustrada.

—¿Dónde crees que ha ido?

Él vuelve a encogerse de hombros.

—¿Al trabajo?

Vale. Por supuesto. Lo único que le importa.

Con el estómago atenazándoseme al anticipar *ese*

encuentro, o a pesar de ello, me encamino a mi nuevo destino.

———

Entro en el aciago edificio donde vi a Lucius por primera vez.

El vestíbulo está tal como lo recordaba... una imitación barata de un museo de la antigua Roma.

Mierda. ¿Por qué no me habré vestido en plan imponente? Podría haber hecho que Lucius se arrepintiese de ser tan gilipollas, pero lo que es más importante, habría estado bien ir a juego con todos esos elegantes drones de trabajadores que tiene, para variar.

Siento un escalofrío bajando por mi espalda, solo en parte debido al excesivamente potente aire acondicionado.

Para calmarme, me acerco a la pared verde y localizo el cactus estrella que hay allí.

—Hola, pequeñajo —murmuro—. ¿Te está cuidando quien sea que tenga el trabajo que yo no conseguí?

Después de una rápida revisión del sustrato, la respuesta parece ser que sí. Bien. No *todo* es una mierda en este terrible universo.

Me vuelvo hacia el mostrador de seguridad y veo al mismo guardia que comprobó mi carnet la última vez. Me dirijo hacia él.

—¡Juno! —me saluda animado—. Me has convertido en una celebridad por aquí.

Yo le miro, pestañeando.

—¿Cómo?

Él sonríe.

—Tengo el mérito de haberte conocido antes de que lo hiciera el jefazo.

¡Ah! Supongo que eso tiene sentido. El hecho de que el gilipollas con corazón de piedra de su «jefazo» tenga una novia de carne y hueso probablemente sea un acontecimiento de proporciones míticas, y cualquiera que se haya visto implicado habrá ganado la lotería del cotilleo.

—¿Está él aquí? —pregunto, sin preocuparme por sonar como una amante novia en lo más mínimo—. Tiene algo que necesito.

—Déjame ver. —El guardia empieza a hacer llamadas y le pasan por diferentes departamentos antes de que le oiga decir—: Sí. Juno está aquí buscando a...

Se detiene a mitad de la frase, y puedo imaginarme a Lucius al otro lado de la línea. *¿Ahora me está acosando? Qué tía tan pesada.*

—Sí —añade el guardia después de una breve pausa—. Le diré que la espere. —Cuelga y me mira con una ligera confusión—. Esa era la Sra. Avalin. Quiere hablar contigo.

—¿Quién?

Él pulsa unas cuantas teclas y gira la pantalla hacia mí para enseñarme una foto.

—Ella.

¡Ah! Esta hablado de Eidith. La de la «i» extra.

¿Me estará mandando Lucius el móvil con ella para

no tener que molestarse en enfrentarse él mismo a mí? ¿O está de repente demasiado ocupado después de haberme jodido, literal y figuradamente?

Espero, danzando de un pie al otro, hasta que la rubia reina de los hielos se acerca haciendo resonar sus tacones y meneando las caderas como si fuesen un péndulo sexy.

—Juno —me dice—. Llevaba un tiempo esperando que pudiésemos charlar.

Eso es extraño. Y no parece tener mi móvil. Lo único que tiene en la mano es un pedazo de papel.

—Sígueme —dice, con un tono de voz que indica que está acostumbrada a que la obedezcan.

Curiosa, la sigo hasta el ascensor más cercano. Nos subimos, pero ella no pulsa ningún botón. Después de un instante, las puertas se cierran por sí solas y ella me dice:

—Tendrá que ser una charla rápida.

—¿Una charla rápida sobre qué?

Ella suspira.

—Mira... sé lo tuyo con Lucius.

Se me cierra el estómago. ¿Le habrá contado a ella lo de anoche?

No. Eso sería pasarse, hasta para él.

Será mejor actuar con calma, por duro que sea.

—¿Podrías aclararme eso, por favor?

—Vi el contrato en la mesa de Lucius. Lo tuyo con Lucius no es de verdad —dice—. Para ti solo es cuestión de dinero. Y no hay nada de malo en eso. En todo caso...

—¿Y a ti qué te importa? —pronuncio esas palabras con un tono un pelín histérico.

Ella me entrega el papel que lleva en la mano.

—Esto es el doble de lo que él te ha prometido.

Me quedo mirando la cifra del cheque, que es lo que es ese papel, anonadada y sin comprender nada.

—Ese dinero es tuyo —dice Eidith—. Si, y solo si, rompes esa falsa relación, hoy mismo. —Señala al cheque—. En el reverso verás que te he anotado una dirección de email. Es la de un respetable periodista. Estará esperando saber de ti.

—¿Por qué? —pregunto, pasmada.

¿Estará haciendo esto por orden de Lucius?

Ella se encoge de hombros.

—Nunca me ha gustado vuestro arreglo. Si él me hubiese consultado le habría aconsejado que no lo hiciera.

—¿Ah, sí?

He cambiado de idea sobre quién es el más gilipollas del mundo. Lucius tendrá que cederle la corona a esta tía.

—¿Y a *ti* por qué te importa eso? —pregunta.

Por qué, cierto. Me arriesgo a aventurarme con una loca suposición.

—¿Es que quieres salir tú con él? —Cuando noto que se encoge ligeramente, presiono más usando mi ventaja—. Apuesto que salir contigo de verdad sería muy parecido a fingir salir contigo.

Ella entorna esos témpanos que tiene por ojos.

—Lucius y yo hacemos mucho mejor pareja que un

millonario y una don nadie que no sabe cómo vestirse ni cómo comportarse. Una don nadie apenas educada que...

Cojo aire de golpe y clavo el dedo en el botón de «abrir puerta».

Si me quedo en este ascensor un solo minuto más, voy a hacerle daño a esta zorra... mucho daño. Y como tiene abogados, y testigos que nos han visto entrar juntas, acabaré en la cárcel.

No, gracias. Paso.

En cuanto se abren las puertas, salgo volando, pero Eidith me envía un disparo de despedida por la espalda.

—Has sido una mancha en su reputación.

Casi me doy la vuelta y me arriesgo a acabar en la cárcel.

Pero no. A ella eso le encantaría.

Mientras rompo el cheque en pedazos, salgo a toda prisa del estúpido edificio, salto dentro de un taxi, y dedico todo mi esfuerzo a no hacer un espectáculo de mí misma echándome a llorar. Siento como si Eidith hubiese metido el dedo en la herida sangrante de las inseguridades que Lucius me abrió anoche... y hubiese hecho un movimiento provocativo dentro antes de clavármelo con fuerza.

Al acercarme a mi puerta, veo a Lucius esperándome allí.

Mi corazón se acelera al máximo.

Cojo aire para calmarme, me acerco y carraspeo con aire molesto.

Él se vuelve y se me mira de arriba abajo.

—Aquí estás. Estaba...

—¿Dónde está mi móvil? —pregunto, de la forma más cortante que puedo.

Él frunce el ceño y se lo saca del bolsillo.

—Toma. ¿Podríamos...?

—No. Sea lo que sea lo que quieras, la respuesta es *ni de coña.* —Le arranco el teléfono de las manos y abro la puerta.

—No me llames. No me envíes correos. Ni mensajes de texto. No vuelvas a acercarte por aquí —le suelto con voz temblorosa y sin coger aire—. Nunca, jamás, quiero volver a verte ni saber nada más de ti.

Capítulo 38

Lucius

¿Qué cojones? Después de soltarme ese horrible soliloquio, Juno me cierra la puerta en las narices tan fuerte que si las hubiese tenido un centímetro más cerca, ahora tendría la misma cara que un bulldog.

¡Mierda! Sabía que estaría disgustada, pero esto era otra cosa. Ha sido más violento de lo que esperaba. Y no me ha dado ocasión de decirle lo que había venido a decir.

Llamo a la puerta.

No me contesta.

Toco el timbre.

Con idéntico resultado.

La llamo a ese trasto que tiene por móvil.

Me salta directo al buzón de voz.

Grito su nombre, fuerte, pero no hay respuesta.

Dudo que echar su puerta abajo la vaya a calmar, aunque me resulte tentador.

No. Por ahora, tendré que dejar que se le pase un poco, y entonces hablaremos.

Pienso asegurarme de eso.

———

Cuando entro a grandes zancadas en mi edificio, todos se apartan de mi camino, sin duda notando mi mal humor.

Entonces, para mi sorpresa, uno de los tíos de seguridad grita:

—¿Señor?

Miro al tío.

No. Creo que no he hablado con él en mi vida. Olvido los nombres, pero no las caras. ¿Será esto un intento de conseguir un ascenso o algo? Nunca estoy de humor para esas cosas, pero especialmente, no ahora mismo.

—¿Le encontró Juno? —grita el tipo.

Y así, sin más, consigue mi atención plena.

Casi tiro al suelo a algunos de mis subordinados de camino al mostrador de seguridad, donde exijo saber:

—¿Qué quieres decir con eso?

Él palidece.

—Ella ha estado aquí. Buscándole a usted. Habló con la Sra. Avalin y luego se fue corriendo. —Mira a ambos lados con aire furtivo y luego añade—: Juno parecía estar disgustada.

¿Qué Eidith ha hablado con Juno? ¿Para qué diablos?

Resisto el impulso de agarrar al guardia por el cuello de su uniforme.

—¿De qué han hablado?

Él se encoge de hombros.

—No lo han hecho aquí.

—¿Entonces, dónde?

Algo en mi expresión hace que él palidezca todavía más.

—No lo sé. Han cogido el ascensor.

Me uno a él detrás del mostrador.

—Saca las imágenes de las cámaras de seguridad.

Él lo hace, y los dos miramos como las dos mujeres se suben en el ascensor más cercano.

—Saca las imágenes de esa cabina —le ordeno.

Después de que Juno y yo nos quedásemos atrapados, equipé todos los ascensores con cámaras, micrófonos y un intercomunicador. Ahora mismo hay un equipo especial que mira y escucha esas imágenes en todo momento, y si alguien se queda atrapado, su trabajo es resolver la situación.

Parece costar una eternidad, pero por fin, veo la grabación en pantalla... y escucho cada palabra que ha pronunciado Eidith.

—Estás ascendido, con efecto inmediato —le digo secamente al guardia—. Pero si averiguo que le has mencionado a alguien algo de esto, me aseguraré de que jamás vuelvan a contratarte en ningún sitio.

Él asiente, con los ojos a punto de salírsele del rostro.

Yo rechino los dientes y me alejo a grandes zancadas en dirección a las oficinas de los ejecutivos.

———

—¿Qué cojones? —le digo a Eidith a modo de saludo.

—¿Perdona? —Ella se pone en pie, la viva imagen de la inocencia.

—Tu conversación del ascensor no ha sido privada. Tienes dos segundos para explicarte.

Ella palidece y luego levanta la barbilla.

—¿Qué se supone que debo explicar?

—¿Te refieres a aparte del hecho de que has cotilleado en mi escritorio? ¿Qué tal si me explicas como te atreves a darle dinero a mi novia para que rompa conmigo?

Ahora está tan blanca que casi puedes ver a través de ella.

—¿Qué novia? Si todo era falso.

—Nada es falso, joder —le digo entre dientes—. De cualquier modo, eso no es de tu incumbencia.

Ella me mira como si me hubiese vuelto de color naranja.

—¿Sientes algo de verdad por ella?

—Sí. —No se merece que le responda, pero no estoy dispuesto a mentir sobre esto—. De todos modos, tú no deberías haberte metido en mis asuntos.

Eidith me mira con expresión dolida.

—Pero podrías conseguir alguien mucho mejor que ella.

—¿Ah, sí? —Mi voz rezuma sarcasmo—. ¿Cómo quién?

—Como yo —dice ella, ruborizándose—. De verdad. Fingido. Fuera como fuese, tendría mucho más sentido.

Estoy seguro de que ella puede ver el desdén de mi cara cuando digo lentamente:

—Que tú y yo estemos juntos *no* tiene sentido. Eso nunca sucedería. Ni en un millón de años. De hecho, a partir de hoy no volveremos a vernos nunca más.

Ella trastabilla hacia atrás cuando yo añado:

—Oh, y no hace falta decirlo, pero joder, estás del todo despedida.

———

Durante el resto del día, intento contactar con Juno sin demasiado éxito.

El chico de reparto de la floristería me dice que le ha tirado el ramo a la cara. Ella también ha tirado los bombones que le he enviado y se ha negado a firmar la entrega de la joyería.

El único de los muchos regalos que ha aceptado ha sido el castillo de cuento de hadas con un cactus... pero le ha ordenado a la señora que se lo ha llevado, y cito:

—Dígale al remitente que el que yo acepte a este pobrecito que sufre de exceso de riego no significa una mierda.

Vale. Solo necesito una forma más creativa de captar su atención.

Y creo que ya tengo una.

Es una locura, algo casi mortalmente peligroso, pero tengo la sensación de que bien podría funcionar.

Capítulo 39

Juno

Estoy languideciendo en el sofá, volviendo a ver mi momento favorito de toda la ficción... la escena de *Encanto* en la que Isabella crea un cactus.

Lo que yo daría por tener esa clase de poderes.

En fin. Tendré que conformarme con los cactus que ya tengo: el Notita y su nuevo hermano, el Chateau de Chambord.

Mierda. Pensar en el nuevo cactus me recuerda a la persona que me lo ha regalado.

Lucius ha sido extremadamente persistente en los últimos tres días. Ha habido llamadas, mensajes en el contestador, mensajes de texto, correos electrónicos y varios regalos.

Para ser honesta, está empezando a hacerme flaquear, pero tengo que ser fuerte. Lo más probable es que quiera convencerme de seguir con la falsa relación, y eso no es algo que yo...

Me suena el teléfono. ¿Será Lucius de nuevo? ¿Será igual que el diablo... piensas en él y te llama?

Pero no.

Es Pearl, mi amiga, no la picante abuela de Lucius.

—Hola —le digo, intentando no sonar tan deprimida como me siento—. ¿Qué hay?

—Acabo de recibir una llamada de ese millonario chiflado amante tuyo —me dice.

—¿Qué?

—Digo que acabo de recibir una llamada de un tal Lucius Warren —dice ella, exageradamente alto—. Imagina mi sorpresa.

Me pongo de pie de golpe.

—No quiero hablar con él.

—Sí. Me ha mencionado que ese era el motivo de llamarme a mí. Me suena a que vosotros dos habéis tenido una pelea... y tú no me has contado ni una palabra.

—Perdón. El acuerdo de confidencialidad. —En realidad, no le he hablado a nadie de Lucius porque es imposible explicar mi situación actual sin admitir haber contado todas esas mentiras, y no puedo soportar meterme en eso.

—Bueno —dice ella—. Dado el numerito que está a punto de hacer, creo que podrías querer hablar con él.

—No. Eso no va a ocurrir.

Ella suspira.

—¿Qué ha pasado, cielo? ¿Había otra mujer?

—No.

Ella ahoga una exclamación.

—¿Otro hombre?

—¡No! No me ha puesto los cuernos. Ni siquiera creo que esté interesado en... da igual.

Hay un silencio al otro lado de la línea durante un ratito. Entonces ella me dice:

—Vale. Estaré aquí para hablar cuando estés lista. Por ahora, ¿podrías decirme al menos cómo ha conseguido mi número?

—Ni idea. Mencioné tu nombre delante de él y de su abuela... porque ella también se llama Pearl. Debe de haber empleado sus recursos multimillonarios para triangular tu posición.

Puede que no haya sido tan difícil, tampoco. ¿Cuántas mujeres de nuestra edad se llaman Pearl? Independientemente de las circunstancias, casi sonrío imaginándome a Lucius llamando a puerta fría a todas esas Pearls y preguntándoles si tienen alguna amiga llamada Juno.

—De acuerdo —dice ella—. Pero tendrás que hablar con él una vez al menos. Dile que cancele su estúpida idea.

—¿Que es...?

Ella me lo cuenta.

Mis ojos se agrandan y se me cierra el estómago. Luego aprieto los dientes y le digo:

—¿Cómo me pongo en contacto con él?

—Mira tu correo —me indica ella—. Me ha dicho que tiene una videoconferencia abierta en Zoom, y que deberías haber recibido una invitación.

—Vale. —Será mejor que te cuelgue.

—Por supuesto —responde ella—. Pero tú *vas* a contármelo todo después.

—En algún momento, tal vez —respondo—. Eso es, a menos que escuches lo ocurrido en las noticias. «Multimillonario fallece a causa de gesto estúpido».

—Gesto romántico —me corrige.

Sin dignarme a responderle a eso, cuelgo. Luego cojo mi portátil y localizo el correo.

Maldita sea.

Me ha escrito otra docena de veces más desde la última vez que borré sus mensajes sin leerlos.

Abro el más reciente y hago clic en el enlace para unirme a su estúpida videoconferencia.

Un segundo después, ahí está él, en mi pantalla.

Que saguaro me dé fuerzas.

Al verle, me olvido de todo, incluyendo de lo enfadada que estoy y de por qué.

He echado de menos a mi estúpido cactus humano. Lo he echado tanto de menos que duele.

—Hola —me dice él a través de la pantalla—. Gracias por conectarte.

Lo miro con los ojos entornados.

—No es que me hayas dado mucha elección.

Como confirmando mis palabras, un gato persa blanco se pasea por delante de la cámara. Luego un siamés. Luego uno de esos sin pelo que tienen todos los malos de las películas se le sube al hombro, sin duda creyéndose el loro de un pirata.

—Quería pedirte disculpas —dice Lucius, ajeno a todas las amenazas gatunas que le rodean—. Quería decirte cómo me siento. En persona. —Estira la mano hacia la cámara y la imagen se corta—. Hay una limusina esperándome. O si prefieres coger un taxi, este sitio se llama el Ronroneo Café Gatuno.

—¡Espera! —grito—. ¡Sal de ahí!

Salvo que es demasiado tarde. La llamada se corta antes de que él pueda oírme.

¡Joder! ¿No debería un café con gatos comprobar si el cliente es alérgico a los felinos antes de dejarle entrar? ¿O les habrá mentido?

Es igual.

Corro a ponerme los zapatos, agradeciendo estar ya vestida razonablemente bien cuando todo esto empezó. Si él sufriese un shock anafiláctico porque yo tuviera que cambiarme, no sé lo que haría.

Corro a la calle, salto dentro de la limusina y grito: «¡Arranca!»

Elijah debe de saber lo de la locura de Lucius, porque empezamos a rodar al paso de *Fast and the Furious*.

Mientras miro las calles pasar borrosas por la velocidad, no puedo evitar imaginarme los hermosos rasgos de Lucius hinchándose, su garganta cerrándose y luego...

La limusina se detiene.

¡Fiuu! Al menos el Ronroneo Café Gatuno está bastante cerca de mi casa.

Corro dentro, ignorando a la gente de la entrada que me habla de permisos médicos y exenciones de responsabilidad.

Hay gatos por todas partes. De hecho, resulta complicadísimo no pisar una cola o una pata, pero hago lo que puedo.

Cuando llego hasta Lucius, está rodeado por suficientes gatos como para causarle pesadillas hasta a la rata más furibunda y bregada en batallas del alcantarillado.

—Has venido —me dice, con la voz ligeramente amortiguada por una cola peluda enroscada alrededor de su cara.

Le quito a este monstruo peludo de encima y miro fijamente los ojos enrojecidos e hinchados de Lucius.

—Me niego a hablar aquí. Fuera. Ya.

Asintiendo agradecido, él se pone en pie y sale rápidamente del Ronroneo Café.

En cuanto estamos en la calle, le lanzo mi mirada más furibunda.

—¿Has perdido la cabeza?

Él se encoge de hombros y estornuda con fuerza.

—*Tenía* que verte.

—¿Así que has orquestado un puto suicidio?

—Nada tan dramático. —Se mete la mano en el bolsillo y saca un EpiPen—. Solo necesitaba demostrarte lo en serio que iba. Mi vida no estaba en peligro.

—Y una mierda. —Aun así, suspiro aliviada. Luego digo, con ganas—: ¡Serás gilipollas! Estaba preocupada. —Entonces, para demostrarle cuánto, le doy un empujón. O lo intento.

Primero me sostiene las muñecas y luego la mirada.

—¿Estabas preocupada por mí?

—Sí. Obviamente. A diferencia de algunos, tengo emociones humanas y...

—Lo siento. —Me aprieta suavemente las muñecas—. No pretendía preocuparte.

—Claro que lo pretendías. Y será mejor que tengas una puta buena razón.

—La tengo —me dice con solemnidad—. Necesito decirte algo.

La mirada de sus ojos me hace sentir en ebullición y flotando a la vez de repente... como si pudiera salir volando o estallar o en cualquier momento. Lucho contra esa sensación porque ya me he engañado antes. Manteniendo el tono enfadado, le digo:

—Vale. Suéltalo.

—Vale. —Él me acerca más a él—. Te quiero.

Al menos eso es lo que creo que le he oído decir. Es tan sorprendente que le respondo con la réplica más estúpida desde los tiempos del Imperio Romano.

—¿Qué?

Él me suelta las muñecas y me coge la cara entre las manos.

—Te quiero, Juno. Necesito que lo sepas. Sé que no me lo merezco, pero quiero que salgas conmigo. Esta vez de verdad. Espero que con el tiempo, tú también...

—¡Yo también te quiero, pedazo de idiota!

—¿Qué? —dice él, y no creo que esté haciendo burla de mi «¿qué?» anterior.

Pongo mis manos sobre las suyas.

—He dicho: «pedazo de idiota».

—Aceptado —asiente él—. Pero, ¿y antes de eso?

Me humedezco los labios.

—Te quiero, Lucius. He estado enamorándome de ti todo este tiempo. Lo supe cuando me di cuenta de que eras un cactus. Mi cactus. Entonces, cuando nosotros...

Él me hace callar de la manera más agradable posible... con un beso.

Uno dulce y suave que me hace creer que de verdad siente lo que dice... por impactantes que hayan sido sus palabras. Rápidamente, el beso se vuelve clasificado X, nuestras lenguas se enredan ávidamente mientras él baja las manos hacia mis caderas y me atrae contra su cuerpo excitado.

Y entonces se aparta y estornuda. Dos veces.

Yo doy un paso atrás y le miro de arriba abajo con severidad.

Pues sí. Está cubierto de pelo de gato, y sus ojos no tienen buen aspecto. En absoluto.

—Tenemos que sacarte de esa ropa —le digo—. Y meterte en la ducha.

Su mirada se calienta.

—¿Te unirás a mí?

Finjo suspirar.

—Si es necesario...

Epílogo

Juno

ESTOY TAN contenta y emocionada que me da miedo hacerme pis en las bragas.

No es solo por el hecho de que estoy a punto de convertirme en una licenciada por la Universidad de Florida. Ni por que mi amada familia esté aquí para mi graduación.

No. La fuente principal de mi alegría es el hombre que está entregando los diplomas allí arriba en el escenario.

El hombre que ha traído a la mencionada familia hasta aquí en su jet privado.

Lucius.

Mi novio real y oficial a quien la universidad ha pedido que tenga este honor, porque se ha convertido en toda una celebridad aquí en Gainesville debido a, entre otras cosas, todos los trabajos que ha creado la recientemente terminada Novus Roma.

Bajo la vista y me entristezco al ver mi modelito... una toga negra y holgada.

No es el mejor de mis atuendos. No cuando siempre que le veo prefiero llevar vestidos de verano con sandalias que destacan mis pies, porque sé que eso último le vuelve loco.

Pero por otra parte, tal vez este modelo esté bien. Tal vez tener los pies, y todo lo demás, tapado, sea algo seductor. ¿Qué tal si esta noche hiciese de esta toga un poco de juego de rol? Podría ser una jueza del Supremo guarrilla. O una...

—Juno Lazko. —Las palabras resuenan amenazadoras por los grandes altavoces.

Mi madre me da un codazo en las costillas, por si acaso me he quedado sorda.

Me levanto de golpe y me dirijo al escenario flotando en una nube de endorfinas y adrenalina.

Cuanto más cerca estoy de Lucius, más fuerte aletea mi corazón.

Nuestra vida está a punto de ser diferente.

Más fácil.

Mejor.

Él ha estado extremadamente ocupado con el proyecto de sus sueños y yo con mi programa de botánica, y aunque siempre hemos reservado tiempo para nosotros, también siempre hemos sentido como si fuese tiempo robado.

Pero no después de hoy. No con mi nuevo trabajo en los Jardines Botánicos en el que voy a empezar y con su...

—Hola, tú —me dice Lucius, tapando el micro. Sus ojos metálicos reflejan el brillante sol de Florida que nos ilumina—. ¿Estás emocionada?

Yo asiento, sonriendo de oreja a oreja.

—Bien. —Él coge mi diploma y sale de detrás del pódium, igual que ha hecho con el resto de estudiantes. Pero entonces se sale del guion. Normalmente, estrecha la mano del licenciado en este punto, pero conmigo no es eso lo que hace.

En vez de eso, clava una rodilla en tierra, haciendo que todos los asistentes ahoguen una exclamación.

En el silencio de estupefacción que sigue, Lucius saca una caja color turquesa y coge una de mis manos, mientras levanta la vista hacia mí con expresión de adoración... algo que decididamente, no ha hecho con ningún otro de los receptores del diploma.

—¿Qué está ocurriendo? —le susurro.

Es decir, obviamente, ya lo sé. He estado soñando con algo así. Después de todo, han pasado cuatro años.

Aun así, de entre todos los sitios posibles, ¿aquí? ¿Ahora?

—Juno —me dice, y no estoy segura de si forma parte del plan o no, pero ya no está tapando su micro, así que sus palabras resuenan por toda la explanada—. Desde que nos quedamos atrapados juntos en aquel ascensor, mi vida no ha vuelto a ser la misma... y no podría ser más feliz. —Abre la caja, dejando ver un diamante que me recuerda al que la señora mayor tiraba al mar en *Titanic*—. Tú has sido mi musa —prosigue—. Mi amiga. Mi todo. —Saca el anillo del estuche—. Los antiguos romanos creían que hay una vena que lleva directamente del dedo anular izquierdo hasta el corazón, y esa creencia es el origen de la tradición en la que estamos participando ahora mismo.

Por supuesto, siendo Lucius tenía que meter a la antigua roma al declararse.

—Así que, al tiempo que te hago entrega de tu diploma, te pregunto: Juno Lazko, ¿me harás el hombre más feliz del mundo casándote conmigo?

Mi sonrisa se agranda tanto que me duelen las orejas.

—Si digo que no, ¿me graduaré igualmente?

Él asiente.

—En ese caso... sí. Una y mil veces, sí.

Cuando él me pone el anillo en el dedo y se levanta para cogerme en sus brazos, el estadio entero estalla en vítores... y yo me doy cuenta de que puede que los antiguos romanos tuvieran razón.

Tengo el corazón henchido por toda la sangre que me sube por la vena que viene de mi anular izquierdo. O más probablemente, por el amor de Lucius.

Anticipo

¡Gracias por formar parte del viaje de Juno y Lucius! Para saber más y registrarte para mi lista de nuevas publicaciones, visita www.mishabell.com/es/.

¡Pasa la página y lee extractos de *Sex(tillizas) en Nueva York* y *De pulpos y de hombres*!

Extracto de Sex(tillizas) en Nueva York de Misha Bell

Lo que pasa en Las Vegas, se queda en Las Vegas.
¿O no?

Vale, dejad que os lo explique. Me colé en el camerino del tío con el que tenía un cuelgue para oler sus medias (¡no en plan pervertido, lo juro!) y él me pilló infraganti mientras yo estaba, ejem... Supongo que os hacéis una idea. Entonces él me chantajeó, más o menos, para que yo accediera a un matrimonio de conveniencia para que él consiguiese su permiso de residencia. Pero oye, no me puedo quejar.

Cuando quiero darme cuenta, ya estoy subida en un vuelo a Las Vegas para hacer creer a nuestra familia y amigos que compartimos una noche loca de borrachera y nos casamos en el calor del momento. Salvo que... Eso es exactamente lo que ha pasado. (¡Muchas gracias, vodka!).

Teniendo en cuenta que él es el bailarín de ballet mas deseado de la ciudad de Nueva York y yo soy una bloguera extremadamente golosa que escribe con pseudónimo desde el garaje en el que vive, es imposible que este matrimonio jamás pudiera llegar a convertirse en algo real. Sin mencionar a mi familia totalmente chiflada, ni mi aversión hacia todos los olores que existen bajo el sol... Salvo el suyo.

Mi única esperanza es no enamorarme de mi marido. No tendría que ser demasiado difícil, ¿verdad?

———

El ballet que estoy viendo es *El lago de los cisnes* y el papel en el que actúa mi cuelgue es el del Príncipe Sigfrido.

Maldición. Estoy celosa de la ballesta que lleva en las manos. Dado que mi objetivo es sacarme a este hombre de la cabeza, verle en directo tal vez haya sido un paso en la dirección equivocada.

Sus músculos, especialmente los de sus piernas poderosas, harían que la estatua de un dios griego llorase de envidia. Sus ojos brillantes son puro chocolate fundido, y su cabello peinado hacia atrás y también reluciente me recuerda al chocolate negro. Su rostro es angelical, con unos pómulos tan afilados que parecen la capa dura de la Crème Brûlée después de romperla con una cuchara. Oh, pero todo eso palidece en comparación con el bulto de sus mallas, algo que aparece en tantas de mis fantasías de masturbación que hasta he bautizado Mr. Big a su contenido.

Así que sí. Ver todo esto es de todo menos útil, y si activo las bragas vibradoras que llevo puestas ahora mismo, todo empeorará mucho más.

En principio, me puse las bragas masturbatorias porque imaginé que esta sería mi última ocasión de hacerme un *ménage à moi* con el ruso. Si oler sus medias funciona como pretendo, tendré que recurrir a alguna otra ayuda visual para visitar mi Batcueva, como *Magic Mike, Los 300* o *Charlie y la fábrica de chocolate.*

Por otra parte, no debería ser egoísta. Esta aventura podría ser un post alucinante en mi blog. Normalmente no me pongo juguetona en público, así que esto podría resultar educativo para mis seguidoras.

Sí. Lo haré por ellas. Será mi último ¡yupi! con el ruso. Y uno mucho más interesante porque esta vez lo estoy viendo en vivo.

Repaso la gente bien vestida sentada a mi alrededor. No hay moros en la costa. Están centrados en el espectáculo que tenemos delante, tal como deberían.

Saco el pequeño mando a distancia que activa la vibración.

Última ocasión de cambiar de idea.

No. El ruso me dirige esa perfección que es su trasero, con un *gluteus maximus* que yo querría lamer como si fuese una roca de caramelo.

Pulso el botón de ON y sonrío cuando mi ropa interior se pone a vibrar.

Es la hora de unos trabajitos manuales.

Incluso a la velocidad mínima, mi clítoris se ha agrandado al instante, y solo me cabe esperar que los componentes eléctricos de esta maravilla tecnológica sean resistentes al agua. Pronto, tendré que morderme la lengua dolorosamente para evitar gemir. La música de Tchaikovsky es una genialidad, pero no ahogaría *eso*.

No tenía ni idea de que iba a ser tan duro mantenerme en silencio. Debe de ser por lo bueno que está el ruso en acción.

Jadeando, apago el aparato para que mi clítoris tenga la oportunidad de enfriarse. Si me pillan haciendo esto, me escoltarán fuera y me prohibirán volver de por vida por ser tan pervertida.

Cuando pienso que puedo mantenerme callada, vuelvo a encender esa cosa.

Oh, no. Justo cuando el ruso efectúa una *fouetté* particularmente apetitosa a la vista, el deseo de ponerme en plan ruidoso vuelve con ganas.

No. Me. Jodas.

Quien sea que haya diseñado estas bragas debería ganar alguna clase de premio. Le está haciendo a mis regiones inferiores lo que la canción principal del cisne les hace a mis oídos o el ruso a mis ojos.

Un orgasmo de proporciones cósmicas crece en mi interior y permanecer en silencio me cuesta un esfuerzo de voluntad que sé que no voy a ser capaz de hacer, así que vuelvo a apagarlo todo de nuevo, esta vez definitivamente.

¡Me cago en la puta! Ahora estoy realmente frustrada y picajosa.

Como si quisiera aumentar mi frustración, la bailarina que hace de Princesa Odette aparece en escena.

¿Es posible usar la expresión «estándar imposible de belleza»? Tan delgada que parece translúcida además, tiene la pinta de no haber probado un cruasán en su vida, aunque sus piernas son poderosas y parecen no tener fin.

Lo sé, lo sé. Mi envidia me ha puesto tan verde como un donut del día de San Patricio. En mi defensa, se supone que su personaje debe de ser dulce, noble e inocente. Sin embargo, ella baila con estilo seductor, como Odile, el cisne negro malvado. Hablando del *Cisne negro*, resulta muy fácil imaginarse a esta mujer apuñalando a alguien con una esquirla de cristal, igual que hacía el personaje de Natalie Portman en la peli.

Eso es. Decidido. A partir de ahora, en mi cabeza, esta bailarina va a llamarse el Cisne Negro.

Mientras el ballet prosigue, me encojo cada vez que el ruso toca al Cisne Negro, lo que es a menudo, especialmente durante el *pas de deux*. De hecho, las cosas se ponen tan feas cuando la Princesa Odette llega a su triste final que encuentro difícil empatizar.

Solo estoy encantada de que el espectáculo se haya terminado. Verlo en directo ha sido decididamente un error.

Luchando contra las multitudes que van hacia la salida, me dirijo al baño, donde cierro mi cubículo y me subo en la taza para esconder los pies de acuerdo con las instrucciones que me ha dado Blue para la operación Olisqueo al Hombre. Sus instrucciones también son la razón por la que voy toda de negro... Con pantalones elegantes adecuados para el sitio, una camisa abotonada que me queda ligeramente demasiado ceñida (la compré un kilo o dos atrás, así que denunciadme), y un par de bailarinas planas que han conocido tiempos mejores pero que son los zapatos más elegantes con los que soy capaz de correr.

Saco un auricular del bolsillo, me lo pongo en la oreja y marco el número de Blue.

—¡Hola, hermanita! —me saluda—. Mientras hablamos, la multitud se va dispersando. No te muevas.

Mientras espero, Blue me informa de todo el jugoso cotilleo familiar, haciéndome que me pregunte cómo habrá reunido toda esa información. Sin duda, habrá sido empleando los mismos viles métodos que el Gran Hermano del mundo distópico de *1984*.

—El Elvis de Letonia acaba de abandonar el edificio —dice Blue por fin— . Y yo he apagado todas las cámaras que hay en tu camino, así que puedes iniciar la operación.

—Gracias. —Me muevo para saltar de la taza al suelo pero se me resbala un pie y me doy de cabeza contra la puerta del cubículo.

¡Ay! Veo las estrellas... Dibujando unos pastelitos con forma de orinal.

Lo que es peor, he escuchado el ruido de algo cayendo al agua.

¡No! No, por favor.

Tristemente, es que sí.,

Mi teléfono está nadando en el agua de la taza. Puaj.

—¡Oye! —dice Blue en el auricular en medio de unos ruidos de estática— . ¿Va todo bi...?

El resto es un siseo ininteligible.

Mi pobre móvil ha muerto.

Dudo sobre si pescarlo, por asqueroso que me resulte. He oído que puedes meter estos trastos en arroz para que se sequen, y podría resucitar. Al final, decido que no. El teléfono es tan viejo que casi hay que echarle imaginación para llamarlo «Smart». Está mejor ahogándose en la taza con cierta dignidad, aunque yo tendré que privarme de unos cien viajes a la pastelería Cinabbon para poder permitirme un reemplazo.

La pregunta ahora mismo es: ¿debería cancelar la operación?

Ya no tengo a Blue al aparato, pero me he gastado *una fortuna* en la entrada, y no sé cuándo podré permitirme otra. Además, me he metido en todo el jaleo de aprender a forzar una cerradura, y Blue ya ha hecho su parte.

Vale, voy a seguir.

Cojo aire para calmarme, y salgo del cubículo con aire furtivo.

No hay nadie.

Bien.

Mientras me acerco con sigilo a mi destino, me alegro de haber memorizado la distribución de este sitio en vez de tener depender de los planos de mi difunto móvil.

La primera cerradura que me encuentro es fácil de forzar, y la segunda puerta no está cerrada siquiera.

Cuando llego al último pasillo, me doy cuenta de que estoy corriendo, y para cuando me detengo al lado de la puerta de lo que debe de ser el vestuario del ruso, ya estoy jadeando.

Pues sí. La chapita reza «Artjoms Skulme». Estoy en el sitio correcto.

Saco las ganzúas y la cerradura se rinde a mis nuevas habilidades sin poner demasiadas pegas.

Con el corazón martilleándome en el pecho, entro. Tengo pinta de asustada en el gran espejo de enfrente, igual que estaría Blue en un nido de pájaros. Hasta mi melena a la altura de los hombros tiene un aspecto frágil y pálido y el habitual rubio rojizo de mis mechones parece más bien rubio ceniza con esta luz.

Me muerdo el labio y miro a mi alrededor, en busca de las medias. He llegado muy lejos y no pienso largarme sin completar la operación.

Mmm.

No veo las medias por ninguna parte.

Qué mala suerte la mía. Es un fanático del orden.

Espera un segundo... Estoy viendo algo. No son medias, pero posiblemente sea algo incluso mejor. Aunque también un poco más asqueroso, si me paro a pensarlo.

Me apresuro hasta la silla en la que he visto el artículo... Una prenda de ropa conocida en esta industria como un cinturón de baile.

Salvo que no es un cinturón de verdad.

Diseñado para los bailarines de ballet y sus genitales externos, que pueden moverse mucho durante los saltos vigorosos, esta pieza de ropa interior se parece sospechosamente a un tanga.

Yo me abanico con la mano.

Solo de imaginarme al ruso con este hilo dental para el trasero y sin medias me hace desear volver a encender mis bragas vibradoras.

Pero no. Ahora mismo no tengo tiempo de ponerme a batir la nata...

Cojo el tanga. O sea, el cinturón de baile. Es suave y agradable al tacto.

Debe de estar hecho del material con el que se fabrican los novios.

Miro fijamente el cinturón como si estuviese intentando lograr que apareciese una serpiente allí dentro. Una serpiente llamada Mr. Big.

¿De verdad voy a hacer esto? Y si lo hago, ¿quiere eso decir que soy como una de esas guarras que compran ropa interior usada online?

No. Yo no tengo ningún fetiche con oler ropa interior, más bien todo lo contrario.

Sí. Si alguien me pregunta, esa es mi excusa.

Con movimientos decididos, me quito los filtros de ambas fosas nasales y me acerco el cinturón a la nariz.

Allá vamos.

Mi nariz se lanza a por un gran OH.

———

Extracto de De pulpos y de hombres de Misha Bell

El gruñón del vecino de mis abuelos me pone más caliente que el letal sol de Florida. Y al igual que el sol, no es bueno para mí. Tengo el peor gusto del mundo en lo referente a hombres... Si no me creéis preguntadle a mi ex, el de la orden de alejamiento.

Os preguntaréis qué estoy haciendo en Florida con mis abuelos, ¿no? Bueno, es que mi mejor amigo es un pulpo y necesita una residencia acuática más grande que la pecera grande de casa, así que he aceptado un trabajo en un acuario del Estado del sol.

No me esperaba que ese gruñón sexy y melenudo intentase comprar mi pulpo con algún oscuro propósito. Tampoco esperaba ir a nadar tarde una noche y acabar liándome con él en la playa.

Y desde luego, lo último que me esperaba era toparme

con él en el primer día en mi nuevo trabajo... Donde resulta que es mi jefe.

———

—Ah, Alcaparrilla. ¿Qué estás tramando?

Yo sonrío. Mi nombre es Olive, oliva en inglés (mis padres son malvados, con todo ese rollo hippie suyo) y cuando el abuelo me llama Alcaparrilla, queriendo decir «pequeña oliva», me hace volver a sentirme como una niñita. Por supuesto, nunca le diré que el apodo que me da es botánicamente incorrecto: las alcaparras son las flores de un arbusto, mientras que las olivas son un fruto arbóreo de una especie totalmente distinta.

—Voy a sacar a pasear a Piquito —le respondo, señalando el acuario con la cabeza.

El abuelo mira hacia el cristal con los ojos entornados, y Piquito escoge ese preciso momento para adoptar la forma de una roca... igual que hace siempre que el abuelo intenta verle.

El abuelo se frota los ojos.

—¿De verdad hay un pulpo ahí dentro? Me parece como si tu abuela y tú estuvieseis intentando hacerme creer que me estoy volviendo chocho.

—No. Es Piquito el que intenta enredarte.

No puedo culpar a mi abuelo por no ser capaz de ver a mi amigo de ocho brazos. Cuando se trata de camuflaje, los pulpos arrasan comparados con los camaleones, por goleada. Además, si un camaleón estuviese literalmente metido en el agua, no habría camuflaje alguno que le librara de convertirse en el almuerzo de un pulpo.

El abuelo menea la cabeza.

—¿Por qué?

Me encojo de hombros.

—Es una criatura con nueve cerebros, uno en la cabeza y uno en cada brazo. Intentar averiguar cómo piensa solo podría darle dolor de cabeza a cualquiera.

El abuelo vuelve a entornar los ojos y a mirar al acuario, pero Piquito se queda con su forma de roca.

—De todas maneras, ¿por qué le paseas?

—Para evitar que se aburra. Lo que en realidad necesita es un acuario más grande, pero por ahora, tendrá que conformarse con un cambio de paisaje.

—¿Aburrirse?

—Oh, sí. Un pulpo aburrido es peor que un niño de siete años con un subidón de cafeína y pastel de cumpleaños. En Alemania, un pulpo llamado Otto se cargó varias veces todo el sistema eléctrico del Acuario Sea Star salpicando los focos de 2000 vatios del techo con agua. Porque estaba aburrido.

El abuelo enarca sus pobladas cejas.

—¿Pero no fabricas tú puzles para él? ¿No le dejas ver la tele?

Yo asiento. De hecho, soy famosa por crear puzles para pulpos, y esa es la razón por la que conseguí mi actual empleo.

—Los juguetes y la tele ayudan —le digo—, pero sigo teniendo la sensación de que se siente encerrado.

Gruñendo, el abuelo se mete la mano en el bolsillo y saca una pistola del tamaño de mi antebrazo.

—Llévate esto contigo —dice, tendiéndomelo.

Yo pestañeo ante ese instrumento de la muerte.

—¿Para qué?

—Protección.

—¿Contra qué? Estamos en una urbanización vallada.

Él sacude el arma para que la coja con más energía.

—Es mejor tener un arma y no necesitarla.

Yo no cojo lo que me ofrece.

—La tasa de criminalidad en Palm Islet es diez veces menor que la de Nueva York.

El abuelo saca el cargador del revólver, lo examina, mete una bala extra y vuelve a cerrarlo.

—Me haría sentirme más tranquilo que te lo llevaras.

—Por Cthulhu —murmuro entre dientes.

—¡Jesús! —Exclama el abuelo.

—Eso no ha sido un estornudo. He dicho: «Cthulhu». —El abuelo me mira con gesto de no entender y yo suelto un suspiro—. Ese es un ente cósmico ficticio creado por H. P. Lovecraft. Con rasgos de pulpo.

—Oh. ¿Es ese que sale en los dibujos animados sexis de tu abuela?

—Rotundamente no. —Me estremezco al pensarlo —. Cthulhu mide cientos de metros de alto. Es uno de los principales entes Primordiales, así que sus atenciones partirían a cualquier mujer en dos, al tiempo que la harían enloquecer.

—Está bien. —El abuelo vuelve a intentar que yo agarre la pistola con las manos—. Cógela y vete.

Escondo las manos detrás de la espalda.

—No tengo ninguna clase de licencia.

—Me tomas el pelo. —Me mira, incrédulo—. Mañana mismo te llevo a una clase para que aprendas a llevar armas ocultas.

Reprimo un gesto de exasperación del tamaño de Cthulhu.

—Mañana estaré algo ocupada, con todo eso de empezar en un nuevo empleo y demás.

Él frunce el ceño y se guarda el arma yo no sé dónde.

—¿Qué tal este fin de semana?

—Ya veremos —respondo yo, de la forma más evasiva que puedo, antes de coger el bolso del respaldo de una silla cercana y volver a pulsar el botón del mando para hacer que el acuario se mueva hasta el garaje.

Mis abuelos, como otros nativos de Florida, prefieren salir de sus casas por ahí en vez de, digamos, por la puerta principal.

En cuanto mi abuelo desaparece de su vista, Piquito deja de ser una roca, abre los brazos a tope y adopta un excitado tono de rojo.

—Tendrías que sentirte avergonzado —le digo, severa.

Somos el Dios y Emperador del Acuario, ordenados por

Cthulhu. No concederemos la gloria de ver nuestro rostro a los indignos. Apresúrate, nuestra fiel sacerdotisa. Queremos que nuestras ventosas prueben el sol.

Pues sí. Ellen DeGeneres hablaba con un pulpo ficticio pensante en *Buscando a Dory*, mientras que mi pulpo de verdad me habla en mi cabeza. Y no estoy sola en esto de mantener conversaciones imaginarias. Mis hermanas y yo llevamos desde que éramos pequeñas poniéndoles voces a los animales. Dentro de mi cabeza, Piquito suena igual que nueve personas hablando al unísono (el cerebro central y los ocho que tiene en los brazos) y su tono es imperioso (después de todo, los pulpos tienen sangre azul). Oh, y sus palabras se escuchan con ese efecto de sonido vagamente parecido a las gárgaras que se utiliza en *Aquaman* siempre que los atlantes hablan debajo del agua.

Abro la puerta del garaje.

Ahí fuera hay muchísima luz a pesar de los antiguos robles que proporcionan gran cantidad de sombra.

Suspiro, saco del bolso un gran tubo de mi protector solar con base mineral favorito, y me cubro con una gruesa capa de la cabeza a los pies. El índice de radiación ultravioleta es de 10, así que espero unos minutos y vuelvo a ponerme una segunda capa. Lo hago así, furtivamente y en el garaje, para evitar que mis abuelos se metan conmigo por haber aceptado un trabajo en el estado del sol siendo una paranoica de la exposición a sus rayos.

Y no, no es que yo sea ninguna vampira... aunque mi hermana Gia se parezca sospechosamente a una, con todo ese maquillaje gótico que lleva y demás. Evitar el sol tiene sentido de forma auténticamente científica, dados los efectos dañinos de los rayos ultravioletas, tanto los A como los B, sin contar con la luz azul, los infrarrojos y la luz visible. Todos producen daños en el ADN. Este asunto entró en mi radar hace un par de años cuando Sushi, mi pez payaso, desarrolló un cáncer de piel, probablemente debido a que su acuario estaba al lado de una ventana. Llevo desde entonces siendo cuidadosa, y he llegado tan lejos como para pegar una triple capa de recubrimiento protector contra los rayos ultravioletas por fuera del acuario de Piquito.

¿Me doy cuenta de que me preocupo por el sol un pelín más que cualquier otra persona que no sea un dermatólogo paranoico? Claro. ¿Pero puedo parar? Pues no. Creo que mi ADN incluye en su programación cierto nivel de neurosis, al menos a juzgar por mis sextillizas idénticas. Pero bueno, cuando tenga más de ochenta años y parezca más joven que todas mis hermanas, veremos quién ríe la última.

Una vez he terminado con la protección solar, me pongo una chaqueta ligera con cremallera que cuenta con un recubrimiento químico contra los rayos ultravioletas, un sombrero de ala ancha y unas gigantescas gafas de sol.

Eso es. Si de verdad estuviese llevando esto demasiado lejos, me pondría uno de esos visores a lo Darth Vader, ¿verdad?

Mis latidos se aceleran cuando sigo al acuario de

Piquito hasta donde pega el sol de lleno, pero me tranquilizo recordándome a mí misma que el protector solar hará lo que se supone que debe hacer. Cuando el acuario rueda por la calle hasta un paseo a la sombra al borde del lago, mi respiración se calma todavía más.

Por ahora todo bien. Solo espero que los vecinos no me hagan demasiadas preguntas molestas.

Un par de garzas levantan el vuelo ahí al lado mientras paseamos por la orilla del lago. Piquito las mira fijamente y cambia de forma unas cuantas veces.

Deseamos probar el sabor de esas cosas. Sé un buen ente-sacerdotisa y entréganoslas en el acuario.

Yo doy unas palmaditas en la tapa.

—Cuando volvamos, te daré unas gambas.

Los dos vemos un mapache excavando en la hierba de al lado del lago, posiblemente en busca de huevos de tortuga o de caimán.

Deseamos probar eso también.

—Te daré una gamba por fuera del puzle —le digo.

Normalmente le pongo los premios dentro de una de mis creaciones, para añadir un extra de diversión a sus comidas, pero si le ha entrado hambre al ver todos esos animales terrestres, no quiero retrasar su satisfacción.

Un caimán de metro y medio sale arrastrándose del lago.

Sí, decididamente estamos en Florida.

Al verlo, Piquito coge dos cáscaras de coco del fondo de su tanque, se mete dentro y las junta, aparentando para el mundo y para el caimán no ser más que un inocente coco.

—Esa cosa no puede cogerte estando dentro del acuario —le digo con tono tranquilizador—. Sin mencionar que está asustado de mí. Eso espero.

Las estadísticas de ataques causados por caimanes juegan a nuestro favor. En un estado con titulares de noticias como «Hombre de Florida le da una paliza a un caimán» y «Hombre de Florida lanza un caimán por la ventana de pedidos del drive-in de Wendy's », los caimanes han aprendido a mantenerse muy, muy lejos de los humanos.

Como Piquito no lee las noticias ni revisa las estadísticas online, su ojo me mira con escepticismo al asomar por entre las cáscaras del coco.

Vuelvo a dirigir mi atención al camino... y entonces le veo.

Un hombre.

¡Y vaya hombre!

Podría haber salido en *Aquaman* sustituyendo a Jason Momoa. Si fuese a hacer un casting para el protagonista de mis sueños húmedos, este tío decididamente conseguiría el papel.

La idea envía hilillos de calor hacia mis partes bajas, específicamente hacia esa en la que yo pienso como mi wunderpus, una palabra que quiere entremezclar las ideas de maravilla y chochete, en honor del *wunderpus photogenicus,* una asombrosa especie de pulpo que descubrieron en los ochenta.

Por cierto, yo una vez le hice una foto a mi wunderpus, y también resultó ser *photogenicus*.

Pero volvamos al desconocido. Unos rasgos fuertes y masculinos enmarcados por una barba impecablemente arreglada, unos ojos de un tono azul cian tan profundo como el océano, un cuerpo bronceado y musculoso vestido con unos vaqueros de cintura baja y una camiseta sin mangas que muestra unos brazos poderosos, el pelo abundante, rubio y con mechas que le cae hasta esos hombros anchos... tendría toda la pinta de ser un surfista de no ser por la expresión enfurruñada de su rostro.

Piquito debe de haberse olvidado del caimán, porque ha salido de su coco y está mirando al desconocido, fascinado.

Quién iba a decirlo. Aquaman tiene el poder de hablar con los pulpos, además de con el resto de criaturas marinas.

Me doy cuenta de que yo también estoy mirándole boquiabierta, y cuando se acerca, me pongo tensa. A diferencia de en Nueva York, donde lo normal es cruzarse con los desconocidos aparentemente sin notar su existencia, aquí en Florida todo el mundo saluda, como mínimo, a sus vecinos.

¿Qué le digo si me habla? ¿Me atrevo a abrir la boca siquiera? ¿Y si accidentalmente le pido que haga lo que quiera conmigo?

Espera un segundo. Creo que ya lo tengo. También está paseando a una macota, en su caso a un perro de la raza Dachshund, también conocido como perro salchicha, el miembro más fálico de la especie canina. Solo tengo que decirle algo sobre su salchicha... la que está moviendo el rabo, no su Aqua-manubrio.

Cuando el hombre solo está a una docena de pasos, parece verme por primera vez. De hecho, su mirada se clava en el acuario de Piquito, y su expresión sombría se torna auténticamente hostil: la mandíbula apretada, las comisuras de los labios apuntando hacia abajo, la mirada pétrea. Pero lo que es más una locura es que ni así parece menos sexi. Tal vez incluso más.

¿Pero qué me pasa? No es de extrañar que acabe saliendo con gilipollas como...

Su voz profunda y sensual es tan gélida como que parece capaz de poder generar un viento helado, hasta en medio de este ambiente húmedo como de sauna.

—¿Cuánto quieres por el pulpo?

Yo parpadeo y luego le miro con los ojos entornados, con los pelos del cogote erizándoseme igual que las espinas de un pez globo. ¿Quiere comprar a Piquito? ¿Por qué? ¿Querrá comérselo?

Este es el estado en el que la gente se come hasta los caimanes, las tortugas (incluso de especies protegidas), las ranas toro, las pitones birmanas, y la tarta de lima de los cayos.

Aprieto los dientes y señalo al perro que menea la cola junto a él.

—¿Cuánto por la salchicha?

Una sonrisa de suficiencia retuerce sus turgentes labios.

—Déjame adivinar... ¿neoyorkina?

¿Aquaman? Más bien Aqua-gilipollas.

—Déjame adivinar *a mí*. ¿Hombre de Florida? —Puedo imaginarme el resto del titular: «...roba un acuario con un pulpo e intenta mantener sexo con él».

Teniendo en cuenta lo que mi abuela me ha dicho sobre la Regla 34 y dónde estoy, no es algo tan inverosímil. Una vez leí un artículo sobre un hombre de Florida que intentaba vender a un tiburón vivo en el aparcamiento de un centro comercial. ¿Qué es el sexo con un pulpo en comparación?

Sus espesas cejas castañas se juntan en medio.

—Las historias a las que te refieres son sobre trasplantados. Nunca sobre hombres nativos de Florida de verdad.

—Oh, he leído de lo que hablas —digo, con un resoplido—. «Hombre de Florida recibe el primer trasplante de pene de caballo de la historia». Estoy bastante segura de que el artículo decía que ese valiente pionero había nacido y crecido en Melbourne... y eso está como a dos horas de aquí.

¡Ay! ¿Habré ido demasiado lejos? Al parecer, todo el mundo lleva pistola por aquí. Y como antes le he encontrado atractivo, dado mi historial amoroso, él podría resultar ser peligroso.

En vez de sacar un arma, el desconocido se frota el puente de la nariz.

—Me está bien empleado por intentar discutir con una neoyorquina. Olvídate de las noticias. Este acuario es demasiado pequeño para ese pulpo. ¿Qué te parecería tener que vivir tu vida metida en un Mini Cooper?

Cojo aire con fuerza y se me tensa el estómago.

—¿Qué te parecería *a ti* que te pasearan con una correa? —Señalo con la barbilla a su frankfurt, que ya no está meneando el rabo—. ¿O que te forzaran a ignorar la llamada de tu vejiga y de tus intestinos hasta que tu amo se digne a sacarte a pasear? ¿O que alguien te fastidiase los órganos reproductores?

Él me mira furioso.

—Tofu no está castrado. De hecho, él...

—¿Tofu? —Me quedo totalmente boquiabierta—. O sea, ¿un perrito caliente de tofu? ¡Y algunos hablan de crueldad contra los animales!

Esas venas que sobresalen de su cuello me distraen de tan sexis que son.

—¿Qué tiene de malo el nombre Tofu?

Antes de que yo pueda responder, Tofu gime con tono apenado.

—Buen trabajo —dice el desconocido—. Ahora le has disgustado.

—Estoy bastante segura que eres tú el que lo ha hecho. —*Llamando Tofu al pobre perro.*

—Esta conversación ha terminado. —Gira sobre sus talones y da un tirón a su correa—. Vamos, Tofu.

Tofu me dedica una triste mirada que parece decir: *no me gusta cuando mi papá y mi mamá discuten.*

Yo resoplo y conduzco el acuario de Piquito en dirección opuesta.

Visita www.mishabell.com/es/ para pedir hoy mismo tu ejemplar de *De pulpos y de hombres*.

www.ingramcontent.com/pod-product-compliance
Lightning Source LLC
Chambersburg PA
CBHW011145100726
47899CB00010B/3177